剑侠奇中奇全传

春越溪外史 著

中国文史出版社

图书在版编目（CIP）数据

剑侠奇中奇全传 / （清）春越溪外史著. -- 北京：
中国文史出版社，2019.12
ISBN 978-7-5205-1883-3

Ⅰ.①剑… Ⅱ.①春… Ⅲ.①章回小说-中国-清代
Ⅳ.①I242.4

中国版本图书馆 CIP 数据核字（2019）第 285347 号

责任编辑：李军政

出版发行：**中国文史出版社**
社　　址：北京市海淀区西八里庄路 69 号院　　邮编：100142
电　　话：010-81136606　81136602　81136603（发行部）
传　　真：010-81136655
印　　装：廊坊市海涛印刷有限公司
经　　销：全国新华书店
开　　本：787×1092　1/16
印　　张：14.75
字　　数：188 千字
版　　次：2021 年 1 月北京第 1 版
印　　次：2021 年 1 月第 1 次印刷
定　　价：46.00 元

出版说明

中国的文学作品具有鲜明的时代特征。明清是小说的繁荣岁月，这两个时期留下了大量的小说作品。

这些作品不仅是研究中国文学的宝库，也是研究中国语言发展的资源。更重要的是，虽然这些只是文学作品，但是其中包含有大量的历史知识，通过这些作品，我们还可以了解明清时代的社会、文化、生活、经济等状况。

虽然明清时期留下了大量的小说作品，但多是刻版印刷而成，且质量参差不齐。鉴于此，我们整理出版《明清小说书系》丛书，一是希望能为中国文学史的研究提供一份助力；二是希望能为中国语言发展的研究提供一些文献；三是希望能为明清时期的历史研究提供一些资料。

以今天的观点来看，毋庸置疑，明清小说中存在很多不合时宜甚至是糟粕的东西，这是我们在此提醒读者需要注意的问题。我们希望读者能够在阅读的过程中，取其精华，弃其糟粕。同时，尽管我们兢兢业业，但不足之处在所难免，不当之处，敬请读者谅解。

目 录

第一回

升平桥义侠赠剑

话说汉朝洛阳有一世宦，姓郝名鸾，字跨凤。他父在日，曾授镇殿将军，母亲吴氏。父母双亡，又无兄妹。这郝鸾生得面如重枣，两道浓眉，身长七尺有余，肩宽背阔，勇力过人。若论诗词歌赋，可以成篇，武艺刀枪，件件皆精。他父母所遗下万金家资产业，怎当得他结交天下豪杰。而且济困扶危，挥金如土，不上几年，家资费净。不意房屋又被天火烧焚，家人奴仆各自散去，只有一个老家人相随。欲要重新起造房屋，无奈家内无资。有几个相好助他的银子，郝鸾却不肯受人分文。只得与家人住在祠堂之中，每日演习拳棒而已。

光阴迅速，不觉一年有余。时至隆冬天气，大雪纷纷。却有朋友请至城中，饮酒赏雪，至晚方回。出城归来，那雪更大，风狂迷眼，房舍如银装砌的一般。这郝鸾冒雪而回，走到升仙桥中，正走上桥时，只听得说："卖剑！"连叫几声。那郝鸾听了"卖剑"二字，他便住了脚。回头一看，只见一个道者，头带铁冠，身穿元色道袍，手捧着三口剑。

这郝鸾走到道者跟前，将手一拱说道："道翁手内宝剑，可借与弟子观看否？"那道者把郝鸾上下一看，便说道："壮士，你要看贫道的宝剑吗？"郝鸾道："正是。"道者道："这等大雪纷纷，却怎好看？可去背雪之处，方才好看。"郝鸾道："此处离弟子舍下不远，请老师到舍下去何如？"道者道："怎敢造府!"彼此二人走到家中，见礼坐下。郝鸾问道："老师仙居何处？宝剑何名?"道者笑道："贫道游于四方，遍访天下的好汉。贫道姓司马，名傲，别号臬臬子。壮士可是郝跨凤吗?"郝鸾闻言吃惊，说道："弟子有眼无珠，多有得罪。"郝鸾与道者重又见礼，坐下。司马傲道："公子要看贫道的宝剑吗?"遂双手捧着，递与郝鸾。郝鸾接过剑来，掣出剑鞘，只见那剑光华夺目，霞彩惊人。遂摘一根头发，放在剑口上，便吹一口气，那发即两段，真乃吹毛利刃之宝。三口宝剑郝鸾一一看过，爱之不尽。说道："弟子不识三口宝剑何名，请仙长指教。"司马傲道："公子不必相问，只看剑把上三个字，便知其名。"郝鸾重又将剑掣出来，看上写着三字，甚是明白，一名"龙泉剑"，一名"攒鹿剑"，一名"诛虎剑"。看毕，道："请教仙长，每口价银多少?"司马傲道："每口要紫赤金一千两，也不为多。"郝鸾道："弟子手内之钞，买不起，真正得罪，望仙长恕罪。"司马傲道："公子此言差矣。大丈夫志在四方，怎么说'买不起'三字？贫道看公子尊品非等闲之辈，日后必有大富大贵之兆。古人说得好：'宝剑赠予烈士，红粉赠予佳人。'若公子有爱剑之心，贫道三口宝剑，俱送与公子何如?"郝鸾道："仙长是取笑小生了。"司马傲道："贫道怎敢取笑于公子？但公子终身富贵，俱在此剑上出。只是公子只用一口，那两口另有英雄用他。贫道烦公子访寻好汉，若有比公子强些的，便可赠他，日后做得一番事业。"郝鸾道："蒙仙师指教，又赠宝剑与弟子，但不知英雄出于何处?"司马傲道："此处并无人，可到河南开封府去寻访？那时，自然遇见奇异义气之人。贫道理当奉陪前去才是，奈贫道还有些正事。"言毕，起身就走。那郝鸾谢之不尽，又留他不住。那司马傲临别之时，说道："公子千万莫负贫道这三口剑。"郝鸾点头相应，说道："弟子谨依师命。"就拱手而别。只见司马傲是个高人，却也不敢违他吩咐，就与老家人商议道："此地到河南开封府去，路途遥远，盘费全无，怎生去得?"那老家人道："大爷虑得极是。且把今岁过了，到明岁开春时节，再做区处。那时待老奴慢慢作法。"郝鸾依言。光阴似箭，不觉已到岁暮，除夕已过，正是诗曰：

爆竹一声催腊去，梅花几点送春来。

郝鸾过了元宵佳节，又对老家人说："正月将终，我要行走动身出门，你是怎样替我作法?"老家人道："为今之计，只得与那些受过大爷恩惠的，与他们借些盘费行李衣服才好。"郝鸾道："怎好与他们启齿?"老家人道："相公不必开言，等我与他们说便了。"郝鸾道："你可就去请他们来。"

那老家人去不多时，请了有四十多位人来。到家中与郝鸾见礼已毕，依次坐下。只见众人齐道："大爷呼唤，有何吩咐?"郝鸾只不开口。老家人在旁说道："我家大爷请列位到此，并无别事，只因要到河南开封府去。有一亲眷，几年未曾望看，前月有信到此，请大爷前去走走。奈路途过远，欠缺盘费行李衣服，思来想去，并无别处作法，倒是老奴思想到列位身上。大家量力帮助，日后加利奉还，所以请列位来一同商议。"那众人道："我等蒙大爷天高地厚之恩，尚且无以可报。"内有一个说道："我的父母，承大爷多少恩情。"又有一人说道："我们有了官司，是大爷救出来的。"众人说道："我们的家私情愿与大爷分用。"郝鸾道："列位若说此言，我郝鸾就当受不起，连帮我的盘费分文都不敢领了。"众人见郝鸾如此之话，便说道："小弟说话一时唐突，大爷休怪。"小弟们又说道："等大爷动身之时，我等量力而行便了。"郝鸾说道："承列位雅爱，容日自当并谢。"众人告辞，说道："小弟们权且告退，明日即当送上。"郝鸾道："真真蒙情。"送众人出门，长揖而别。

且说众人到一个僻静所在，通同说道："这郝兄是个大丈夫。他来日要出门，况且没有向人开口说过借贷的话。今日我等大家开了名字，一一凑出程仪。”有二两的，也有送他一两五钱的，亦有多少不等，登时写了六十多两银子起来，还有些人未曾开写。众人各自散去。到次日，总凑在一堆，俱到郝家。众人道：“蒙大爷吩咐，小弟们不敢违命。”遂将银子并各人名字开单，放在桌上。郝鸾道：“蒙列位的厚情，我实不过意。”众人道：“小弟理当奉敬，怎当得此话？”大家朝上一揖，躬身而散。郝鸾的家人把银子单帖收了。次日，还有好些朋友听见郝鸾到开封府去，齐来帮助。郝鸾一一收了，有二百多金。叫家人去备了行李衣服，又借了几个牲口，郝鸾又谢了众人，择了二月初二日起程。众人备酒与他送行，直到初一日，又买了三牲，祭礼拜辞了家庙，又到坟前祭辞父母。当晚，用下夜饭，又丢了几两银子与老家人，又拜托众朋友照看他老家人，次日天明，用过了早膳，吩咐老家人：“我去之后，用心好好照管门户，我多至半年，少则两三月就回来了。”那家人道：“不必大爷吩咐，我自然小心领命，大爷路上须要小心。”便把行李牲口备办成了，郝鸾把银子收在身边，腰中挂了龙泉剑，那两口宝剑收在行李之内，跨上了牲口奔河南开封府而去。

一路晓行夜宿，非止一日。那日，到了河南开封府。进得城来，寻了下处，进了客店，便把行李叫人搬进客店。店小二拿了一壶茶来，说道：“相公用饭？”郝鸾道：“取来。”小二取了酒饭，郝鸾用过，小二取去。一宵已过，到了次日，郝鸾来到街坊，寻访英雄。虽有几个人，入眼不上。又访了几日，并无一人。

一日，站在店门口，便问小二道：“这里可有甚热闹所在玩玩吗？”小二道：“相公要玩去，出了西门，不上二里路，有一争春园，里面百花开放，何不去饮酒散闷？”郝鸾闻言此处有玩处，便将房门锁了，叫小二：“看好了房门，我去去就来。”郝鸾出了店门，奔争春园而来。只见玩的人三三两两而去。郝鸾随了众人伙内，行走有二里路，远远望见园林，只见挂着一面白粉的招牌，上写着“争春园”三个字，内里共有三十多座亭台，两边数不尽的楼阁。当中有一个小亭子，上写着“四贤亭”三字。郝鸾便走上亭来，见当中一张八仙桌子，八张椅子，就在椅子上坐下。只见一个书童扫地，他就放了笤帚，在炉上泡了一盖碗细茶，捧到郝鸾的面前，叫声：“爷请茶。”郝鸾知是园内倒来的茶，一饮而净。将碗放在桌子半边。那书童又到郝鸾面前：“爷是饮酒？还是游玩？”郝鸾道：“你问我作甚？”书童道：“非是小人放肆，这亭子是我家定下的。爷若用酒，请到别处，恐怕家爷来责罚小的，故此得罪爷。”郝鸾道：“说得有理，少刻就走。”小童依旧扫地。不一时，那书童跪到郝鸾面前，说道：“家爷来了，请爷速行。”郝鸾因他照会过的，起身要走，那位尊长早已到来，头带金线方巾，身穿大红直裰，绫袜珠履，花白胡须，年方六十以下，后随一位书生，头带片玉方巾，身穿天蓝直裰，珠履绫袜，后跟二名管家，抬了食盒。那老翁见郝鸾头带红将巾抹额，淡红箭衣，犰皮靴子，面如重枣，两道浓眉，气象昂昂，威风凛凛，爱之不尽。想道：“天下还有这等英雄。”笑嘻嘻拱手说道：“老夫与兄一叙。”便到阶前，一手挽住郝鸾。郝鸾连忙躬身道：“晚生惊驾，望大人恕罪。”二人到亭子上，见礼坐下，书童献茶。那老翁道：“足下不是开封府人，贵处何方？”郝鸾道：“晚生是洛阳人氏。”老翁道：“兄是洛阳，老夫有一相知，兄可认识否？”郝鸾道：“不知大人的相知是何人？”老翁道：“老夫相知之人，声名浩大，世人都称他为小孟尝。此人交结四方朋友，名叫郝跨凤。他父在日，与我同盟，况又同僚，兄可知吗？”郝鸾闻言道：“小侄郝鸾，不识金面，多有得罪。”老翁惊道：“原来是跨凤贤侄。”站起身来见礼。礼毕，郝鸾道：“不知老伯尊姓大名？”老翁道：“姓凤名竹，字文山，曾授太常寺少卿。因有病，辞职。”又指那书生道：“此是小婿，姓孙名佩，字玉琢，他父亲曾做过武昌府，亦与令尊同盟。”郝鸾道：“先父在日，曾向小侄言过，不知老伯今日驾临在此，小侄孤身路远，少来与老伯孙世兄候安聚会。”孙佩道：“真乃幸遇，望兄恕罪。”郝鸾起身辞别道：“小侄失陪。”凤公与孙佩道：“今日幸会，连请也请不至，怎出此言？”郝鸾道：“怎好叨扰？”那凤公道：“请坐。”不上一会，摆下酒席。那凤公请郝鸾首座，郝鸾道：“老伯请上坐，小侄怎敢上坐？”孙佩道：“郝兄是客，家岳是主，那有主人僭坐之礼？”凤公又道：“小婿言之有理。”谦逊了一会，郝鸾只得告坐。凤公对坐，孙佩横坐。家人送酒上来，饮了几杯。只见两乘大轿到来，跟随仆妇们径奔四贤亭上来。家人向凤公道：“夫人小姐到了。”凤公道：“请他们往浮山亭去吧，此处有孙姑爷，在此不便。”家人领命，叫那轿子抬到浮山亭，转弯抹角去了。郝鸾道：“小侄有屈老伯母世妹了，今日礼该拜见，恐其不恭，唐突不便，明日到府去见礼吧。”凤公道：“明日少不得过来奉请到舍叙谈。”又敬了几杯酒，各谈些闲话，又见孙佩谈些诗文，郝鸾谈些武艺，谈得甚是投机。凤公大悦。正谈得高兴，下面又到了一起人来。先一位人，头戴方巾，身穿大红直摆，面麻无须，足穿粉底乌靴。左首一人，面麻有须，儒巾儒服的打扮。右首一人，不上三尺，也是一样儒服方巾。随后有两名帮闲跟随。凤公孙佩吃了一惊，不知这三人是谁，且听下回分解。

第二回

争春园英雄救人

话说那位公子同了两个帮闲的，正到园中之时，朝四贤亭一看，低言向二人说道："老鲍，你看亭子上面，却是老凤同了孙佩在此，我大爷正要寻他，今日却好撞见，待我抓他下来，打他一顿，与我大爷出气。"那矮子道："这却不可，我自有道理。"对公子低言说道："门下才听得有人说他家夫人小姐也在园内玩耍，大爷可将打手传来，抬一乘小轿子伺候抬凤小姐。况且，那同坐的红脸汉子却是个精壮之人，此时动手，恐那汉子动气。我们的人此刻少，等打手到此，人多势众，不怕那人；再把凤小姐抢去，与大爷完姻，就是老凤与孙佩告状，门下做个硬保，就到官，官不能断离。不知大爷意下如何？"公子道："老石的计策甚好，提起孙佩夺我婚姻，恨不得食他之肉，方泄我恨。"那姓鲍的说道："大爷不要性急，少不得处他。"公子点头，道："叫家人回府，唤齐打手快来。"公子同鲍、石二人往浮山亭去了。

且说凤公、孙佩见三人去了，凤公对孙佩说道："早知遇见此贼，不来倒也罢了。"郝鸾看见他郎丈二人低言细语，面上失色，有些惧怕之意，便问道："方才面麻之人是谁？"凤公道："不瞒贤侄说，老夫与他不知哪世的冤仇。此人姓米，名玉，字斌仪，他父乃当朝宰相，名叫米中立。那长汉姓鲍，名叫成仁。那个矮汉子姓石，名谈，只因他生得矮小，人人叫他石敢当。我无子侄，只生一女，名栖霞，今年十六岁，虽没有天姿国色，却也端正。米斌仪知小女的才貌好，叫鲍成仁、石敢当前来说媒。我见那米中立是个奸臣，日后有祸，况且他儿子米斌仪生得丑陋无才，倚仗他父亲之力，信鲍石二人的奸计，所为不公不法之事，却也无数，强占民家妇女，强夺人田地，无所不为，无法无天。虽有地方官，不敢拿他。老夫所以不允。前月小女许配孙佩，米斌仪闻知甚是不悦，屡与我翁婿不对。况我年已六旬，再者小婿书儒，不和他作对，屡屡受他之气，今却在此又会他，岂不是狭路相逢，恐其吃他的苦。”孙佩道：“米家打手甚凶，而且岳母在此不便。”郝鸾听了，怒道：“开封府内怎么容得此人？若论别的，不敢领教，若说‘打’字，小侄最喜的。有小侄在此处，他也不敢来打，他就是来打，总在小侄身上，不怕他。”凤公道：“虽然如此，贤侄如何打得许多人?”郝鸾道：“非是小侄夸口，有名的好汉，也不知见过多少，何况这一班鼠贼。”凤公和孙佩见他如此说来，却不好再说惧怕，只愁在心内。三人又饮了几杯酒。

且说米府的家丁吩咐开园的道：“我家公子与那四贤亭上凤公作对。”店主人听了，叫小二和那些饮酒之人说明，叫关门先去，米公子今日抢凤小姐，打那老凤与那孙佩。那些人听了这个消息，那个敢来多事？总都散了。凤公见人纷纷四散，心内越发着急，又不好催郝鸾动身。那店小二忙忙地来收拾碗盏，恐怕打碎。走堂的收拾桌椅，小二捧着碗盏，往后就走。方才转弯，不防又有一人在此解手，站立身来，才把裤子塞好，小二不曾提防，这人将那些碗盏一撞，打在地下，那些油汤油水，泼了一身。那汉子说道：“你家里死了人？这等慌忙，油汤浣了我一身。”小二一看，吃了一惊，见此人身长九尺，就像钟馗一般，白布扎头，青布箭衣，下穿一双皮靴。小二连忙赔罪道：“小人因米府要抢凤小姐，恐其相打之时，特来收拾家伙，因慌忙了些，多得罪爷。碗盏打碎，总是小人的晦气了。”说毕，却将那打碎的碗盏拿了就走。那人拦住说道：“你把话说明再走，也不要你赔衣服；若说不明，俺就打死你这个狗头。”小二道：“我的爷，莫动气，待小二说与你听：这开封府姓凤的，他家曾做过太常寺，只生一女，十分美貌。有个姓米的，他父是朝中首相，他公子要与凤家求婚，凤家不允，就将小姐许配孙佩，那米家心中不悦。今日那凤爷同孙相公，又有一红面人在四贤亭上饮酒玩耍，他夫人小姐在后亭子上玩耍，米公子看见，叫了许多打手，要抢小姐回府。我家店主恐怕打碎了家伙，故而收拾。爷是外路人，不可在此处，龙蛇混杂，恐有不便，请爷出去吧。”那人道：“天下有这等事。你去收拾家伙。”

你道那人是谁？乃京都顺天府人，姓鲍，名刚，号子英，有个别号叫“披头太岁”。这人性情粗鲁，他祖父也有许多家业留下，被他结交习学拳棒，无心在家，每日闲游闹市，惯打抱不平之事。街上有个“坐地虎”叫作王命，父子叔侄兄弟九人，专放利债，与人吵闹。遇见老鲍性起，打死王家五人，逃到开封府。闻有一个争春园热闹，由路而行，进园来游玩饮酒一回。听了小二之言，心中不忿，道：“清平世界，要抢良家女子，俺且看那红脸汉子可能保他翁婿。”鲍刚就走到四贤亭，一看，见那郝鸾坐在那里用酒，如一只猛虎。鲍刚暗道：“此人勇壮，可保二人了，我不必在此，且往浮山亭去保那女眷要紧。”转过弯，又只见门后一条门闩，拿了，悄悄地躲在后亭，等候那米家人抢小姐之时，好动手打他。

且言米公子生性好狠，养一班亡命在家，以为羽党，有十个最狠的，总有别号：

猛似虎的项羽，爬山虎的樊哙，

摸着天的王翦，金头太岁章邯，

银背金刚廉颇，五花蛇的李牧，

黑天王伍明甫，铁头和尚卞庄，

笑面虎的白起，有勇无谋袁达。

还有八名好汉，比做恶星：

大将军金白礼，灾害星的卞元，

大凶神的方朋，岁杀星李元甫，

官符星的周瑞，吊客星的毛进，

岁寇星的詹常，白虎星邹成文。

这十八条好汉领头走进，后跟乃三十多人，都到争春园赌胜。到园内浮山亭上来，见米公子说道："大爷呼唤小人等，哪方使用?"石敢当道："列位并无别言，只因孙佩占了大爷的亲事，那凤竹先得大爷的财礼，有我同鲍兄为媒，今又许孙佩。今日夫人、小姐、凤竹、孙佩都在此园游玩，列位把小姐抢回府，再辱打孙佩、凤竹二贼，事成之后，重重有赏。"那些人道："凤贼如此欺心。古人云：'一个女儿，吃不得两家茶。'先许大爷，又许孙佩，其情可恶。总在我们身上，代大爷出气。"一个个脱去了衣服，穿扎停当。鲍成仁叫小二拿酒饭与众人壮威。那石敢当道："哪几位到浮山亭去抢小姐？哪几位到四贤亭上打孙凤二人?"那金白礼道："我去。"领十多人，抬一乘轿子，往浮山亭去。此时，园内门已闭了。由米公子领一班凶人，来打凤公孙佩。二人看见，目瞪口呆。孙佩说声："不好，打得来了。"郝鸾见米家打来，想道：我先夸过口的，如今已打将来，料凤孙二人必遭毒手，不免乘势打他们一顿，一者保他二人，二者显我的武威。郝鸾道："老伯与贤弟莫怕，有我在此。"把头巾按了一按，衣角塞在带内，四下一望，并无帮手之物，挺胸站在亭前，道："有我在此，谁敢上来？来的算是个好汉。"石敢当道："你这红脸的汉子，不识时务，米相爷家的公子在此，快快下来，免你死罪。"郝鸾道："哪个叫米斌仪?"米公子听了他叫名字，仗了人多，便向前说道："你这狗头，敢叫我大爷的名字。"郝鸾道："你这狗头敢来?"米公子大怒，便拢扎衣袖，走上街沿。那郝鸾心道："我不免先下手打他个利害。"米公子才要打来，那郝鸾两条腿如飞风一般，把米公子右手用左手压下，翻上右掌打来。米公子说声"不好"，闪不及，早打在腮下，滚将下来。鲍成仁、石敢当二人上前扶起，说道："大爷站稳了，怎么滚下来？"那米斌仪连话也说不出来，只是乱张嘴。石敢当道："快些快些，大爷下腮被这狗头打下来了。"典韦上前用手捧住，往上一凑，公子道："这贱狗头，好打呀，怎么我被他打了下腮来？哪个代我把那狗头抓他下来，赏他银子。"有爬山虎的樊哙，当先手提两根锡头棍上前，将手举起打来。郝鸾伸手捏住他的七寸子，翻起腿来往肚子上一脚，樊哙走不及，早已跌倒，两根棍子早被郝鸾拿在手内。项羽见樊哙跌倒，心中大怒，一齐上前，郝鸾手起棍落，打得人一个个跌下，也有打断膀子的，也有打破头的，哭哭啼啼，哀声不止。鲍成仁又叫人回府，再叫些打手来帮打。

且说那十个凶神去抢凤小姐，恰恰遇见狠太岁，不知怎样相打，且听下回分解。

第三回

雪浮亭豪杰助阵

话说金白礼、卞元、方朋等，领着多人，个个争先。当头李元甫，一脚把亭子那边小门踢开。凤夫人与小姐正在那里饮酒说话，忽见一个汉子把园门踢开，仆妇看见，骂道：“此是女眷之处，你是哪里来的冒失鬼，敢进来窥看吗?”李元甫喝道：“我打你这贱人，如此大胆。”提起拳来，把那仆妇一掌打在地下。三十多人俱往里拥，把个夫人小姐吓得魂不附体，无处可逃。李元甫把小姐抓住，往外就走。

且说鲍刚听了小二之言，躲在浮山亭后，等了一会儿，不见动静，好不心焦，便睡着了。耳边只听得喧哗之声，才惊醒了，便跑起来，提着那条棍子，就急急走出。又只见那些人啰唣，那鲍刚怒从心上起，恶向胆边生，便大喝一声，道：“你这一班狗头，谁敢在太岁爷头上动土？有我在此，谁敢大胆动手?”那班打手正在高兴之际，忽跑出一个汉子来，吃了一惊。众人问道：“你这汉子，敢来管我们的闲事?”那鲍刚那里容得，就举起棍子乱打起来。那些打手先还可以撑持，后来，哪一个敢向前？那卞元见势头不好，把小姐抢出来，往轿子内一推，那轿夫即便飞跑去了。那凤小姐犹如死的一般，却也不知人事。且说众人抵挡不住，只得退下去，却不知鲍刚紧紧相随不放。众人跑到米斌仪面前，道：“大爷快走，后面那黑汉子赶来了。”又有一人说道：“那小姐已被卞元抢入轿子去了。”话言未了，那鲍刚早已到来，犹如凶神一般。那米公子道："这凤老儿怎么聘了这个狠人在此?"石敢当说："大爷快快走吧。"那米公子与鲍成仁和众人一齐往后面跑去了。那郝鸾在后追赶，听见人说凤小姐是卞元抢上轿子抬去了，又见后面一个黑汉子追来，找寻人乱打。便对凤公说："老伯还不走，等待何时?"那凤公、孙佩、众家人随着郝鸾走来，当面撞着鲍刚。便叫道："红脸朋友，俺和你打到这狗男女家里去。"郝鸾问道："虽然如此，可知抢小姐往哪里去了?"鲍刚说道："小姐是那米家抢了去了。"那郝鸾见鲍刚出言吐语，便知他是个有勇无谋之人，便说道："俺不知小姐竟被他们抢去了，我与你将小姐赶回来才好。"鲍刚听说，道："既如此，俺与你就急行快走便了。"那郝鸾依言，一同出了园门，向前赶去。那凤公着家人先将夫人抬回去，又命三四个家人跟了那孙佩。

不言家人跟随凤公与孙佩同回府第料理，却说那郝鸾、鲍刚出了园门，赶到那边，远远望见一乘小轿，他二人急急赶那轿子。再说米贼家人石谈、鲍成仁同众打手等，见小姐的轿子抬动了身，他们就一哄四散走了，只有家人卞元、金白礼十多人跟随轿后。看见二人赶来，又抵挡不住，又不敢擅自将小姐的轿子丢下，又在个荒野之中，无处躲避，只见前面有所庙宇，众人将轿子就叫抬到前面庙宇躲避。转弯抹角，急急抬进，把山门紧紧闭上，只望米府还有人来帮助。那鲍刚、郝鸾已急急赶上来，不见了轿子与众人。那鲍刚说道："这庙门关着，想必这贼囚躲在里边。"便提起腿来，往山门就是一脚。那庙门年深日久，山门也损坏了，二者鲍刚的力大，只一腿，有千斤之力，那损坏的山门被他踢下来了。那众人听门响动，见事不偕，只得把轿子丢了，众人躲往后面，就把后面矮土墙推倒，一个个都跳过墙，溜回家去了。那郝鸾、鲍刚进了庙门，往后面寻来。见众人往墙外爬跳，鲍刚拿着短棍赶来，郝鸾见轿子在此，忙将轿帘掀起，看见小姐在内，便大叫："好汉转来，不必追他，凤小姐在此。"那鲍刚听得凤小姐在此，方才转身，口中还骂道：“这班打不死的狗头，我鲍爷爷权且饶你们性命，改日再与你们算账。”便回身与郝鸾拱拱手，问道：“朋友，你与凤家是亲否？”郝鸾答道：“并不是亲，不过是一面之交，见此不平之事，所以帮助。”转问道：“朋友，你是何人？”鲍刚道：“我是个游玩之人，因见米家行凶，要抢凤家小姐，所以报个不平，打这班狗头。”郝鸾想道：“此人倒有几分义气，莫非他是司马傲指点于我？此人如此猛勇，亦未可知。”正欲问他名姓，忽有凤、孙两家的家人说道：“方才不是二位爷勇猛，那小姐焉能抢回来？”众人急送小姐回府，凤公与夫人见了，拜谢感恩不尽。夫人就叫丫鬟将小姐送上楼去，即同小姐诉说今日在园中遇此险害事情，若非郝鸾与那汉同往追转回家，焉得完聚？那凤公意欲要酬谢他二人，又想道：“他二人今日在孙家住歇，次日我设宴请他二人致谢，方成个道理。”

不言凤公，再说孙佩跑到家中，神不归体，满身雨汗长流，又不知他岳父母好歹，郝鸾的消息。正在厅上焦躁，忽见随去的家人走进来说道：“小人奉相公之命，请了二位爷回来，现在门外。”孙佩闻言，即整衣迎出大门，请进二位到大厅，见礼坐下。茶罢，孙佩躬身说道：“适闻若不是二位的虎威，险遭毒手，希乎性命难存。”就问：“此位尊姓大名？贵处何方？”鲍刚见问，便道：“是顺天府人氏，姓鲍名刚，字子英，世人见俺粗鲁，替俺起了诨号，叫做‘披头太岁’。前因本籍市上有一件不公的事情，欺害人民，俺一时之气，打死了王家父子叔侄五人，街上设有阻挡拿我，我只得逃走到这里。方才遇见米家行势，俺见了要抱不平，幸遇此位相帮，方才夺回凤家小姐，打散众人，又蒙兄雅爱相召，只是造府不当。”指着郝鸾说道：“此位是个义气英雄，却不知尊姓大名？”郝鸾暗道：“这鲍刚是个直汉，说话竟不隐匿己事，倒是豪爽的汉子。”便回道：“在下祖籍是洛阳，姓郝名鸾，字跨凤。”那鲍刚听见大惊，问道：“尊兄莫非就是小孟尝兄吗？”郝鸾道：“那不过是人乱称，怎么就当得其名？”鲍刚道：“小弟闻兄虎名，轰雷贯耳，今日巧遇，真天幸也。”孙佩暗想：谅米家不能开交，不若与郝、鲍拜了生死弟兄，养他二人在家，若米府后来寻事于我，有他二人在此，却也不怕他怎样，待完婚之后，带着岳父岳母家眷，同到洛阳，借郝鸾之势。况这鲍刚又是过犯之人，逃走到此，他自可住在一处避难。又想道：“大丈夫志在四方，功名得意，那时回籍，米家却也不得把我怎的。”便开言说道：“小弟是个书儒，欲忝在二位兄长名下，结个金兰好友，不知二位兄长可肯提携否?”郝鸾未及开言，鲍刚就跳起身来说道：“妙极妙极，小弟亦有此意，就拜个朋友也是件美事，又是五伦之内。”郝鸾道：“小弟是个愚夫，怎好高攀?”孙佩见他二人依允，叫家人捧上饭来，三人共吃，用完了饭，吩咐家人备办三牲，供献圣帝纸马香烛元宝，各叙了年庚日月，郝鸾是二十五岁，鲍刚是二十岁，孙佩是十九岁。郝鸾居长，鲍刚第二，孙佩第三，各各盟誓，情愿一同生死，永远不负此言。三人拜毕，不一时，摆上酒席，三人畅饮，不言。

再说米斌仪领着一班羽党回到府中，米斌仪骂道：“你们这班无用的狗才，那样一个人都打他不过，要你们这班人做什么?”忽见金白礼同卞元跑回府中，气喘吁吁说道：“好不凑巧，小人们抢得凤小姐上轿子，抬了已到半路之间，谁知又被红黑二贼夺回去了，小人们好不着急，无人帮助。”米公子听了此言，越发动气，鲍成仁等却不敢多言。那众打手虽然吃了苦，却不曾伤人，那些被打受伤之人，各归房去医治，那不曾打伤之人，俱低着头，不敢言语。那石敢当猛然叫道：“大爷休得如此纳闷，据门下细细想来，叫作一不做，二不休，依门下的主意，再齐起那些打手与家丁，径到孙佩家去，把那孙佩抢到府中，锁在书房，细细拷打，那时才出大爷一口毒气，不知尊意若何?”那米公子说道：“先前打输了，如今打复仗，谅也不能全胜。”石敢当笑道：“先在争春园，有那两个野汉相帮，所以不利；如今难道还有那两小人相帮不成?”米斌仪道：“老石说得甚是，须要个认得孙家的人引路方好。”石敢当道：“门下认得孙家，愿为引路。”米公子道：“今日已晚，你们且歇宿，明日前去便了。”

过了一夜，次日天还未明，米公子传齐了家人打手，到孙家去。你看这些打手，拢扎的拢扎，吃酒饭的吃酒饭，好不高兴，独有那鲍成仁奸猾，并不作声，看见石敢当脸上有晦气色，又有黑色贯顶，双眼泡上带着土色。心想：“他这一去，不知死活如何，况在禁城之内就撺掇米大爷抢起凤小姐来，不想天理难容。却遇见两个英雄，打得大败亏输，今日又撮合大爷打孙家去，且这些件件违条犯法，将来不得干休。我不免假装头疼，可以避得此祸。”想罢，睡在床上，只叫头疼不好过，不能起来，难去帮打。米公子闻听，心中想道：“大约他昨日费了精神，所以今日头疼，留他在家睡睡吧。”不一时，打手人等拢扎停当，共有五十多人，石敢当在前引路，径奔孙家去了。此一回去，有分教，打得孙家七零八落，人离财散。这叫作：清清家里坐，祸从天上来。不知后事如何，且听下回分解。

第四回

松林内仙长指迷

话说石敢当辞别了米斌仪，领着多人，一路雄赳赳，狐假虎威，打奔前来。早到孙家门口，说道："诸位，此处便是孙家，你们进去时，须要猛勇争先，把孙佩抢到府中，自有重赏。"此时孙家大门开着，他却不曾提防米家打来。石敢当就进大门，又吩咐道："恐孙佩溜出大门，诸位进来时，必须把大门关了为妙。"众人依言，果然把大门关了。

且说郝鸾、鲍刚、孙佩三人，饮酒已毕，各自安歇一宵。到了天明，梳洗已毕，忽见一个家人，慌慌忙忙跑到面前叫道："大爷不好了，祸事到来，今有米府带领多人打将来了。"郝鸾道："哪个米府打来？"家人回道："就是昨日在争春园抢凤小姐的米斌仪家打来。"话言未了，石敢当早已到了阶前，大叫："孙佩，你这狗头躲在哪里？"孙佩闻言，吓得魂不附体。那鲍刚因昨晚多用了几杯，宿酒还未醒呢，听得家人说米家打来，那里容得？便站起身来，按不住心头火起，也不开言，走向前来，一把将石敢当抓住，凭空举起，大喝道："你这狗头，可认得我太岁爷爷吗？"原来这石敢当不在意他二人还在此，也不提防，被鲍刚举起那时，方才知道他在争春园打架的黑汉子。便哀求道："小的们不知爷在此，多有得罪，求爷放了小的，以后再不敢来打孙家了。"鲍刚道："你这狗头叫作石敢当吗？"石敢当道："只都是别人叫我的。"鲍刚道："每每看见巷口立着一块石头，上刻‘泰山石敢当’，你叫作石敢当，毕竟你这颗头是个坚固的，俺把你这颗头在石上撞下，看是如何?”鲍刚见厅上有个石礅，便把石敢当的头朝下脚朝上，尽力往石礅上一撞，可怜人头怎比得石头，此时那石敢当脑浆花红一齐流出，一命呜呼，死于地下。鲍刚道：“原来你这狗头碰不过石头。”那些打手众人见石敢当死在地下，齐声叫道：“不好了，打死人了。”一齐喊声不绝，往上一拥，要捉鲍刚，鲍刚哪里容得？内中一个家人，名唤米兴，有些笨力，便认定鲍刚打来。鲍刚闪过一旁，飞起右腿，一腿兜裆踢来，米兴闪不及，早被鲍刚踢倒在地，气已绝了。众人又道：“又打死一个了，还不拿他到官，等待何时?”有二十多人上前捉拿孙佩。郝鸾见鲍刚打死两人，被众人围住，正欲上前帮助，又见众人打将上来，恐孙佩被捉，只得把孙佩拦在背后，双拳挡住众人。郝鸾虽然拳棒精通，哪里挡得住多人？况且那班人都是会些手脚，顾前不顾后，早离开几步。内中有一个家人眼快，便走上前来，拿捉孙佩。孙佩家人来救，又被别人挡住，那米家家人一把抓住孙佩，夹在身边，往后门走去。郝鸾不见了孙佩，谅不能脱身，便帮着鲍刚，打得那一班家人，打来打去，哀声不止，欲要往外跑，大门先又关了，众人道：“总坏在石谈嘴里，只管叫我们关起门来。”众人要命，一齐将门撬开，跑的跑了，跌的跌了。鲍刚赶上前来，踢死了几个，余者散去。郝鸾、鲍刚回头不见孙佩，只见尸横满地，四下里找寻孙佩不表。

却说米府众人将孙佩夹到府中，喊道：“不好了，打死了多少人了。”米公子见把孙佩抢来进府，又听得众人喊叫“打死人了”。便问道：“打死哪一个?”众人道：“岂知孙佩将昨日那两个凶徒留在家里，石相公不曾提防，被那黑汉子双手举起来，头朝下脚朝天，往石礅上一撞，碰死了。小的见了，正要打他，有米兴争先，又被他一脚踢死，还不知打伤了许多人，小的见势头不好，先将孙佩抢来，不知打得怎样。”话言未了，只见这班被打之人，一一跑回府来，说道："罢了，罢了，打死了。"米公子一看，只见众人都带伤回来，也有的打断肩肋，也有打破了头脸，也有打断鼻梁骨，一个个呼疼叫痛，血流满地。米公子见了，大惊道："怎么就打得这般难看？"此时鲍成仁闻听得石敢当已被打死，心内暗想道："我老鲍可以算得一个相士，我见石敢当面黑而滞，必死无疑，亏我不曾去，若去了，难免此劫。"想罢，便起身走出房来。米公子见成仁出来，便道："老鲍，石敢当被人打死，这便如何是好？"鲍成仁看见众人倒少了一大半，便问道："石谈带了多少人去的？"米旺道："连我与石相公，共五十八个。"那鲍成仁一一点数，只得二十二人回来，共打死了三十六名。那米公子道："这孙佩家藏凶徒，就打死我大爷家多少人，且将小畜生吊打他一番，出我之气。"那众人正欲动手，鲍成仁说道："不可乱动，如今孙佩是不曾打伤人命，吊打他一番却不为过，况且孙佩隐藏凶徒在家，打死三十多人，理应送官，当堂治罪偿命。若是私下里打他，身带伤痕，至到官之时，他就有话说。"米公子道："老鲍说得有理。"即写了名帖，着家丁送与祥符县去。去不多时就来了四名公差，便把孙佩带往县前去了。米公子赏了差役东礼，四名差役随即押了孙佩，往县前去了。又有石敢当的妻子，听得丈夫被人打死，就写了一纸状子，亦到县前投递。那三十五家的苦主俱到县前告状。

且说郝鸾、鲍刚在内找寻孙佩一会儿不见。有孙家的家人说道："我家相公被米家抢了去。"郝鸾听了，说道："孙家兄弟被他抢了去，我和你出去找寻。若是寻得孙家兄弟，一同避此大难。"鲍刚一同离了孙家，一路找寻，只听得街坊上人说道："孙相公家藏两个大汉，打死了米府多少人，适才有四个公差，把孙相公锁到县里去了。"又有的人说："孙相公是个忠厚人，也是气他不过，寻了两个大汉防身，不意就打死了多少人。如今定要抵命，我们去看看。"说的说，去的去。且说郝鸾、鲍刚听了此言，二人心中甚苦，也跟随众人来到县前。鲍刚心内要做不怕王法的事，意欲动手，要抢孙佩，郝鸾见鲍刚黑脸上怒气冲冲，怕他惹出事来，便把鲍刚一拽，点点头，齐走出来。二人径到寓中收拾行李，想道："我若骑了牲口恐怕孙兄弟怪我，不若舍去了吧。"便与店家说道："我这牲口权且寄在宝店，另日来取，所有草料，照数补你。"又兑了房钱饭钱与店家，他背了行李，二人悄悄出城去了。

再说凤公，次日清晨，叫家人拿了名帖，去请郝鸾、鲍刚同孙佩姑爷到来。正在打点，忽有孙家家人报道："今早米家又着石敢当带了多少人打到我家来，却被昨日那两位打死了多少人，我家大爷被米家抢去送官去了。"凤公听了，如同晴天打个霹雳一般，忙叫家人拿银到县里料理，不提。

且说郝鸾、鲍刚离了城市，约有三十余里，见一松林，二人走进松林，塌地坐下。鲍刚道："大哥，你我如今打死了米家多少人，你我逃走，却把孙兄弟拿去抵命，你我心内何忍？也过意不去，必须做个法儿，救他才好，才是个道理。"郝鸾说道："孙家兄弟原是请你我二人防身降福，谁知反降其祸。若要救他，你我心有余而力不足，不能救他。必须要寻访个努力的好汉，方能救得。我和你海外天涯，一定找寻了英雄高人，前来搭救。"二人商量了一回，取路前行。行了十多里路，忽走到一座黑松林内。只见四无人烟，一带都是松树。二人歇下，忽来了一位道人，上前相见，说："公子别来许久，可还认得贫道吗？"那郝鸾上前，定睛一看，认得是以前在家时赠他宝剑之人。急忙上来与道人见礼。道人又与鲍刚见礼，问道："此位壮士何名？"鲍刚道："在下姓鲍名刚，顺天人氏。"道人道："公子既到开封，可曾访得英雄好汉吗？"郝鸾道："尚未有人。"遂将如何离家到此，为因游玩争春园，遇见凤公、孙佩饮酒，忽有米府公子来抢凤小姐，路见不平，同这位鲍贤弟帮打，抢得小姐回家。次日，米家叫人来到孙家打闹，抢了孙佩而去，我们出来寻人帮助。得遇老师，望早早指示。"司马傲笑道：“贫道先前也曾言过，今已祸在危急。”指着鲍刚说道：“此位乃当世的英雄，可以赠他宝剑一口。”又在袖内取出柬帖二张，付与郝鸾道：“你二人可照帖内行事便了，贫道暂且告别，后会有期。”言毕，竟飘然而去。郝鸾打开了柬帖看时，只见上写着四句诗曰：

我今指你迷途路，离了开封往浙行。

口天便是安身处，舟中巧遇异奇人。

郝鸾看完了柬帖，说道：“司马傲先生出口成文，他叫我离了开封，往浙江而行，杭州府口天便是安身之处。想我母舅姓吴名兰，住在杭州，曾做过总兵之职，我今欲投母舅处安身。不知贤弟投奔何处?”鲍刚道：“方才那先生亦有柬帖一张赠我，我如今拆开一看，便知端的。”只一看了，有分教，又做出一番惊天动地勇猛之事。不知如何，且听下回分解。

第五回

假响马勇劫小姐

话说司马傲先生赠了二人的柬帖，郝鸾先自看过，鲍刚也将赠他自己的柬帖展开看时，上写道："本月十六日，可在湖广道上救凤小姐之难，不可有误。"鲍刚看毕，不知其意。郝鸾道："这是高人指点，必有应验。"郝鸾见鲍刚没有盘费，便打开行李，取出白银十两，衣服两套与他，宝剑一口，是攒鹿剑，付与鲍刚。说道："这是银子十两，衣服两套，宝剑一口，送与贤弟，好在路上防身。成事之后，兄弟可到杭州吴经略府中来找我便了。"鲍刚道："小弟初会大哥，又忝在教下，怎好收大哥的礼物？"郝鸾道："贤弟说哪里话来？况且是司马傲先生指示，愚兄怎敢不遵？"鲍刚只得收了，把剑佩在腰间，将行李卷好，二人洒泪而别，各办各事去了，且自不言，后有交代。

再说开封府祥府县知县，是湖广人，姓孙名淡转，是科甲出身，为官甚是贪赃，人都叫他做"孙剥皮"。今日见了这些人命状子，并米斌仪的拜帖，立刻叫齐人役仵作人等，径到孙家去众验。那保甲四邻人等俱在孙家伺候。不一时，知县也到了孙家，厅上坐下，问道："禁城之内，怎么就有这等大事，打死许多人命？"便叫仵作人一一验伤，已毕，仵作人跪下禀道："石谈是头脸碰碎而死，三十五人皆是脚尖踢伤致命。"书吏填了尸单，知县便叫孙家家人买了三十六口棺木收殓众人，俱用尸单封皮铁局停在尸场。知县便打道回衙。孙知县见是人命重案，不敢停留，随即升堂，差人押过孙佩，苦主四邻，坊保人等跪了一堂。知县先叫石谈妻子上来问口供。这石敢当的妻子是何氏，生得有几分人才，时常与米公子有些勾当，今日是鲍成仁教成了口供，便上来哀哀哭道："求太老爷做主，替小妇人丈夫申冤。"孙知县道："你就是石谈的妻子？你丈夫平日做何事业？怎么今日被孙佩打死？"何氏哭道："小妇人的丈夫平日陪伴米大爷玩耍，孙佩恨小妇人的丈夫不陪他玩耍，就聘请了两个大汉，将我丈夫凭空挽至家中。米府众大叔见孙家将丈夫挽去，便随后赶来护佑，却被黑汉将我丈夫碰死。红面的大汉又将米府的大叔打死。求太爷恩典，速拿凶手抵命，以正王法。"说罢，又哭。知县又叫四邻上来，问道："孙佩家中藏两个凶手也非止一日，早晚出入，谅你们也知道。"众人一齐回道："小的们俱是出外做小本生意，早出晚归，并不曾看见，求太爷问孙佩便知端的。"知县就把孙佩带到当堂。孙佩见堂上跪的众人并不见郝鸾、鲍刚，心中暗喜，难得他二人走了，纵有天大的事情，总在我一人身上抵命就是了。"那知县喝问道："你小小年纪，就敢与米府相斗，隐藏外来野棍，打死米府多人。这两个凶手姓甚名谁？如今藏在哪里？从实招来，免受刑法。"孙佩哭道："小的祖籍书香务本之家，从不结交匪类，每日在家攻书。昨日随了小的岳父，在争春园吃酒，不意有米公子带领了许多的打手，来打小的翁婿二人，不想园内撞见两个大汉，他抱不平，打散了众人，救了小的翁婿，小的感他们恩德，将他二人请到家，置席酬谢。不意今日石敢当带领多人，打到小的家内，那两个大汉见众人打来，彼此两下乱打，不料就打死了多少人，他二人惧王法走了，小的不曾问他姓名，小的情愿抵偿，求太爷做主。"知县大怒道："岂有人在你家过了一夜不知姓名之理？情愿抵偿，其中必有隐情。不打不招，左右，与我夹起。"两边一声答应，孙佩早已吓得魂不附体，两边不由分说，早将孙佩鞋袜拉下夹起来。孙佩早已昏死在地，半晌方醒，说道：“小的实在不知那两人姓名，小的情愿抵偿，求太爷开恩。”知县说道：“任你熬刑，难免本县三拷六问，左右，与我敲。”孙佩任他敲打，抵死不招。知县见孙佩不肯招认，心内想道：“若再拷问，恐他不能受刑，倘有疏虞，反为不美，不若叫他画了供，申详上司，看上司如何批发便了。”便叫道：“孙佩，你果然不知凶手的姓名吗？”孙佩道：“小的实情不知他二人姓名。”知县便叫松了刑具，画了供，将孙佩上了刑具，带下收监，出了详文，访拿凶手。又向众人说道：“孙佩熬刑不肯招出两个凶手的姓名，本县另自出差缉拿凶手，尔等且自回去，各安生理，毋得妄动。”众人叩头说道：“小人们怎敢妄为？只求太爷追拿凶手，以正王法。”知县打点退堂，众人各散。孙知县同师爷商议，出申详文，忽见米家家丁前来说道：“要捉拿凶身，封锁孙家门户。”知县因见米斌仪的父亲现任堂堂的宰相，怎敢违他？言出计从，即发封皮，将孙家的宅子封锁。孙家家人带了些细软的物件，各自去了。

再说凤公着人去铺监，禁卒得了重贿并不难为孙佩。凤公将此事与夫人小姐说了，凤夫人闻知大哭，小姐含羞，苦在心中。凤公与夫人商议道：“我凤竹年已六旬，只生一女，想寻个乘龙的佳婿，选来选去，选中了孙佩，不意又有这等风波。若是不救孙佩，女儿终身无靠；若要救他之时，怎奈我年老势孤，事在两难，如何是好？”夫人道：“你我年纪共有一百有余，指望年老倚靠女婿，哪知道有此大变，终不然看船沉到底之理？相公必须进京叩阍，方好救得孙佩出来，一者使他夫妇团圆，二者你我老来有靠，可是吗？”凤公道：“说得有理，怎奈京都路途遥远，非止一日可到。况且米斌仪屡屡行凶，他若知我不在家中，就要倚强欺弱，我哪里放心得下？必须要将你母女二人寄顿在别处安身，我才放心前去。夫人道：“想得极是，只是投奔哪里去好？”凤公想了一会，说道：“有了有了，我想，到别处去，却也放心不下，你二叔前日着人来看我，我如今不免将你母女二人送到湖广兄弟家，住下些时方好。”原来凤公有一个胞弟，是个秀才，因凤公在京做官，家内力单，被米斌仪缠扰不过，就搬往湖广襄阳府，投他岳父张于仲家安住去了，却时常往来。所以凤公想到自己兄弟身上，如在自己家中一样，只是路途遥远。如今要救女婿，也顾不得远近。夫人小姐闻言，心中大喜。凤公取历日一看，择了本月十三日黄道吉日起程，叫了几名得力的家人，收拾行囊，催备骡轿牲口，又着家人到监中知照孙佩，送些银子与禁子使用。只见那些家人忙忙碌碌收拾行李，不知其故，早传到米斌仪耳内。就与鲍成仁商议道：“我大爷为了凤小姐，不知费了许多心机，方才把孙佩问成死罪在狱，今闻得凤老择于十三日带领家眷往湖广投奔他兄弟凤林，我想他往湖广去了，路阻千山，把一个小姐白白地脱了圈套，成了一场虚话。”鲍成仁闻言，躬身上前说道：“恭喜大爷，贺喜大爷。”米公子道：“如今他倒要别处了，喜从何来?”鲍成仁道：“非是门下夸口，若是老凤稳稳坐在家中，要小姐与大爷完姻，却是登天之难，如今老凤带着家眷远出，小姐必在其内，此乃天助大爷的良缘，如吹灰之易，倒是老凤失其算矣。”米公子见他说得有理爽快，又动了火，道：“成仁说得太容易了，你有何计策可以到手?”鲍成仁说道：“计策却有一条，要大爷做个响马头儿，才得到手。”米公子道：“我大爷乃宰相的公子样，怎做得强盗？是做不得的。”鲍成仁笑道：“大爷说差了，目下不是叫公子真做强盗，若是真强盗，莫说大爷不肯做，连我们也不敢做。不过是权做一次，倚大盗之名，那时方能劫抢凤小姐。”米公子道：“怎样干法?”鲍成仁道：“为今之计，大爷领着家丁人等，扮作响马，出开封府，离城百余里，有一地名叫作上道，过了上道，就是蒲村，村中共有百十户人家，颇有下处，那凤公必要在那里宿歇，等他动身之时，截住他的去路，劫他的小姐与大爷成亲，有谁知道？这是天赐良缘。”米公子闻言，拍手呵呵大笑，道：“好计，好计，真是老凤失算也。”传齐了家丁打手，共有三十三名。到了十一日，鲍成仁带了盘费，行李内藏了兵器。十二日，预先起程，住在蒲村，着人打探凤公的消息不提。

且说凤公，到了十二日，拜辞了祖先，家中事情托老成的管家看守料理。十三日，五更起身，收拾行李，请夫人小姐上了骡轿，跟随三四房妇女，亦是骡轿。管家婆扶夫人小姐上了轿，悄悄地出了北门，直奔湖广大路而行。

一路行来，天色已晚，前面到了蒲村地方，那掌鞭的对凤公道："天色已晚，请爷在蒲村安歇，若过了此处，前面没有宿店，俱是山林空野。"凤公道："我恨不得一时就到了，方遂我意。今日倒有月色，且此走，打算今晚放个夜站。"掌鞭的说道："这夜站走不得，清路上恐有歹人不便。"凤公笑道："我又不是任漏的官府，却不怕他来短劫。"掌鞭的不敢违逆，只得赶入蒲村。大家用过酒饭，喂了牲口，算还了酒饭钱，离了蒲村大路而行。

且说米府家丁打探的明白，前来报道："小人们打探得明白，适才凤老爷在村中用了酒饭，竟放夜站下去。"鲍成仁笑道："此乃天赐大爷姻缘。"米斌仪便叫家人会了房钱，离了蒲村，到了无人之处，俱用颜色涂了面目，白布缠头，手执兵器，赶将下来。凤公骑的是骡子，又有家眷骡轿，所以走得慢。米公子人等骑的是快马，所以来得快。离了蒲村有四十多里，早已赶到。鲍成仁又问那探信的家人说道："那乘骡轿内坐的是凤小姐?"家人回道："小人看见跟随的妇女俱是店门外下轿的，只有两顶锡顶轿在店内下的。"鲍成仁道："那锡顶轿内定是夫人小姐。"吩咐家丁打手，认定锡顶轿子抢来。当时就有李成孝一马当先，从凤公的右首跑去，复兜转马对面跑来。早被掌鞭的看破，大叫道："不好了，强盗来了。"正是：

将离虎尾黄幡客，又遇丧门吊客星。

不知后事吉凶如何，且听下回分解。

第六回

真英雄冲散强人

话说凤公在蒲村打过了尖，放下了夜站，走了四十多里，忽一匹马在面前冲过，复又回来。掌鞭的道："不好了，响马来了。"凤公惊问道："你怎么就知道?"掌鞭道："方才一匹马从左边闯过去，又迎面兜转来，这是响马的暗号。"话言未了，左道又是一匹马冲过去了。凤公看见，心内大惊，就叫家人把骡轿就下了牲口，将夫人小姐的骡轿攒在居中。方才放下骡轿，只听得放出一枝响箭，箭后，就拥出许多的响马。凤公见了响马来得势头不好，心中想道：我不免上前哀求他便了。算计已定，纵着牲口上前叫道："列位大王在上，我凤竹不是客商，也不是任滞的赃官，只因避祸过此，没有重资，求大王开一线之恩，放我过去，恩同再造。"那铁头和尚姚期上前喝道："咱们哪里管你什么避恶不避恶，只要你留下买路钱来，放你过去。"凤公道："所有者不过是几两银子，几件衣服，大王若要时，老汉一一奉上。"姚期道："连你身上的衣服都要剥下来，方才放你过去。"凤公又求道："大王说话差矣，自古道：杀人不净其命。还求大王开恩。"鲍成仁向米公子说道："大王不必在此，可领几个家人分路去抢小姐要紧，只管在此与他说什么闲话?"米公子依言，领了四名打手，从右首下来。此时约有二更时，皓月当空，如同白昼。那凤公的家人一齐埋怨老爷不听好言，一心要放夜站，果然遇见了响马，如何是好?小姐听见凤公与强盗说话，心内想道："做响马的不是好人，他怎肯准这情面？"放心不下，便揭起轿门往外张看，却被米公子在月光之下看时，只见当中锡顶轿内现出一个白面佳人，伸头朝外探望。那米公子便叫四五个家人，说道："那乘轿内的白面佳人，就是凤家的小姐。"就有五个家人打马往中一冲，凤公家人等却被响马冲散，不能存身，却被爬山虎樊哙跳下马来，把凤小姐一把拉出轿来，回米公子马前，马上一递，樊哙上马随了米公子，一齐加鞭，骑马随后也去了。凤公还与响马在前面说话，忽听有人喊道："宝贝已到手，你等还不快走，等待何时？"鲍成仁听了此言，便拨马加鞭，亦跑去了。不一时，响马散了，并无强人。凤公暗喜道："响马被我片言软语不劫而去，他真是有宝动手，无宝动止。"正在欢颜悦色，忽然听得妇女人等齐声哭起来。凤公闻声吃了一惊，心中想道："必是响马用计与我答话，他将我后面东西劫去。虽然把几十两银子劫去，也不在我心上，只求合家团圆平安。"拨转了牲口，来到夫人的轿前，就听得夫人啼哭。凤公道："夫人不必啼哭，可是强徒将你衣服银子劫去吗？"夫人道："女儿被强徒劫去了。"说罢，夫人又大哭。凤公听得此言，大惊，问道："小姐怎么不见了？衣服可曾拿去？"妇女哭禀道："适才老爷与响马说话，有五匹马冲到轿前，竟把小姐劫去了，并不曾劫去衣服银钱。"凤公听了此言，痴了半会。那些家人见响马去后，方敢出来，跑到凤公面前，说道："小人们本事不佳，不能救护，不知如今响马到哪里去了。"凤公因小姐不见，心中如若刀割，并不回言。一个个目瞪口呆。只见松林内跳出一个大汉，手执短棍，头戴一顶毡帽，身穿短短的青衣，脚下是踢土的皮靴，腰挂一口宝剑，从林内跳出来，口内大叫道："好混账，好混账，怎么失其重托，俺来迟也。"

你道这大汉是谁？乃是鲍刚。前日与郝鸾分别，又有司马傲指点。今日在蒲村饮酒吃饭，完时，就在这街上找寻。等至更深，潜入在松林之中，只得和衣靠在松树略睡片时，直至此时方醒。猛然想起，此时急急跑出松林，只见那大路上有一丛人在那里喧哗，鲍刚提短棍，大叫道："俺来也。"凤公又见是有人喊叫来了，又吃一惊。家人道："响马方才退散，短路的又来了。"鲍刚喊道："你们可是凤老爷家眷？"内中有一胆大的家人，答道："我们正是凤老爷的家眷。"鲍刚道："俺乃是顺天府的鲍刚，曾在争春园与郝鸾大哥大家打散米家多少人，蒙孙兄弟的盛情，请我到家中拜为兄弟，谁知米家又打来，被我碰死了石敢当，又打死了多少人，便与郝大哥逃出城来，遇着了司马傲先生，指点今日凤府家眷从此经过，叫俺在此保护小姐，果应其言，真乃高人也。"凤公闻言，便下了牲口，与鲍刚见礼已毕，说道："好汉果然来迟了。"便将方才这小姐被劫之事说了一遍。鲍刚大叫道："真真俺误事了，如今强盗往哪里去了？"凤公道："强盗将小女抢去，往西方去了。"鲍刚道："谅他们也去不远，老爷在此少坐片时，待俺赶上强人，将小姐夺回交还老爷便了。"说罢，提着短棍，两脚如飞去了。

那凤公正在大路上等鲍刚的回信，只见树林内走出五六个人来，俱是随常打扮，骑着牲口，喊道："你们可是开封府的凤竹老爷吗？"家人答道："正是。"那六个人下了牲口，说道："我们奉司马傲先生指点，特来迎接凤爷，还有司马傲的柬帖在此，请老爷观看便知分晓。"凤公接过柬帖，家人掌起灯来，拆开看时，上写道：

司马枭枭子字奉岐山凤老先生台下启者：贫道细论阴阳，数该如此，但令爱遭逢此难，鲍刚只可破贼，未必能救令爱，恐日后自有相逢之日。所以令婿该有百日囹圄之难，自有义士救他。屈老先生可同陈雷等，共上铁球山安身。湖广不日为患，老先生若不依从，后必有祸，那时悔之晚矣。请自思之，至嘱，至嘱。

凤公看毕，想："前日郝鸾言及：司马傲赠他三口宝剑，往开封府访寻好汉。方才那鲍刚又说司马傲指点今日在此护救我家眷，此时又是司马傲的柬帖叫我不可到湖广去，若要去就有灾难。我想那司马先生定是个高人，但不知铁球山是个什么去处，不若依他柬帖而行，料也不能误我。况他又说鲍刚只可破贼，不能救我女儿回来。那鲍刚是个真汉，他救不回我女儿，定无面见我，我不免由着他们去吧。”主意已定，便叫家人抬了骡轿，与陈雷等之往铁球山去了。后来自有交代，只等到玉蛱蝶三闹开封府之时，共上铁球山，才有交代，后话且自不言。

再说米公子等劫了凤小姐，走了二十多里，那鲍成仁猛然想起一计，对米公子说道：“今日约有三更时分，带到别处去也不便，离此不远有一古庙，名为破佛寺，寺内并无僧道，大爷可将小姐带入寺中，先成亲事。那凤公的小姐到了明日便塞口难言，待天明时节，雇轿抬回府中。”米公子道：“哪有在寺内成亲之理？岂不有犯神圣？”鲍成仁道：“若不与他成亲，路上恐其生变，不若成其亲事。”米公子笑道：“老鲍，我今晚成亲，明日着人重修庙宇便了。”说罢，也到了寺前。下了牲口，家丁忙将毡条铺在地下，将小姐抱入寺中。众打手便将寺门闭上，站在门口等候。米公子将小姐放在毡条之上，此时凤小姐连人事都不知，浑身冰冷，一者受了惊吓，二者在马上耽搁了一会，犹如死的一般。米公子想道：“费尽了心机抢来，又是个死的，两次抢到手中不能成亲，想是无缘，不若弃之。”想罢，往外就走。只听得“哎哟”一声，米公子回头看时，见小姐叹气醒来，便立住了脚。那小姐醒来，睁眼看时，不像在骡轿里的模样。米公子上前深深一揖，叫声：“小姐，我米斌仪在此等候多时。”小姐闻言，便立起身来，道：“你是何人？焉敢劫我到这里来？我的父母如今还在何处？你好好送我回去，万事干休；如若不依，便鸣官究治。”米公子笑道：“小姐，你说哪里话来？自古道：既来之，则安之。小生却不是匪类，亦不是下流之人，家父乃当朝宰相。因上年小生屡次求婚，奈你令尊大人执意不允，后来你家令尊将小姐许配孙佩，小生实在不悦。况孙佩隐藏两个凶徒，打死石敢当与小生舍下的家丁三十五人，如今孙佩也问成死罪，只候京详文到时，就要处决。今闻令尊将小姐带奔湖广，小生同鲍成仁议论扮着响马，只抢小姐一人，财物等件分毫不动。况且今日乃是黄道吉日，小生先与小姐成亲。百年大事，不知尊意若何?”凤小姐闻言吃了一惊，大骂道：“你这大胆的强盗，弄得我七零八落，我父母被你这贼子算计不过，方才离了开封避你之恶，岂知你又假扮大盗将我劫来。你做无法无天的恶事，我凤栖霞宁可今日一死，怎肯失节于你这强徒?”米斌仪道：“小生为了小姐，不知费了多少心机，方才到手，怎肯不成姻缘之理?”说罢，便走向前来抱。小姐见米公子前来，便往后退，不想退到了墙根顶壁之处，没处回避，骂不绝口。米公子去近身旁，说道：“莫说小姐骂，就是打，小生也不认真。”就仰着呆脸向着凤小姐，说道：“请小姐打小生一顿出出气吧。”那小姐此时恨不得一口吞他下肚，方遂心意，见米公子送脸过来叫打，便提起右手，恨了一声，尽力一下，却打着米公子下腮来。公子双手捧着下腮，喊道：“不好了，下腮又打下来了。”

你道这凤小姐乃是个闺中弱女，有何气力就打得这米公子下腮来？一者，凤小姐带着孙佩行定的八宝嵌珠紫金镯，举手之时，那两支镯落在虎腕之下；二者，米公子前日在争春园被郝鸾打了一掌，将下腮打下，至今尚未养全，今又被凤小姐打着旧病，所以下腮打下。但不知小姐可能脱得此难，且看下回分解。

第七回

破佛寺白璧遭险

话说米斌仪将凤小姐抢至破佛寺强成亲事，却被凤小姐一镯将下腮打下来，公子捧着下腮，哼声不绝。

再表鲍刚提着短棍，赶将下来，远远望见高山有一丛人马，鲍刚大叫道："响马，你们往哪里走，好好将小姐留下，万事全休，如若不依，叫你这班强盗粉身碎骨。"鲍刚大骂不提，且说那鲍成仁同众人正在寺门口，听得喊叫，只见大路上如飞的一般跑了一个大汉来，手提短棍，高声喊骂道："快留下凤小姐，万事干休。"鲍成仁道："事已如此，顾不得了，有个大汉来了，快快请大爷上马。"樊哙道："大爷在里面与凤小姐成亲，怎好去?"鲍成仁道："事已如此，顾不得许多了。"众人一齐将门推开，只见米公子在那里捧着下腮，哼声不止。又见凤小姐站在一边。鲍成仁叫道："大爷。"并不作声，只是乱张。樊哙说道："旧病发了。"鲍成仁把米公子的下腮捧着，望上一凑，米公子方才住疼。说道："你们为什么事这等慌张?"鲍成仁说道："请公子快快上马趱行，外面大路上有个大汉赶来了。"米公子听得此言，便惊得手足无措，只得撇了凤小姐，一同鲍成仁众人走出了寺门。鲍成仁扶了公子上了马，然后一齐上了马，跑下了山岗。鲍刚早已赶上不远，口口骂道："狗强盗，你们往哪里走?好好把凤小姐留下来。"就放蹈大步，赶到这众人。那鲍成仁道："我看此大汉好像在争春园与那红脸汉子打散众人的那个黑汉子一般。”那家丁道：“正是，正是，快拿他到官问罪。”又有个家丁说道：“动不得手，我们今日假扮响马，却也不得干净，不若快些走的为妙。”那鲍成仁说道：“动不得。”鲍刚看得明白，况且强人又多，不知小姐在也不在，他只是紧紧追赶。鲍成仁道：“你看那个大汉紧紧赶来，我们却怎生是好?”想了一会，说道：“有了，此汉子口中喊叫要留下凤小姐，欲要与他说，又怕他不信；若不言明白，又要赶来乱打，岂不吃苦？倘若赶到天明，被人看见，反为不美。如今有一计，使他首尾难顾。”就叫家人四散跑开。那鲍刚赶了半晌，只见四下皆强徒，要赶东又不是，赶西又不好。想了一会，望见强徒远了。况且鲍刚是步行，赶了许多路程，不觉腿疲脚软，那米公子人等骑的是快马，是去远了。鲍刚心中想道：俺如今救不得凤小姐，不如回去随凤爷夫人到湖广去吧。急转身往大路上看时，凤老爷与夫人却也不见了。鲍刚想道：他们是等不得先去了，待俺追赶他便了。

不言鲍刚到湖广找寻，再说米斌仪等到天明，陆续进城回府，竟将凤小姐丢在破佛寺中，且自不言。单说破佛寺东首有一乡林，名为仙人乡，内中有个莫家庄，庄上有数十个人家，离破佛寺有二里多路，这莫家庄一个破落户，此人叫作莫伦，自幼丧母，其父鳏居。当年家中稍可过得，年长二十六岁，为人奸猾，赌钱吃酒，无所不为，乡中人代他起个诨名，叫作“莫上天”。前日与人赌钱，输了十多两银子，又借些典当衣服银子，被人逼得无法。其父莫士玉虽有几两银子，却不肯代儿子还债。莫伦回不过债主，想来其实难挨。无可奈何，拿了绳子，赶早来到破佛寺中来寻短见。方才进得庙门，自己哭道：“我莫伦生得这样命苦，今日今时就是我的断头的日子了。”此时天已将亮，尚未大明，莫伦正在落地扣绳子，猛然抬头一看，只见大殿上有一个女子，吃了一惊，想道：“我才要寻死，就有吊死鬼来了”，便上前大着胆子道：“你是个什么人？在此勾当?”再说凤小姐因见米公子去后，坐在红毡上思了一会，正要起身自缢，忽见外面走进一个人来，头戴一顶破毡帽，身上穿一件破衣，手中拿一条绳子，阴阴地哭进庙门。又见他问是什么鬼，凤小姐便答道：“我乃是人，你何言我是鬼？”莫伦道：“你既是人吗？怎孤身在此？却是为何？”凤小姐道：“奴家是开封府凤竹之女，因被奸人谋算不过，父亲带着我同母亲，到湖广投叔父家去避祸，行到此处，被大盗把我劫到庙中，不知响马被什么人擒去了，把我丢在此处。望求君子送我回去，父母重逢，恩同再造。”莫伦闻言暗想道：“开封府离此不远，有二百多里，不上三两日就到了，那凤老爷见我送他女儿回去，自然重重谢我，那时我有了银子，还了众人，所剩几两银子再去赌他一场，何必寻死？这才是死中得活。”便将那条绳子丢在地下，说道：“原来是位小姐，小人失敬了。”又道：“小姐住家离此不远就是。小人姓莫，叫作孝先，今早到此寻个相知，顺便拢寺中，却遇贵人。小生不才，愿送小姐到开封府去。”凤小姐道：“我却不到开封府去，我父母总到湖广去了，君子若肯送到湖广去，少不得重重相谢。”莫伦道：“小姐既不回开封府，小人愿送小姐到湖广去便了。请小姐先到舍下住一日，雇个车轿，送小姐到湖广去便了。”此时凤小姐在危急之间，欲要不同莫伦去，又怕米斌仪寻；欲要同了莫伦去上湖广，又不知莫伦做人如何。正是：

明知不是伴，事急且相随。

话说小姐站起身来道：“既承君子雅爱，奴家只得造府。”莫伦道：“小姐何出此言？天地世间，方便第一，又恐怠慢不恭。”说罢，又见地下铺着一条红毡，将红毡卷起拿在手中，与凤小姐出了庙门，上了高岗。此时天色微明，莫伦偷眼将小姐一看，吃了一惊。想道：“小姐生得如花，小生不若带他回去强他成亲，也不枉人生在世。”又想道：“不好，不好，倘他不从，叫喊起来，反为不美。前日有个算命先生，算我今年行的才运，有千金的财发，莫非应在此人身上？”一头想，一头走，不觉到了自家门首。用手将门推开，莫伦将手望他父亲朝外一指，莫士玉是个三教九流之人，早已会了意，晓得外面有人，便不作声。莫伦道："此位是开封府凤老爷的小姐，今被强人劫了在破佛寺内，歹人不知去向，见小姐一人在寺内，却会见孩儿，便将小姐请来，明日还要送他到湖广去。"那莫士玉见了凤小姐如九天仙女一般，便说道："原来是凤老爷的千金小姐，老汉失敬了。"言毕上前打了一恭，说道："久仰令尊大人。"凤小姐答礼，又说道："我因被强人抢了，幸遇令郎救回到府，又允送我到湖广去我父母团圆，那时，我父母必当重重相谢。"莫士玉道："小儿顽劣，况且小姐往湖广去，路途遥远，恐路上不便，老汉在家却也没事，一同小姐往湖广去，不知小姐意下如何？"小姐道："既蒙老爷相送，好极。"莫伦就去收拾。

一日已过，到晚黄昏，莫士玉就将自己的房屋让与小姐安宿，他父子一同就在外面地下，将绒毡铺下安歇。一宿已过，到了次日天明，那莫伦父子起来，备办早饭，与小姐用过。凤小姐说道："昨日蒙老爷恩德，说送我到湖广去，不知几时起身？"莫士玉说道："不瞒小姐说，此去湖广有三千余里，循路非有两月不能到地，约有盘费五十多金，方才到得湖广。我老汉要问亲友家去借行李方才起程。"小姐闻言，暗想道：我看这莫家父子贫寒不过，哪里去借得许多银子来？纵然借来，也没有许多。若是久住此地，恐生不测，我身边却没有银子，怎生是好？想了一会，说道："有了，有了，我想，别的东西却当不得几两银子，不如将孙郎聘定我这对金镯，取去当了银，早早起程方好，免除后患。"就在手上便将那八宝嵌珠金镯除下来，不觉地就伤心起来，眼中流下泪来，暗暗说道："当初那孙郎定我，只望天长地久，永戴此镯，不意祸起萧墙。如今孙郎身陷囹圄，又不知何日俱脱此难。今日无急可奈，只得弃了此镯，待等到了襄阳府，着人前来取赎便了。"就把金镯放在桌上说道："我想那老爹与人挪借银子一时不到手，这对八宝嵌珠金镯是我家亲娘幼年间戴的，老爹可拿去典当盘费，早早起程便了。”那莫伦拿在手中，细细地看了一看，只见上面紫雾腾腾，光华耀目，上有珍珠二十多粒。莫士玉又说道：“既如此，老汉只得遵命便了。”便对儿子说道：“你可将这金镯拿去当他五六十两银子回来。”莫伦依言，凤小姐又说：“君子，只可当，千万不可兑换。”莫伦说道：“我怎敢变卖？”言毕，径自出门去了，拿着这对金镯，拿去典当就三文不值二文的，他就与人家兑换了七十多两银子。换到手中，就还了赌债，又买了几件衣服，又治了一副行李，又寻人写了一张假当票，拿了回来，交与小姐。那小姐哪里认得真假？便收了起来。你道这副金镯要等孙佩开封府灾难满了，此金镯仍归小姐，这是后话。再讲那莫士玉一连收拾了三四日，雇了车子，那日方才起程。这凤小姐见莫家父子为人老实，却也放心前去，不知竟把凤小姐拐骗扬州，卖入烟花寨内。如今按下不提。

再说鲍刚有勇无谋，冲散了响马，定往寺内去看看小姐。若鲍刚有见识，那凤小姐怎得落难在奸人之手，流落在烟花之内？后来不知费了许多心机，方能脱得这番磨难。此是后话休提；但不知莫家父子可送凤小姐到湖广去与不去，且听下回分解。

第八回

紫霞轩赤绳联姻

话说莫家父子雇下了车轿，送凤小姐往湖广襄阳而去，且自不言；单讲郝鸾自从在开封府与鲍刚逃出城来，又得了司马傲的柬帖，一路奔浙江而来。又想道："司马先生说到杭州寻访好汉，方才救得孙家兄弟。我想杭州是个文风所在，哪里有得好汉?"一路上逢州过县，多住两天，略略寻访。正是晓行夜宿，渴饮饥食，非止一日。

那日到了杭州，天色已晚。想道：我母舅是个好兴头的，若是今晚贸然而去，惹他见怪，不若寻个寓所，安住一宵，待天明之时，进府也不为迟。又走了几步，只见面前挂了一个灯笼，上写着"公文下处"。郝鸾便走到门首，叫道："里面有人吗?"店小二忙忙走出来道："爷可是下店的?"郝鸾道："正是。"小二道："请爷上楼安歇。"那郝鸾便把行李交付小二，小二提着行李灯笼引路。郝鸾进门来，只见柜内坐着一个人，面如蓝靛，发似朱砂，头扎花布手巾，插着一支金簪。时值三月，天气微热，身上穿着一件青布箭衣，大红裙裤，旁边站着一个小使，斟酒与那大汉吃。那汉子见郝鸾，并不起身，昂然坐着。郝鸾见了大怒，想道：这狗头好生无理，若不忍气打他一顿。想罢就同小二上得楼来。小二将行李放下，点着灯火，跑下楼去。小二取了一盆热水上来，叫道："请爷洗脸。"郝鸾随即洗了手脸。小二又拿了一壶茶上楼来，放下了一个破碗。郝鸾见了就是一肚子恶气。正在不悦，小二又拿了一本号簿，一支笔上楼来，对郝鸾说道："请问爷尊姓大名，哪里人氏？"郝鸾道："你问我怎的？"小二道："只是奉上司的行文，开饭店的，来往客商俱要上号写簿，每月初一十五，要到县内去点卯，恐有来历不明之人，俱要我们干系，故要问个名姓住处。"郝鸾见他说得有理，便说道："我是洛阳人，叫作胡士信。"小二也不知其意，写了号簿，送付那大汉去了。随即送上饭来。郝鸾看见是糙米饭，一盘荠菜豆腐。郝鸾大怒，骂道："你这个该死的狗娘养的，爷到此处，就该煮白米饭，大鱼大肉好酒与俺吃，难道俺不把钱与你吗？"小二笑道："爷，你说差了，东边也有店，西边也有店，那些店内才有鱼肉白米饭好酒，独我店中只得这样菜饭，到明日算账之时，只要每天白银一两，那时放你出门；如少一厘，还要补上大钱一文。"郝鸾听了此言，就将这盆菜饭掼将下来，把小二打了一下。小二被打得疼痛，就跑下楼喊道："只要你打得过，我去把大爷请来便了。"郝鸾道："你就将金刚请来，看爷可怕他？"那小二跑到前面，禀那蓝面大汉道："小人被那恶汉打伤，望爷替小人报仇。"那汉道："他因何事打你？"小二道："那人要白米饭好酒肥肉大鱼吃，小人回他我们店中没有，他就大怒起来，将饭食等物掼在地下，将小人脸都打破了，连爷都骂的。"那汉闻言大怒，道："这狗头焉敢如此大胆！"便走到楼下骂道："你是哪里来的野囚，敢在爷店内打人？你也不知天多高地多厚，你敢下来打吗？"那郝鸾早已晓得是那个蓝面大汉前来斗骂，便将那腰内系绦一束，将衣角塞好，挺身站在楼门口，骂道："你这不知死的狗头，敢上楼来？"那汉道："你敢下来算你是个好汉。"郝鸾道："我便下来，看你怎样？"便将那扶手用力搬起，认定那汉打来。那汉侧身躲过，郝鸾乘空跑下楼来。那汉抢一步，认定郝鸾面上一拳打来，郝鸾转身让过，举起右手，对那汉头上打了一下，那汉晃了几晃翻身跌倒。郝鸾正要赶上再打，那汉连忙摇手道："大爷不要打，小弟得罪，爷可是洛阳人吗?”郝鸾见那汉服软，他便住手道：“你怎么知道?”那汉赔着笑说道：“请爷到后面去少叙少叙。”郝鸾道：“你敢是诱我到后面还添些打手吗?”那汉道：“做好汉的，要打个对手才是，好汉爷怎么说添打手呢?”郝鸾道：“纵有什么险处，我却也不怕你。”说罢，就与那汉子走到后面。却是大大的三间房子，收拾得干干净净，摆着许多军器，桌椅等物俱是新的。那汉换了衣服，与郝鸾见礼已毕，坐下。那汉问道：“爷尊姓大名，实对弟说，乞爷见教。”郝鸾道：“在下实系洛阳人氏，姓郝名鸾，字跨凤。”那汉起身说道：“原来是小孟尝，小弟多多得罪，望乞恕罪。”郝鸾道：“足下姓甚名谁?也要请教。”那汉道：“小弟姓陈名雷，字电霞，山东东昌府人氏，世人见小弟性格粗鲁，为小弟起一绰号，叫作‘值年太岁’，不知爷驾到此有何贵干?”郝鸾道：“因父母双亡，家业凋零，漂流四处。前日母舅着人呼唤小弟，今日所以到此探望母舅。”陈雷道：“令母舅大人姓甚名谁?”郝鸾道：“家母舅曾做过经略大元帅之职，因年老告假回家。”陈雷道：“莫非吴甸汉爷爷吗?”郝鸾道：“正是。”陈雷道：“小弟久慕吴老爷的大名，却未曾会过。”就唤小二取什酒肴，与郝鸾开怀畅饮。陈雷道：“只因小弟接了凤老爷的家眷，上山之后，复到杭州，开张饭店为由，访寻好汉是实。”此时二人俱各言其心事。

一宿已过，到了次日早晨，郝鸾起身洗面已毕，换了衣服，别了陈雷，离了店门，走往吴府而来。一路问来，已到吴府门首，只见一个大大的一座虎座门楼，对面冲高的照壁八字的墙门，门内放着两张大懒凳，凳上坐了十几个家丁，真真威武。那郝鸾走到门首，问道：“你们这里可是吴老爷府中吗?”家丁答道：“正是。你问他怎的?”郝鸾道：“烦你通报一声，说我是洛阳人郝鸾，特来看望你老爷。”内中有个老家人，晓得郝鸾是老爷的外甥，却不曾会过，便起身说道：“莫非是姑太太的公子吗?”郝鸾道：“正是。”众家丁齐站起身来，说道：“小的们不知大爷到来，望乞恕罪。”

郝鸾道："恕你们无罪。"老家丁道："请大爷到厅上少坐片时，待老爷出来再请相见。"那家丁进内，一会出来说道："老爷请大爷到后堂相见。"郝鸾便走至后堂，只见母舅舅母俱在堂上，便抢步上前，双膝拜倒，说道："舅舅舅母在上，愚甥拜见。"吴公双手扶起，道："一路风霜，只行常礼吧。"夫人道："几年不曾见你，如此长成人了。"郝鸾又与表妹见礼，礼毕，坐下说道："愚甥自幼父母西游，家业凋零，一向少来问安，望乞恕罪。"夫人道："自离姑娘之后，叫我日日思想，今日你方才到此，你可以不要回去，在我这里也罢了。况且，我与你母舅年纪已老，将来无人倚靠。你是外甥，也同儿子一样。"郝鸾点头道："谨遵严命便了。"妇女捧上了茶来，又摆上午饭，用过。那郝鸾叫家丁到陈雷饭店里去取行李，当晚饮酒谈了些家常淡话。那吴公着人到书房收拾，铺设床帐，便请郝鸾到书房安歇。原来吴公无子，只生一女，小名叫若兰，年方十六岁，尚未聘婚。只因若兰容貌端庄，如花似玉，琴棋书画，件件皆通，吟诗答对，事事俱全，那吴公夫妇爱如珍宝。因见若兰才貌双全，求婚的人家也不知其数。那吴公一概不允，要选个才貌双全乘龙佳婿方肯允聘。

那日吴公与郝鸾正在书房谈讲家常之话，忽有个家人通报，说道常、柳二位相公来了。吴公道："请他二人进来。"对郝鸾说道："他二人在外游学，今日方回。这常、柳二生颇有才学，旧岁进了黉门。"不一时，常、柳二人进来。两个后生前面一人顶戴方巾，身穿天蓝直裰，朱履缎袜，面如传粉，年纪不足二十；后面一人头戴武生巾，身穿大绒直裰，亦是朱履绫袜。此二位面貌仿佛，年纪相同，笑容而进，说道："老年伯在上，小侄特来叩见。"吴公道："贤侄一路风霜，行常礼吧。"礼毕，便问道："此位是谁？"吴公答道："只是舍甥，姓郝，名鸾。"常、柳二人又与郝鸾见礼，方才坐下。吴公指道："此位姓常，名让，字云仙。他乃吏部右侍郎常洪之子。这位姓柳，名绪，字贵芝，乃兵部左侍郎柳谤之子。"各人谈了一会。

只见家丁禀道："史相公来了。"吴公道："请进来。"对郝鸾道："因他自幼在我家来往，如今不好意思阻他。"常让道："自幼曾与他同窗，幼时还尊重，目下随着门下客走了几年，习出满口的流言。"柳绪道："我们正谈得有趣，不知这厌物从何而来。"正说之间，只听得史通从外面叫道："老伯，小侄史通来也。"郝鸾把史通上下一看，只见他头戴逍遥巾，身穿元色直裰，朱履绫袜，与柳绪面貌相仿。后跟着一个门客，头戴鸭嘴巾，身穿天蓝直裰，却也生得不俗。只史通见常、柳二人，忙笑道："原来常、柳二兄在此，却不知几时来的？就瞒着我先到老伯府上。"柳绪道："小弟二人才来的，尚未拜府。"史通与吴公见礼，问道："此位是何人？"常让道："此乃是老伯令甥。"史通亦与郝鸾见礼。那门客姓刘名栋，亦见礼。已毕，史通便老着脸坐下，说道："小侄忝在老伯教下，非止一日，今日难得常、柳二兄在此，况且郝兄又是初会，不论残酒残肴，愿领一杯。"当时与刘栋坐下。

酒至数巡，史通道："二兄游学在外，可曾访得几个名妓吗？"常让道："小弟寻访名师，习学正事，这些不要紧的闲话，小弟倒不知。"史通道："你二人又来推托了，想是老伯在此，你反装老实。"因说道："小弟倒访得一个名妓，生得千娇百媚，若是看他两眼，令人魂销。明日小弟做东，请郝兄与二位同乐一番，有何不可？"郝鸾想道："母舅之言果然不谬，这史通真个是不成人的，与他交而无益。"吴公见史通出言不逊，又不好当面说他，便起身道："我身上有些不快，要后堂安歇安歇，你们在此少坐片时。"史通大喜道："既然老伯身子不快，请后面安歇便了。"

不言吴公回后，再说史通见吴公进去，便说道："方才只因老伯在此拘束，不便言其花柳行中妙处，如今老伯进后，待小弟一一奉告。"便一连吃了三杯酒，怎样长，怎样短，一派胡言，说个不了。那常、柳二生耐烦不住，又不好抢白，便起身说道："小弟今日方才回来，却不曾到家，虽是书童先回家去，恐老母在家悬望，不便久陪。”那史通正说得高兴，见他二人要回家去，真真扫兴，又不好留他，只得起身散去。郝鸾送他们出府。不知后事如何，且听下回分解。

第九回

吴经略奉旨伐寇

话说常让离了吴府，对柳绪说道：“我看郝鸾兄倒有十分义气，我等正说得高兴，却被那厌物吵掉了。明日我家设个香案，我与你同郝兄结个金兰，不知兄意下如何?”柳绪道：“弟也有此意，须要悄悄地把郝兄请来，瞒着那厌物。”二人算计已定，就叫家人如此如此请他，说罢各回家去了。

再说史通与刘栋，吃了几杯酒，真真有情有趣，却被常、柳二生打破。出得门来，刘栋道：“大爷可知常、柳二人的意思?”史通道：“不知。”刘栋道：“大爷说话，他二人愁眉苦脸，两人丢眼色出门之时，又同家人唧唧哝哝地说话。”史通道：“他们为何厌起我来?”刘栋道：“门下谅那常、柳二人明日必要请郝鸾饮酒，大爷与门下再去闹他一闹。”史通道：“说得有理，明日一定要去走走。”

再说郝鸾见常、柳二人着人相请，便来告禀吴公，说：“常、柳二人着家人相请，愚甥明日要到他家去饮酒，不知母舅意下如何?”吴公道：“若是常、柳二人请你，你可自去，下次不必告我；但史通那个畜生，不可同他来往。”郝鸾道：“谨领严命。”当晚吴公设宴，在后堂与夫人郝鸾同饮。饮酒之间，谈论些家务，又说道：“老夫只生你表妹一人，为他择婿费了多少心机？只有常、柳二生中我之意。柳绪有了岳家，常让尚未聘定。我意欲将你表妹许配他，却无人作伐，幸得你来，可以从中说合。”郝鸾道：

"常让果有才学，明日愚甥与柳绪从中说合便了。"郝鸾辞了吴公、夫人，回书房安歇。

一宿已过，次日天明，常、柳二人又着人悄悄地来请。郝鸾便换了几件新衣，带着家丁往常府而来。到了常府，家丁进内通报，柳绪早已先到，二人出来迎接到大厅，见礼已毕，坐下，茶罢，常、柳二人笑谢道："昨承老伯与兄雅爱。"郝鸾道："肴馔不恭，何劳称谢。"常让道："非怪小弟唐突，怎奈史通忒厌，所以得罪。"柳绪道："小弟意欲斗胆忝在教下，不知尊意若何？"郝鸾道："弟乃山野愚夫，既蒙雅爱，敢不从命。"常、柳二生见郝鸾允了，心中大喜，便叫家人摆上香案，叙了年庚，郝鸾居长，常让第二，柳绪第三。三人焚香发誓，愿同生死。拜毕，起身。郝鸾又到后堂见常夫人，常让道："今日本该请郝兄大厅饮酒才是，唯恐厌物寻来不便，不若请郝兄到紫霞轩叙谈。"郝鸾与常、柳二生走进轩来，一看，是一个小小的花园，倒有无数的奇花异果。当下三人坐定，家人摆下酒肴，饮了一会。郝鸾道："今日幸会二位贤弟，实乃天幸，我意欲烦柳贤弟代舍表妹做个月老，与常贤弟结亲，不知尊意如何？"柳绪道："好极，妙极。"常让道："小弟焉敢高攀？"柳绪道："仁兄不必推辞，待明日小弟同郝兄回会老伯，一言为定便了。"三人正说得高兴，忽见门公进来禀道："史相公同刘相公来了。"常让道："这厮怎么访得这样确？你怎样回他的？"门公道："史相公问老奴：你相公可在家？老奴回他在家呢。史相公又问郝相公柳相公可在这里？老奴回他在此。"常让大怒道："你这老奴才，就该回他不在家才是。"话言未了，只见史通同刘栋外面走进，大叫道："小弟有什么不是处，三位兄就不携带玩玩？得亏我会找。"常让道："非是小弟今日不来相请，只因郝兄偶然光降，小弟不过平常小饮，并非待客之礼，故此不敢奉请，得罪得罪。"史通道："如此说来，倒是小弟闯席了。"又向郝鸾道："是日舍下还要恭候。"说罢坐下，家人添上杯筷，史通也不作声，就吃个不歇杯。那柳绪、郝鸾心中十分厌他。史通一连饮了十多杯，方才落嘴，说道："郝兄从北至南来，尚未曾游过西湖，明日小弟做东，将杭州有名的妓女带入舟中，来游玩西湖，作乐一番，有何不可？"郝鸾道："俺是出外之人，却不喜什么名妓，只要寻访豪杰，是俺平生之志。"史通笑道："郝兄之言差矣，自古道：酒不醉人人自醉，色不迷人人自迷。兄虽是这等说，只恐见了那妖娆妇女，就不是这等说了。"那郝鸾就将脸一沉，低头不答。常让见郝鸾不爽快，自己又不曾止住史通的口。柳绪却不耐烦，便说道："史兄休怪小弟多言，今日蒙常兄雅爱，你我都是书香一脉，理当讲些文才；况且郝兄是个忠直的豪杰，兄饮酒只饮酒，何必说那忘八的事情？"史通听了，大怒道："谁是王八？我同你是世交，因何骂我？同你到明伦堂上去说理。"常让见史通发怒，恐闹出事来，便劝道："史兄不必动气，柳兄非是骂你。"史通道："现骂我是王八，兄怎言不是骂我？"常让道："恰才兄言花街柳巷之事，柳兄方才不曾分破得清。圣人云：一日宿娼，忘其孝弟忠信礼义廉耻。故为'忘八'。这岂不是怪错了人？"史通道："虽然如此，太唐突了些。"刘栋道："大爷休怪柳相公，还是大爷唐突了些。"史通道："据你说，是我唐突了，倒是小弟得罪柳兄，罚我三杯，算我赔礼。"就一连吃了三杯。郝鸾见史通不成交，便起身说道："恐我舅舅舅母悬望，另日再谢吧。"言毕起身出席。常、柳二人说道："请兄再饮几杯，怎么这样匆匆而行？"史通道："郝兄是厌着小弟，故此回府。"郝鸾道："岂有此理。"当时五人出了大门，一哄而散。郝鸾自回吴府，常、柳二人回府，闷闷不悦。

且说史通同刘栋回到自己书房，坐下说道："老刘，方才郝鸾与常、柳二人俱是厌我，你有何法叫他们与我相好？"刘栋道："据门下看来，常、柳二人是懦夫，郝鸾是一匹夫小人，大爷何必与他们结交？"史通道："说得有理，他三人不过朝夕饮酒玩耍，我同你日日去闹他，却看怎生奈何你我？”

不言史通，再说柳绪，次日到吴府说了结亲之事，吴公大喜。常让择了吉日，行了聘礼。一日，吴公与郝鸾、常让正在书房闲谈，忽有人来报道：“启老爷，今有圣旨到来，召老爷高升，城内文武各官俱在北新关等候老爷开读圣旨。”吴公闻言，吃了一惊，说道：“今圣旨来召我，却为何事呢？况老夫久居林下，想我又无过犯，这却为何？”常、柳二生也慌在一堆，郝鸾道：“母舅且不必惊疑，径到北新关接旨，看是什么事情，再作道理。”吴公进内，与夫人小姐说知，这一惊不小。吴公换了朝服，带着家丁，郝鸾、常让、柳绪一同相随而行，来至北新关前。那些文武官员俱欠背躬身，说道：“我等众卑职在此等候大人多时，俟大人开读旨意后，卑职等再行礼吧。”吴公就昂然走进亭来，只见亭上已摆着香案。不一时钦差到来，立在上面，吴公执笏，朝上拜了二十四拜，文武官员俱一齐俯伏。那钦差展开圣旨，高声读道：“圣旨已来，跪听宣读。”诏曰：

朕闻安邦定国，皆武臣之力，文臣之才也。今有登莱等处地方，海寇屡犯境界，民不安生，诸将莫能御敌。朕思卿有将相之才，兹特封经略大元帅，加兵部侍郎，提调松、镇二营，统领大军五十万，即日征伐海寇，俟有功班师之日，另行升赏，尔其钦哉。

当时读罢圣旨，吴公山呼万岁，谢恩已毕，钦差即捧过兵符帅印，递与吴公，吴公接了，又将圣旨供在桌上，就与钦差各官见礼，然后叙爵，挨次坐下。献茶毕，钦差又对吴公说道：“此是圣上的隆恩浩荡，老先生即要起程提兵征寇，不日得胜班师，足见老先生大功。”吴公说道：“老夫年已六旬之外，今蒙圣恩，敢不尽心为国？所奈事未清楚，三日之后，方能起程，一者大人未候，二者家中料理料理。”便先差家将吴龙，领了令箭，飞奔松江，调兵二十五万，在西路等候；又差家将吴豹，领支令箭，到京口调兵二十五万，会合松江人马，亦在西路等候。二人领令前去，不提。

再说文武官员参见吴公已毕，请钦差大人到公馆安歇，吴公告别回府。郝鸾接着，大喜，夫人小姐一齐上前施礼。小姐道：“恭喜爹爹又荣升显任。”吴公道：“虽是如此，怎奈为父的老朽不堪，只恐这几块老骨头，抛在他乡。”夫人道：“一者靠皇上洪福，二者仗老爷虎威，此去定然旗开得胜，马到成功。”小姐道：“爹爹自幼身为将帅，不知临过多少大阵，何况一海寇呢?”吴公道：“三日后就要起程。”夫人便叫摆酒，与老爷饯行。当晚，吴公在后堂与郝鸾谈话。吴公道：“我如今奉旨征寇，幸得贤甥在此，老夫却放心得下。只有一件，我却放心不下。”郝鸾道：“请问母舅大人，哪一件放心不下?”吴公道：“若要我放心，贤甥切不可同史通交结来往。”郝鸾道：“史通乃一匹夫，母舅不必以他为虑。”吴公道：“贤甥，你却不知，从前史德明原与我相好，后因他拜在米相门下，我就不与他往来，又与他争闹几场，我恐有不测，故而告病归家。史通又假言父命，烦府县为媒，要你表妹为妻。我推辞不允，他就怀恨在心，说道：看你女儿把个什么人家？故此言意不和。前日听见我与常家做亲，他自然毒恨在心。我如今远征他方，恐那史通与刘栋生出不良之心。贤甥必要依我三件事情，方无他变。第一件，我起身之后，切莫与史通、刘栋往来；第二件，可着常生早早婚娶；第三件，乃你舅母年老，早晚无人供奉，你可早寻一房妻室，看管家园，尽你母舅舅母一世，我就死也瞑目了。”言罢，不觉掉下泪来，夫人小姐亦悲伤不止。郝鸾道：“愚甥谨依严命，大人不必挂念，表妹过门之后，家中料理明白，愚甥亦来登州，帮助母舅成功，班师回朝，共享荣华。”吴公道：“你也是将门之后，应该出力皇家。”话言未了，个个又悲伤起来，哪里还饮得下酒去？便叫人收拾了席面，各人安睡。

次日，吴公备了重礼，送与钦差。正在家中料理，忽见常、柳二生备了酒席送到吴府，常生上前施礼，道：“恭喜岳父荣征，小婿不才，特备酌筵与大人饯行。”吴公说道：“多承贤婿。”柳生亦上前恭喜道：“小侄礼当明日恭敬，恐伯父大人次日五鼓起马，故同常兄特来饯行。”说罢，与常让个个奉爵。柳生朝上一躬道：“愿伯父旗开得胜，马到成功。”常让道：“愿岳父鞭敲金镫响，人奏凯歌还。”吴公连饮双爵，大笑道：“多承贤侄贤婿美意。”三人方才坐定，只见那些亲戚朋友俱来恭贺饯行，吴公一概辞谢。直饮到日暮，常、柳二生个个告别。吴公回到后堂，着随征的家丁收拾军器行李马匹等件，又备了香烛，拜辞家神灶君祖先，然后又吩咐夫人小姐些家常闲话。到了次日五鼓，吴公起马，夫人小姐依依不舍。只听三声炮响，吴公带了四十多名家将，乘了马匹出城去了，文武官员送至十里长亭，方才告别而回。郝鸾同常、柳二生送了五十多里，方才告别。钦差回京复旨，不提。吴公到了西路，会合两路大兵，征剿海寇去了。不知后事如何，且看下回分解。

第十回

常公子邀友游湖

话说郝鸾与常、柳二生送了吴公，回进城中，他们三人朝夕不离。虽然吴公吩咐郝鸾，叫常家娶亲，一时哪里来得及？府中大小事俱是郝鸾掌管。史通与刘栋常来玩耍，虽然郝鸾与常、柳二人厌他，那史通单要来闹他。一日，柳绪道：“老伯去了有半月有余，府中事体俱已料理明白，许久不曾与郝兄畅饮，小弟意欲尽量一饮，怎奈史通惹厌不过，如之奈何?”常让道：“郝兄到此三月有余，尚未游过西湖，明日小弟做东，请郝兄到西湖湖心亭玩赏，一者避那厌物，二者尽我们的情兴，岂不美哉。”柳绪笑道：“妙极，妙极。”郝鸾道：“蒙二位贤弟雅爱，愚兄怎敢不遵命？明日贤弟先在湖心亭等我，我随后而来，那厌物才不知道。”三人正在言谈之间，忽见家人禀道：“史相公来了。”郝鸾听了此言，心内一愁，道：“这厌物又来讨厌了。”柳绪、常让却往后走，说道：“我二人且避他一会，今日会他不打紧，恐明日跟我又要缠扰。”家人道：“不是史相公，是那开饭店的陈爷。”郝鸾道：“快请他进来。”对常、柳二人说道：“这个姓陈的很有些义气，明日可约他同游西湖。”这陈雷因那日见郝鸾武艺精通，是个豪杰，屡屡要见郝鸾。因吴公在府，不敢引见，暗地里相会了几次。今见吴公远征海寇，故此前来相望，郝鸾便着人请他。那陈雷走进厅来，常、柳二生见他生得凶猛，就吃了一惊。陈雷说道：“小弟连日少来问候长兄，望乞恕罪。”郝鸾道：“贤弟驾临，愚兄不曾迎接，贤弟亦要恕罪。”陈雷见常、柳二生，便问郝鸾道：“此二位是谁?”郝鸾道：“这位是愚兄的表妹丈，姓常名让，乃是吏部右侍郎常老伯的公子；此位姓柳名绪，乃兵部左侍郎柳老伯的公子。”陈雷道：“原来是两位公子，小弟失敬了。”二人见礼，礼毕坐下，献茶已罢，郝鸾道：“明日常、柳二位贤弟请我游玩西湖，贤弟可得空闲，同去游玩如何?”陈雷道：“小弟乃山野愚夫，怎能陪得二位公子?”常、柳二人道：“陈兄乃当世的英雄，小弟们乃书儒之辈，郝兄每称陈兄义气，使小弟正欲投启相请，今幸驾临，真乃天赐奇逢。”陈雷道：“既二位公子不弃鄙陋，小弟领教便了。”郝鸾吩咐家人办酒，四人畅饮，直饮至黄昏方散。

次日，常让叫了船只，着人悄悄地请柳绪、陈雷，径自登舟，先到湖心亭来，叫店家准备酒席，等候郝鸾不提。再说郝鸾，在家料理了些家务，然后与夫人言明，带了两个书童，出了城门，雇了一只小船，径往湖心亭而来。约有巳牌时候，只见那些游人在两岸上下来往，又见那游湖船在湖内飘荡，也有笙歌细乐，也有吟诗作赋。郝鸾想道：人称杭州西湖乃天下第一胜景，果然名不虚传。正想之间，忽见对面摇了来一只小船，中舱内坐着一人，面前摆着数盘肴馔，一壶酒，一只碗，独自斟饮。郝鸾定睛将那人一看，吃了一惊。你看这人生得怎生模样打扮：

相貌稀奇，眉中长带杀气；胸藏侠义，腹中单爱英雄；鼠眼金光闪烁，行黑暗如同白昼；鹤膝猿背，腾身快似风轮。济困扶危，所仗者鸡鸣狗盗；诛奸险恶，不让那摄政专诸。独坐舱中如虎踞，狞眉狰目似凶神，只因奸党迷真性，降下台垣地藏星。

郝鸾见那人生得奇形怪状，满面杀气，两眼如紫靛；那人亦看郝鸾生得面如重枣，两道浓眉，肩揸背阔。他见郝鸾看他，那人也目不转睛看郝鸾，不觉两船早已擦过。郝鸾因见那人生得异相，便叫稍公：“与我把船摇回去。”稍公不敢不回，只得把船摇回，奔湖岸而来。郝鸾意欲赶上那人细看一番，问其住居姓名，不意那人依旧回来，只见那位站在船头之上，郝鸾亦出舱站在外面，两来之船，对面一擦而过，离了半里之地。郝鸾道：“稍公，我不回岸了，还到湖心亭去。”稍公道：“方才行到半湖之中，相公又叫摇回来；这会又要摇到湖心亭去，岂不是要杀我了。”郝鸾道：“你不要埋怨我，多与你几分银子就是了。”稍公道：“既是相公多赏我些银子，再转几次，我也不敢言语。”便将船又摇往湖心亭而来。郝鸾抬头一看，只见那船远远又摇来。郝鸾想道：那船上的汉子生得如此异相，必是英雄之士，他见我赶来看他，他亦如此看我，其中必有缘故。猛想起司马傚的柬帖，便点头道：“是了，是了，司马先生曾言过的，若要救孙佩，必得奇异之人方能救得出来，叫我离了开封，奔浙而来。吴字却不是口天？我如今已在母舅府中安身，前已应过：‘舟中巧会异奇人’是后首一句，今日却在船上遇着一个奇人，莫非就是此人？”正想之间，那船早已当面。只听得那船上的艄公叫道：“进禄官，你往哪里去？”原来跟郝鸾的两个书童一个叫进禄，一个叫爵禄。进禄听有人叫他，就抬起头来一看，笑道：“我说是谁？原来是张叔叔。我同大爷往湖心亭去呢。”说罢依旧两船擦过。郝鸾便问进禄道：“那个船家你认得他吗？”进禄道：“小人认得他，他上年曾在府中过的。”郝鸾道：“那站在船头上的，你可认得他吗？”进禄道：“小人认不得他。”郝鸾也就罢了，坐在船头，想起心事：“那鲍刚不知去向，孙佩又不得知他好歹如何。”正想之间，也到了湖心亭，郝鸾只得上岸。那常让、柳绪、陈雷等得心焦，见郝鸾到来，起身迎接，说道：“小弟们等了兄多时了，因何此时才来？”郝鸾道：“有事羁身，故而来迟。”四人上了亭子来坐下，观看湖中景致。小二摆上酒肴，四人畅饮不提。

再说郝鸾在舟中见过那人，乃是本城人氏，姓马名俊，字子昌，绰号叫“电光目”，因他身轻会跳，世人又叫他“玉蛱蝶”。自幼父母双亡，虽然遗下些薄产，怎当他结交好汉，不觉一贫如洗。忽一日，来了一个道人，对马俊说道：“贫道此来传你法术，偷盗大户人家不义之财，一来与壮士权为度日；二来见贫困之家，可周济他些银钱，也是些好事，不知壮士可能允否？”马俊想了一会，心道：“我不免权且依他，看他有何法传我。”便说道：“蒙老师指示，敢不从命。”那道者在马俊耳边说了一会，马俊心灵一一记在心中，拜谢道人，道人径自去了。马俊得了这个方法，当夜就试验，一些也不费力。后来将盗来的银钱周济贫人，人都念他是个好汉。今日无事，雇了一只小船，到湖心来游玩，方才见了郝鸾心内想道：“这杭州城里也不知见过了多少好汉，不曾见这红面的好汉，此人绝非杭州之人，定是他乡的好汉，适才他两眼看我，似有相怜之意，恨不曾与他交言，我且走上去与他谈谈，看他出言若何。”又想道：“且住，这艄公既认得他书童，必认得他主人。”便问：“船家，方才那只船上的小使你认得他吗？”船家道：“小人认得他，他是吴经略府上的书童。”马俊道：“哪个吴府？”船家道：“就是前月奉旨征剿海寇的老爷府中。”马俊道：“那红脸人是府中甚人？”船家道：“他是吴老爷的外甥。”马俊道：“你可晓得他姓名？”船家道：“我晓得，此人大有名望，他父亲做过值殿将军，今已父母双亡。他挥金如土，家业被他败尽。他姓郝，名鸾，字跨凤，世人称他为小孟尝，乃此真洛阳人，膂力有千斤，拳棒枪棍，件件皆通，本城不知有多少会拳的好汉，俱到吴府中请教他，他连一人也不中意。”马俊想道：是呀，常听朋友说，洛阳郝鸾是个好汉，今日相逢，果然是个好汉。我若是日里会他，恐他不知我的本事，不免今晚三更时候前去会他，他才晓得我马俊是个有手段之人。主意已定，船已到岸，马俊把了船钱，径自上岸去了，不言。

再说史通，因刘栋到巳时之后还不见来，史通坐在家中纳闷不过，便自己一人走出门来。到得街坊，一头走，一头想道：这几天不曾闹得他们，今日不免走走。一直来到柳绪门首，也不问门公，径自走进，书房冷冷清清，并无一人，只得出来，问门公：“你家相公往哪里去了？”门公回道：“今早常相公着人请去。”史通想道：此人定在常让家里。便跑到常家门首，问门公道：“柳相公可曾来？”门公道：“柳相公不曾来。”史通不信，走到书房花厅，四处找寻，并无一个人影。想道：定在吴府。出了大门，竟又到吴府来。来到吴府门首，也不问门公，径自走进花园，东张西望，亦无一个人影。心内想道：他们不在常相公家，不知在此处往哪里去了？便走进书房看看古物，玩玩园中的花卉，坐在书房里面乱想。时值初秋天气，凉风拂面，不觉一阵困倦起来，不知不觉就在床上恹恹地睡着去了。

却说吴府内老爷出征去了，夫人又值午睡，小姐在窗下刺绣。小姐身旁有一贴身服役丫鬟，名叫秋香，来至园中，见一带巾的书生酣睡，伏身便道：“今日问知我的常姑爷到西湖上去游玩，怎么此时还睡在此？难道不曾去吗？”复又一看，一些不差。想道：“我的姑娘过门，定然把我陪送过去，此常姑爷生得人物风流，我秋香若得姑爷收为侧室，便快活一世。今日园内无人，我不免进去以言挑他，若倘有天缘之分，也未可知。”只因秋香动了一点邪念，岂知错内生出祸来。不知后事如何，且看下回分解。

第十一回

昧理谋奸身受辱

话说秋香走进书房，把采的花蕊放在桌上，就伸手在史通脸上轻轻打了一下，说道：“读书人不念书，反在这里打盹。”史通正在朦胧之时，被秋香一掌打醒，惊出一身汗来。说道：“是谁打我?”秋香再定睛一看，却不是常生，是史通。先前史通是坐在几上，只有半边脸在外，所以认错了，此时史通立起身来，方才认得明白。这秋香从小看见常生、史通往来，故此认得明白。秋香见不是常生，转身往外就走。史通乃是个色中饿鬼，见秋香有几分人才，便上前拦住，笑道：“小生在此打盹，既蒙姐姐将小生打醒，必有下顾之意，况且房内无人，真乃天缘凑巧。”秋香满面通红，说道：“我见相公睡在几上，恐我大爷回来，故请相公醒来，因何口出不逊之言?”史通笑道：“这是姐姐见爱小生，非是小生强逼。”说毕，上前一把搂定。秋香道：“相公快些放手，如不放手，我就叫喊起来，恐夫人知道，反为不美。”史通道：“就是夫人知道，也不能怪罪于我，是你来寻我的，不是我寻你的。”秋香见他不肯放手，又挣不脱，便心生一计，说道：“我出来好一会了，恐小姐着人寻我，况今夜大爷与常、柳二位相公游山玩景，明日才回，相公让我进去，待晚间服侍小姐之后，我先到书房等你，或是相公先到这里等我，那时无人知觉，免受惊慌，岂不为美?”史通道：“这是你哄我的话。”秋香道：“我既有心于你，怎么又肯将言语哄你?”史通认以为真，恐人看见，便说道："我今晚一定先来等你，你将此门莫关，切莫失信。"秋香见史通放手，便跑开说道："岂有失信之礼?"史通道："你若不来，我明日禀告伯母，定然打死你。"秋香含着羞红着脸，点点头径自去了。

史通出了花园，欢天喜地回家。路上撞见刘栋，刘栋叫道："大爷从哪里来？我哪里不寻到。"史通因私事不肯说真话，故意将眉头一皱，说道："这几日方才空闲，不意都中来了几个朋友，被他霸留住了不放，是我苦苦告辞回来走走，约他晚间再会，我却辞他不过。"刘栋道："大爷说差了，自古道：故人相见，喜上眉梢。大爷可带门下去谈讲谈讲，自然有趣。"史通道："若是你我平素相交之人，倒不说他了，那几个人总是几个书呆子，不喜帮闲，只喜读书作词，咏诗作对，我也不喜与他们相交，若你去时，他们总要罪加于我。另日慢慢地带你去便了，我今日却还有点小事，改日再同你去走走吧。"刘栋见史通如此回他，却又不敢再言，只得自别，刘栋径自到别处赌钱场上去了。这史通三言两语将刘栋支开去了，回家到书房坐下，用过午饭，闲玩了半日，望着太阳落西，他就一溜烟跑到吴府，来到花园，进了书房，将书架上的古书翻了几本看看，呆呆地在那里等候秋香，不知那秋香原为脱身之计，所以谎骗他罢了。今在楼上服侍小姐，并不提起此事。到晚间，依旧服侍小姐，连下楼来有事都是悄悄地行走，恐怕史通来寻他。再说那史通，等到黄昏时候，他不见秋香出来，心下想道：敢是在楼上服侍小姐不能得空，要等若兰小姐睡了才得出来。堪堪等有一更时分，也不见来，外面又无月色，书房并无灯烛，黑洞洞好不寂寞。一时身子困倦起来，伏在几上，不觉就睡着了。

且不言史通睡着，再说郝大爷在西湖，直饮到黄昏日落，方才转回。但那小船到了城边，已是更初时分，郝大爷道："三位兄弟，今自不必回去，且到舍下吃杯闲茶还不迟呢。"陈雷与常生、柳生三人一同来到吴府。

书童掌了灯烛，来到书房，忽听得书房内呼声如雷，柳绪道：“此处有何人在此睡着?”一齐进了书房，书童将灯一照，常让笑道：“你看这厌物，好没体面，因我们不在此处，他就老老实实等我们要吃酒呢。”郝大爷见是史通，便用手摇着他的肩膀，笑道：“史兄少睡，醒来吧。”史通正在梦中，见秋香从花架边走来，若要上前去搂他，却挣也挣不起来，却被郝鸾摇打，猛然惊醒，只道梦里的事，转身过来，把郝鸾一把抱住，亲了一个嘴道：“姐姐真乃信人也。”那个嘴刚刚凑巧，郝鸾被他亲了一个嘴，就怒将起来，况平昔又不喜欢他，便掌起右手，认着史通脸上打了一下，打得史通耳内轰轰地乱响，跌在一边，猛然睁眼一看，见是柳、郝、常三人，还有一个大汉，吓得他目瞪口呆，连舌头都吓短了。郝鸾骂道：“咱平日不曾与这狗头有半句戏言，因何亲起我的嘴来?”史通说道：“小弟一时唐突，望兄恕罪。”常让道：“哪有平白的就亲起人的嘴来之礼?”柳绪道：“他还说‘姐姐真乃信人也’，必要送官究治才是。”陈雷道：“不要送官，私下打他一顿，不怕他不招。”郝鸾道：“俺们哪有工夫打这狗头，叫家丁们打他便了。”书童跑出来叫了几个家丁来，家丁道：“大爷呼唤我们有何使用?”柳绪说道：“今有史通黑夜钻入花园，非奸即盗，叫你前来打这狗头，必然叫他招出真情才罢。”众家丁齐齐答应道：“总在小人们身上。”因这史通平日嘴坏伤人，这些家丁无有不恨，今日奉主人之命，正好公报私仇，个个手执短棍，不由分说，往上一拥，把个史通攒倒在地，轮流敲打，只打得遍身青紫，全体伤痕，又叫道：“切莫打他头脸。”那史通被打得叫苦连天，只听他说道：“莫打，我招了。”常让恐怕把史通打急了口内乱招胡说，柳绪也怕他打急了乱招私情有关风化，二人上前止住家丁，说道：“且不要打，况史通是个世交，也不要叫他招，放他去吧。”郝鸾上前道：“列位贤弟，此言差矣，岂有不招而放之理？明日他又生出别样话来，反说我们的不是。”史通无奈，只得招道：“小弟因日里找访三位不见，就在此处闲坐打盹，忽有个丫鬟叫秋香，将我打醒，约我今晚在此相等，不期撞着了三位仁兄，除此并无别事，望兄饶恕。”郝鸾道：“秋香可曾来呢?”史通道：“秋香并没有出来。”郝鸾又道：“秋香是丫鬟之辈，你也不该勾引她，况母舅待你不薄，又是你年家，老伯既容你往来，你反起邪念，其罪难免。”史通道：“小弟一时被秋香哄诱，所以该死，从此再不敢到此了。”陈雷道：“虽是如此说，其理不当。”常让、柳绪道：“史通是一时迷性迷了他的心，所以做这些畜生的事。念他平日无罪，饶了他吧。”郝鸾道：“虽是二位仁兄讨饶，叫这狗头吃了大粪，我就饶他。”柳绪道：“言之有理。”便叫家丁取些大粪来，家丁不敢违拗，就拿了一个破碗，盛了些干粪来，便把史通抱将起来，将粪朝他脸上就浇，史通用双手将嘴遮住，常让见史通如此的光景，吩咐家丁不要把粪浇他，让他得空溜了。那史通见众人放松了些，乘空跑出去了。那些家丁也不拉他，任他走了。史通见花园门半开，就跑出花园去了。众家丁虚张声势吆喝吆喝，郝鸾气得面如土色，立在门首不动。且说史通跑到家中，众家丁见他满身臭屎难当，只得取了衣服净水与他洗过了脸，换了衣服，坐下，家丁见他身上有伤，便取了酒来。史通饮了几杯酒，却又满身疼痛难禁，想道：“秋香这个贱人，害得我好苦也。”又想道：“我黑夜阑入人家园中，其实是我不是，就是打骂也不为过，只恨这些小畜生怎的叫那狗头拿大粪浇我，我怎肯与他甘休，倘明日将此事传将出去与外头人知道了，我有何颜面在杭州城内往来？我如今不免到五更时分起身进京，到父亲府上去住下，慢慢地用计谋算这班畜生，以报此仇便了。”正是：

恨小非君子，无毒不丈夫。

就吩咐家丁收拾行李，雇了牲口，明日五更就要起身进京。众家丁足足忙了一夜。将到四更时分，辞别了母亲，带了家丁，等开城门就往京都去了。后来，那史德明听信儿子史通的言语，就害柳公过海封王，拿了常家，种种暗害，生出多少唇舌，皆因今日拿粪浇他的缘故，仇恨在心。此话休提，后来自有交代。那刘栋次日听见史通进了京，犹如失群的孤雁，又不曾做过生意，平日是嫖赌逍遥，好吃好穿，哪里受得这班苦楚？只得将房子变卖，又问亲友借了几两银子，带着浑家，也进京去投奔史通去了。这也是后话，休提。

如今且说郝鸾，站在花园门首，怒气未消，只见东首黑地跳出一个大汉，来到郝鸾跟前，双膝跪下，说道："求郝大爷救命。"郝鸾吃了一惊，定睛把大汉一看，见他面如黑漆，两道浓眉，背阔肩揸，头戴栗色毡帽，身穿短短的青衣，年纪约有二十余岁。郝鸾道："好汉请起，我郝鸾乃是一个愚人，兄有何冤屈？我怎生救得你的命？"那汉子起身哀求道："一言难尽，求大爷台驾到小弟寓所，一一奉申。"郝鸾想道："我从来不曾与他会面，他怎的倒认得我？我若不去，他还说我惧他。"便叫家丁掌了灯，又叫家丁对那三位相公说声："说我就来。"随即就同那汉子出了花园门去了。不知此汉请郝鸾去做什么事，且听下回分解。

第十二回

仗义医疮遇异人

话说郝鸾随着那大汉走了半里之地，到了一个寓所，只听得有人大叫道："痛杀我了。"郝鸾四处一望，并无人影，这一声喊叫如雷鸣一般。那汉子请郝鸾坐下，纳头便拜。郝鸾用手挽起，道："足下尊姓大名？贵处哪里？因何晓得我的名姓？足下有何冤屈？请教明谕。"那汉子起谢，说道："小弟系东昌府人氏，自幼父母双亡，只生我愚弟兄二人，咱姓周名龙，只因咱面黑，人都叫小弟为'铁判官'。咱的哥子叫作周顺，因他面红，别号叫作'火判官'。前月离了山东，寻访朋友行到此处，咱的哥子肚皮下偶然害了一个大疮，不能医治，有碗口大，亦有口耳眼鼻，那些大夫俱说是人面疮，都不下药。小弟前日在乡村寻访名医，偶然遇着一个道人，他说道：'凡有可知奇难异病，早来遇我，错过难逢。'小弟听见，就去求他，把哥今所害之疮告诉与他。那道人说道：'贫道这疮倒会医，药饵倒有，只是差一样引子，却不能医治。'小弟就十分哀求，他又说道：'世人晓得叫人面疮，唯我知之却是百日疮，若过了百日，其人必死。我出家人方便为本，与你说吧：城内有一吴府，如今奉旨出去征讨的就是他家，某日晚间你可在他家花园门首等候，有一红面爷就是，他是洛阳人，姓郝名鸾，字跨凤，你可求他一口龙泉宝剑为引，可以立刻痊愈。'小弟在门首等大爷有两天，今日才得相遇。"郝鸾道："剑却有，只是无药，怎生医治？"

周龙道："那道人已将药饵交付与我，又有一个帖儿，大爷照帖取用。"郝鸾道："那道者有如此神通，但不知是何名号？"周龙道："小弟曾问过他的名姓，那道人复姓司马，名傲，别号枭枭子。"郝鸾闻言，惊讶道："原来是司马先生，真乃高仙也。"便叫家丁回去取剑，又将柬帖展开一看，中间写得明白，就叫周龙快取炭火，又取阴阳瓦来，将药用水和得不干不稀。又叫周龙："扶起你哥哥来。"郝鸾方进房，看见两张铺席上卧着一个大汉，约有丈余，果然面红，圆眼双睁，头大如斗。郝鸾道："好个汉子。"遂将那药料搽在疮上，只让出疮上那张嘴在外。不一时，家丁取了剑来。郝鸾叫家丁把火拿到周顺房中，把剑掣出鞘来，金光绕眼，即将剑尖插在火中，不一刻的时辰，那剑金光灼灼，通红的，拿在手中，认着那疮的口内插将下去，听得咯喳一声响，其臭味难当，只听得周顺大叫一声："快哉！快哉！"呼呼地睡去，忽见疮疤霎时落下，犹如鬼脸一般。周龙见哥哥疮好，感谢不尽。郝鸾见周氏兄弟倒是两个豪杰，心中欲有结交之意，一时不便说出。郝鸾道："你可将这疮疤明日埋了。"周龙道："晓得。"郝鸾又问道："你的贵友姓甚名谁？"周龙道："此人亦是同乡，姓陈名雷，绰号叫作'值年太岁'。"郝鸾笑道："陈雷如今现在我花园内，今日不便，明日同令兄到我园中与陈雷兄相会便了。"周龙道："原来陈雷在大爷府中，明日咱与哥子到府叩谢大爷，再与陈兄相会便了。"郝鸾道："今日夜深，暂别兄长，明日再会吧。"叫家丁掌了灯，携了剑，出了店门。周龙道："寓中多有得罪，感谢不尽。"送郝鸾出了店门，回到房中，见周顺呼呼睡着，又见郝鸾如此豪杰，心中大喜，又知道陈雷的下落。收拾过了物件，熄了炭火，也自安睡不提。你道司马傲既然用药，因何用剑为引？不过借此提拔出一班英雄相聚之意，要他们侠气相投之故耳。

且说郝鸾回到家中，陈雷与常、柳二生都来问那汉子的缘故，郝鸾便把医疮一事一一说明。那陈雷听见，说道："周顺弟兄自幼与咱相交，在山东也算他两个好汉，不意他兄弟们前来寻我。”郝鸾道：“我已约他明日到此相会。”陈雷大喜。时已二更，常让、柳绪、陈雷三人又吃了几杯茶，说道：“小弟们要告辞了。”郝鸾还欲留他三人，他们立起身来坚意要行，明日相会吧。郝鸾留他们不住，家丁掌了灯火，送他们三人回去，各自回家不提。先前传唤家丁打史通又浇粪等事，此时夫人小姐俱已知道，把秋香吊打了一顿，又听得郝鸾被个不认得的人请去医治人面疮去，夫人犹疑不定。忽见郝鸾回来，走至后堂见夫人，知这秋香是小姐房内的丫鬟，不便说长道短，只得含糊说了几句，又把周顺害人面疮的事情说了一遍。夫人小姐各称奇异。郝鸾来到书房坐下，因受了史通的气，却一时睡不着，先叫小童去睡了，郝鸾秉烛独坐，想起史通做出这样事来，好不气闷。又想起孙佩受那囹圄之苦，不知鲍刚哪里去了，不觉地伤心起来。又想道：“司马傲有如此神算，怎么偏偏地不应前言，叫我哪里去寻访异人？倒是今日船上遇见的那个人可以算得奇人，却不知他的姓名。虽然陈雷、周龙、周顺生得相貌魁伟，未必能救得孙佩。”想到此处，不觉地烦恼难熬，便弹剑作歌道：

歌曰：

怒气冲霄汉，心事儿向谁谈？恨不平，且把匣中宝剑弹。俺也曾钩西风渭水寒，俺怎肯义手告人难。何一日见青天？作一番吐气扬眉，那时节，方显男儿汉。

——右调《西江月》词

歌毕，将剑入鞘，只听得门响声音，郝鸾凝神道：“好似有人推门的一般。”话言未了，又是一推，郝鸾是个好汉，其心不惧，便问道：“是谁?”又没人答应。想道：“敢是我心神不定？不然是树叶儿被风吹落打的门响?”忽又听得指头在门上弹了两下。郝鸾道：“敢是花园门不曾关，走进歹人来了?”就掣宝剑在手，开了房门，跳将出来。四下一望，并无人影。

想道："这又奇了，分明是个人，如何出来就不见了？"正沉吟之时，只见花架下站着一人，却是一个做贼的打扮，郝鸾大喝道："大胆的贼子，敢来讨死吗？不要走，吃俺一剑。"便仗剑奔那人，那人把身子一转，呼的一声，早已跳上屋去了。郝鸾见那贼纵上屋去，反吃了一惊，往后退了几步，拿剑指着骂道："你这个剐万刀的贼子，快快下来，免得俺取箭来射你。"那人道："郝大兄休得出口伤人，你方才想我，我来又拿宝剑吓我。"郝鸾定睛把那人一看，好似在船上会见的那人。便问道："你可是在船上游西湖的吗？"那人道："然也。"郝鸾道："你夜晚到此园中，敢是来窃取衣物吗？"那人笑道："非也。我闻你的大名，人说你是洛阳好汉，我特来会你。"郝鸾想："这个人能黑夜上屋如登平地，必有手段，不免唤他下来，试试他的本事如何，或救得孙佩亦未可知。"便说道："你既来会我，因何鬼头鬼脑的？且请下来见礼。"那人道："我试试你的胆量如何，你可把手中宝剑去了，我就下来。"郝鸾笑道："大丈夫怎肯暗里伤人？"那人也笑道："我却也不怕。"便从屋上轻轻地跳下来，并无一点响声。郝鸾暗暗称奇，便请那人到书房，二人见礼坐下，幸喜有茶，郝鸾奉茶，问道："足下尊姓大名？仙乡何处？怎生认得我的？"那人道："因日间在西湖偶见台驾英豪气相，况又久慕大名，因此特来拜谒。在下本城人氏，姓马名俊，贱字子昌。实不相瞒，父母在日，所遗薄产微末，后来父母双亡，结交四方豪杰，所以家业萧条。偶遇一个道者，传了小弟轻身之法，做了那不要本钱的买卖，将取来之物周济那穷困人家，人见小弟身轻，起我一个别号叫作'玉蛱蝶'；又见我二目有光，又叫我'电光目'。"郝鸾听了，想道："原来是个贼，我是一个堂堂的大丈夫，怎与贼子交结？岂不惹天下的英雄取笑吗？"马俊见郝鸾沉思，便笑道："小弟虽是做这勾当，却不被人所擒。前年芜湖县知县，姓魏名雷，贪赃不堪，酷刑无比，一县中人无不怨恨。小弟知道，那日访得魏雷谒见上司，被小弟在半途中轻轻杀了，替万民除害，这是一件为民除害事。旧岁嘉兴府知府，姓董名士弘，因城内有一劣官，姓马，名叫自英，因他好色，人都叫他为色仓兜，强占人家妻女。偶有一人姓扈名岸，他的妻子有几分姿色，那马自英就算计他，谋他妻为妾，无计可施，马自英由人勾引扈岸到家中，又拿住扈岸，说他是贼，到他家来偷窃的，将银钱送与知府，要将他妻子准折偷去的赃物。知府就将扈岸拿去，用刑拷打，就将他妻子硬断准折贼赃，怎奈这扈岸死也不招。那时小弟知道如此情由，走到扈家对他妻子说道：如此救你丈夫。扈岸妻子柴氏满口依允，只要丈夫见面便了。况且马自英还着人看守。到得二更时分，小弟轻身去到马家，竟把扈岸劫了回来，又替他换了衣服，叫他躲在僻静之处，又到扈家与柴氏说知，左近放起一把火来，惊得四处纷纷地乱跑，乘着火势，把柴氏带出来与她丈夫相见，又助他盘费，送他出境，他依旧回福建去了。那马自英被小弟连放了五六次火，烧得他一贫如洗，知府又被我劫了几次库银，叫他赔过不休。小弟虽是个贼，没要紧的事我却不做。”那郝鸾听了他一番言语，心中甚是惊惧，想：“马俊所做的事，可以救得孙佩如反掌耳，司马傲之言莫非应在此人身上？”便开言说道：“马兄如此仗义，我郝鸾有眼不识泰山，望乞恕罪。”马俊道：“小弟乃是下等之人，承兄抬爱，切莫见弃。”郝鸾道：“明日有几位山东朋友相会，屈兄明日在此一会，不知尊意若何？”马俊笑道：“敢不从命？奈我才从屋上而来，恐被尊使看见，反为不美，待明日走大门而进，才是个道理。”郝鸾道：“仁兄所言极是，但此时门户俱已关闭，如何是好？”马俊道：“不妨小弟从哪里来，还从哪里去就是。”言罢起身要走，郝鸾道：“仁兄休要失信。”马俊道：“不必叮咛。”出了书房门，将身子一纵，上了房屋，将手一拱：“小弟去也。”霎时就不见了。不知后事如何，且看下回分解。

第十三回

聚义赠剑说冤枉

话说郝鸾见马俊纵上了屋就不见了，呆了半晌，想道："我郝鸾虽有本事，却不及马俊上屋这等快当。"便进了书房，吹灭了灯火，就榻安床。到了天明，书童取水进房，郝鸾净了面，用过早膳，只见常让、柳绪同着陈雷走进书房，说道："昨日史通这畜生好胡说。"郝鸾道："幸蒙诸兄在彼，便宜了那狗头。"忽见门公走进来禀道："有周顺弟兄二人，特来向大爷叩头。"郝鸾道："请他进来。"话音未了，外面走进二人，当先一人头戴着棕帽，身穿天青箭衣，果然像个好汉。四人迎进堂来。周顺问道："哪一位是郝爷?"郝鸾道："在下是郝鸾。"周顺纳头便拜，谢道："夜来多感大爷活命之恩，如不遇大爷的台驾，已作故人也。"郝鸾扶起周顺，周龙亦上前来拜谢，众人个个见礼，礼毕坐下，问过姓名。陈雷道："仁兄既到杭州，怎不到小弟店内居住，反在别的下处居住?"周顺道："前月闻得贤弟自南而来，所以同舍弟前来投奔，不意偶害毒疮，舍弟一时访不出来。昨日晚间若不是郝大爷言及贤弟的下落，又要费咱的心机。"郝鸾见周顺身体虽然长大，却举止动静有些呆气，正是大汉不呆真宝贝。茶罢，就想起马俊怎不来？又只见门公拿着个红金帖进来，禀道："外面有一位马相公，前来拜访。"郝鸾接着帖子看时，上写："通家弟马俊拜。"郝鸾看毕，对众人道："这个姓马的最有义气，必须要前去迎接。"众人迎出大门口，只见马俊头戴一顶扎巾，身穿一件肉红色的直裰，珠履绫袜，手拿一柄未曾写面的金扇。常、柳二生见了，暗笑道：“你看此人文不文，武不武，一团的假斯文。”马俊进了书房，个个见礼，礼毕坐下，茶罢，通个名姓。常让想道：“此人进了门，两眼东张西望，不像个正人君子，定是个匪类之徒，非贼即盗。”马俊故意说道：“小弟出外多时，昨日方回，闻兄在此，少来拜见，望乞恕罪。”郝鸾道：“小弟事情颇多，不知尊府住处，故而少候。”当时众人又说了些闲话，郝鸾对众人道：“我郝鸾生在洛阳，今到杭州探亲，幸遇列位，义同骨肉，况周陈三位俱住山东，看来岂非天缘凑合？据弟愚意，欲与诸兄结为金兰之好，不知诸兄意下如何？”陈雷等道：“小弟们是下贱之人，怎敢与大爷结盟？”马俊道：“意气相投，结拜是极妙的，何必推逊？”郝鸾大喜，道：“倒是马贤弟说得爽快。”便叫家人备了香烛，郝鸾道：“我还有两个兄弟，不在此处，不若望名结拜，不知列位可依？”马俊道：“既是仁兄的好友，拜在结拜，不知列位可依？”马俊道：“既是仁兄的好友，拜在同名何妨？”当时叙起年庚，郝鸾居长。常、柳二生却不过郝鸾的情面，只得依从。柳绪写了盟书，依次开了众人名姓，上写道：

第一郝鸾，字跨凤，系洛阳人氏；

第二周顺，字伟然，系山东人氏；

第三马俊，字子昌，系杭州人氏；

第四鲍刚，字子英，系北直人氏；

第五陈雷，字电霞，系山东人氏；

第六常让，字云仙，系杭州人氏；

第七周龙，字杰然，系山东人氏；

第八柳绪，字贵芝，系杭州人氏；

第九孙佩，字玉琢，系开封人氏。

开写明白，不一时，众人摆上香烛，各人拜过神圣，发誓已毕，收过香案，用过午饭，即便摆上酒筵，叙了席位坐下，俱是开怀畅饮。酒过了半晌，郝鸾猛然想起鲍刚、孙佩，不觉得眉头倒促，闷上心来。周顺便问道："今日蒙兄的雅爱，理应兄弟欢聚一堂才是，怎么兄倒长眉双锁，莫不是有甚事关心？"马俊道："敢是恨与小弟们结义吗？"郝鸾说道："非也，愚兄虽是与贤弟们聚义，有趣之至矣，怎奈我想起孙、鲍二人的苦处，我虽在此欢乐，其心伤悲不尽。"言毕，泪如雨下。马俊道："终有相会之期，何必忧虑？"郝鸾又道："鲍刚往湖广去了四个月不见消息，这还可以放心；只是不知孙佩生死如何？故此虑他。"马俊道："孙贤弟无非在家读书做买卖，仁兄何出此言？"郝鸾道："量无人救得他，说也无用。"马俊生平性燥，忙起身来说道："孙佩既与俺们拜过，便是骨肉的弟兄，仁兄何欲言又忍，不以心腹说之？哪里算得一个弟兄？"郝鸾道："兄弟们怎么不是心腹？只因孙佩身陷囹圄，遭奸人的圈套，命在旦夕，哪里有偷天换日的手段救得出来？"周顺说道："马贤弟是个性快的人，仁兄可说明孙佩被何人坑害，倘若小弟们做得来也未可知。"马俊说道："兄长说来，我马俊若是救不出孙佩，誓不为人。"郝鸾听了，即将闹争春园打米公子，前后说了一遍。急得马俊暴跳如雷，说道："世上有这样庸劣的人，小弟不才，情愿不避汤火，到开封府走这一遭。若不救出孙佩，不杀那米斌仪这贼子，乃万世的匹夫。"郝鸾道："贤弟莫非戏言？"马俊道："大丈夫一言既出，驷马难追，怎敢戏言？"郝鸾道："不知贤弟几时动身？"马俊道："要走就是今日，若是迟延时日，非为弟兄。只差一个帮手，不知哪位贤弟与我走走？"言还未了，周顺应声道："俺与你去。"马俊道："若是二哥同去，越发好了。"当时马俊起身，说："今日权且告别，多则两月，少则月余，必带孙佩到此相会。"那陈雷见马俊如此性急，恐不能成事，便说道："马仁兄不要性急，闻得开封府乃繁华之地，必有守府参军镇守城池，如今孙佩身陷重地，非同小可，待我回到山寨，邀请他二十个兄弟，同心合胆劫取，方保无事。仁兄须当三思。”那陈雷言毕，常、柳二人听了此言，越发心焦，暗地里埋怨郝鸾说道：“大哥怎与响马强盗结交？后来不知怎样结局。”只见马俊笑道：“此时俱是自家兄弟，何必隐瞒，但黑夜里勾当是兄弟做熟了的，虑他做什么？但我马俊平昔言不及齿，要去就去。”郝鸾不好催他，只是点头说是。又见马俊如此着急，哪里肯停一刻？一时气性急躁，立刻就要起身。郝鸾见马俊真心实意，便想道：“看来周顺、周龙、陈雷非真侠士，倒是马俊如此义气，不若赠他一口宝剑，今若当众人赠他，恐他三人着恼。”便把马俊扯到书房中，低低地说道：“我看贤弟真乃侠士，当日司马傲赠了愚兄三口宝剑，叫我转赠，前日赠鲍刚乃是攒鹿剑，今贤弟到开封去，手无物件，将此诛虎剑赠予贤弟防身。”马俊接在手中，掣出看时，果然光华耀目。便入了鞘，藏入衣袖里面，出来说道：“小弟换了衣服就来。”起身言毕，径自去了。常让对郝鸾说道：“马子昌此去怎样救得孙佩？况劫狱犯禁的事，仁兄除不止他，反纵他，何也？”郝鸾说：“贤弟不知马子昌的本事，此去无妨，不必忧虑。”不一时，只见马俊换了长行的衣服，腰佩宝剑，与众人作别，说道：“兄等高坐杭城，小弟就此拜别。”朝上作了一揖，众人还了礼，郝鸾与众人又叮咛一回，携着周顺往外就去。众人送出大门，将手一拱，放开脚步，径自去了。郝鸾与众人回到园中饮酒，至晚方散。周龙、陈雷到店中安歇，且自不言。

再说马俊与周顺出了城门，周顺道：“咱与贤弟匆匆而行，却忘记了行李盘费，却怎么处？”马俊道：“不难，总在小弟身上。”二人说说行行，不觉地走了五十余里，到得个乡镇上。马俊取出了银子，买了一床铺盖，打过了尖，依然赶行。若是缺少盘费，马俊就在富豪之家量意取些。这一路上过得丰丰足足的，免不得晓行夜宿，在路非止一日。到了开封，日色将落，急急地赶进城门，找寻客店。马俊、周顺从不曾到过，路头不熟，寻了半会，来到一条大巷，巷内走出一个老者。马俊上前问道：“借问老丈一声，此处可有宿店?”那老者提着灯笼，将马俊看了几眼，说道：“转弯头一家就是宿店。”马俊、周顺谢了一声，走不多远，果见一个灯笼上写：“公文下处。”马俊走到门首，问道：“里面有人吗?”只见里面走出个人来，将马俊看了几看，说道：“爷们是下店的吗?”周顺道：“正是。”小二道：“请进来。”马俊叫小二接了行李，来到后面一看，却是两间大大的厅房，一连四五进平房，两进大楼。马俊到了那三进住下，房屋虽多，却没有人住。小二取了两盆水，二人洗面已毕，小二问道：“爷们还是自家起火，还是一同叫小二奉膳?”马俊道：“俺们不会起火，一总是你的，俺如今同你说明，就是我弟兄二人，日间三餐，晚间的酒肴连房钱，与你一两银子一天。”小二听见说是一两银子一天，心中大喜，说道：“听凭爷赏赐，小人怎敢争多？只是还不够些，请爷添些才好。”周顺道：“一两银子一天就是足价了，还要争多呢?”马俊道：“只要你吃饭吃酒的肴馔洁净些，再加上二钱一天罢了。”小二道：“既是爷们慷慨，小人不敢再言。”马俊道：“今晚不用你的物件，烦你替俺买办，少不得与你些饭钱。”便取出一锭银子，交与小二道：“这块银子与俺备夜宵，这一锭银子算明日的房钱，所多的算今晚火钱，快快备来。”小二接了银子，欢天喜地，跑到前面与店主说明，那店主叫作武乾宸，听小二之言，想道：天下哪有这等失算之人？就把银子收下，叫小二去买了熟米菜，又宰了一只鸡，叫妻子在厨房烧煮，武乾宸他就慢慢地走到后面，与马俊、周顺见过了礼，说了些情面话。不多时，店小二捧上饭来，不知是什么酒肴饭菜，且看下回分解。

第十四回

施计放火盗人头

话说店小二捧上夜饭，马俊、周顺用毕，小二收去家伙，过了一会，方才捧上酒肴，摆在桌上。周顺坐在上面，马俊对坐，小二斟酒。二人饮至数巡，马俊问小二道：“你家既有这些房子，因何却没有人下?”小二道：“实不相瞒，这所房子原是孙相公府中的，原先此处要算我这个下处为第一，终日里挤不开。只因今春孙相公是他岳丈请他到争春园饮酒游玩，不知为着何事，与本城了不得的公子斗起口来，偶有个红面大汉，把米府家丁打散，又有个黑面大汉帮着，那红脸汉子打得那米府家丁无处躲奔。不知怎样的那两个大汉又到孙相公府中吃酒，米府有个石相公，领了许多人打到孙家来，就被那红脸人打死米府多少家丁，那黑脸人又把那石敢当撞死，那两个汉子径自逃走，可怜把个懦弱的孙相公拿到县里，屈打成招，问成死罪，只在秋后就要处决。被他家打死的人共有三十多名，总停在孙府厅上不敢掩埋，因那些冤魂到了晚上就抛砖撩瓦，那些下宿的客人说我家店中离他家不远，恐怕惹着了怨鬼，故此就没有人来住了。”马俊听了，方知孙佩住在此地。又问：“如今孙家可有什么人了?”小二说道：“他家那些家人妇女丫鬟争行走散，只有两个老管家还住在后面。此房赁与我家开下处，每日到我们店中讨食米去过活。”马俊道：“如此这孙相公在哪里?”小二道：“孙相公在县衙门内牢里，前日他家人到监内去看孙相公，回来说道，监内行了牢瘟，满牢人尽行睡倒，如今的罪人俱提到府监内，相公危在旦夕，只怕还要死呢。”马俊又问道：“难道监内就没有个名医调治吗？”小二道：“监内虽有大夫，总是些不中用的，那有名有时的大夫却不能下监医治，若是把我们这里有名的罗大夫请下监去，不消几天就都好了。”马俊道：“是哪个罗大夫？他有这样好手段，本县太爷如何不发他下监医治罪人？”小二道：“本县太爷贪赃极盛，每日饮酒取乐，他哪里管到这些闲事？”马俊问道：“这罗大夫住在哪里？叫甚名字？”小二道：“离此不远，一直向东走就，有个挂牌上写‘罗辉庵大小方脉’，人若有病症，请他一看，一剂药就好了。”马俊问过实信，小二又取了两壶酒来放下，说道：“小人要去收拾物件，大爷若是要酒，喊小人一声就送来。”言毕，小二去了。

马俊对周顺说道：“我与兄长兴兴头头地来此，指望救孙佩的，不意他又病在监内，纵然救他出来，又不能行走，也是枉然。这怎好回去见那郝大哥哩？”周顺道：“这却不妨，就说孙佩身染重病，如何救得？”马俊道：“况无患据，他们哪里肯信？”就把眉头一促，计上心来，须得要如此如此，方可为妙。欲要将话说与周顺知之，恐他害怕，待行事之时打发他回去，主意已定。小二收拾完了家伙，来到后面说道：“爷们吃完了酒了。”马俊道：“你可把碗盏收去，再拿两壶酒来。”小二依言收去了家伙，又取了酒来。马俊道：“你可把中门闭了，俺们要睡了。”小二听了，收完家伙，取了两盆水来，与马俊、周顺洗了手脚。马俊道：“小二，那府衙门在哪里？”小二道：“就在前街便是。”小二说罢，收拾了家伙，将中门闭了，往前面去。马俊打发小二去后，将酒肴拿进房来，与周顺坐下饮了几杯，说道：“仁兄在此少坐，待二弟走走就来。”周顺道：“更深夜晚，往哪里去？若有事，到天明去吧。”马俊道：“仁兄不要管我，我就去就来。”便在行李内不知取了什么东西，放在腰内，又换了衣服，便对周顺说道：“若是小二来取甚东西，切不可开门。”言毕，就到天井内将腰一弯，轻轻地纵上屋去，暂时不见了。周顺暗道：“这马俊鬼头鬼脑的，黑夜黄昏出入，必要做出事来。”

不说周顺着惊，再说马俊在屋上沿房过街，行了一会，并不见知府的衙门。正在找寻之间，只听得后面更鼓之声，他才转回来，就听那梆声。又过了十数进房屋，只见前面隐隐地有些灯光，他就在屋上伏下身子，望下举目一看，只见前面一个高大的照壁，画得花花绿绿，却看不明白。又见那高高的大府门，门前挂着两个纱灯，上面写着“开封府正堂”五个大字，约有十几个巡更的更役，手执军器，左右巡逻。马俊暗道：“此处正是知府的衙门。”便纵那屋上，向西首轻轻地跳过墙东，进了仪门。西首又有高大墙垣，墙上放有许多荆棘，想必此处定是监狱所在。里面巡逻的更役时刻往来，不能下手。等了半会，那巡役的到后面去巡察，马俊乘着空时从屋上落下，四处里一望，并无个起火之物，走到狱神堂中看时，只见神鬼旁边堆着二三十个柴草，还有些破坏的家伙堆在上面。马俊想道：“就在此地放起火来”，天从人愿，况狱神前有现成的灯火，就拿一把柴草在灯头点着，推上一块又拽上些柴草，不觉得就呼呼的烧起来了。马俊离了狱神堂，依旧上屋径自回寓去了。

再说那狱神堂被马俊放火烧着了柴草，天意如此，一霎时腾腾火起，更役便丢了锣，都向前救火去了，哪里救得灭？那狱里罪人闻得牢内失起火来，个个要命，狱卒连忙开了牢门，众人往外一拥，各要逃生，惊得那中门卒役忙把东西两图门关好，却不曾走脱一犯。此时宿堂的人役慌在一堆，跑进大堂宅门上乱敲梆子，惊动守宅门的家丁，问道：“有什么急事胡乱敲梆？”衙役道：“不好了，狱中失了火了，烧得凶险，烦大叔禀声老爷。”那家丁听说狱中失火，忙到里面禀道：“狱中失了火了。”幸得知府未曾安睡，闻得此言，吃了一惊，急忙出堂看时，只见火势凶猛。知府跌足说道："罢了罢了，倘若烧死重犯，叫本府如何回得上司？有负朝廷四品之职，这都是狱卒自不小心，故而失火烧起。"这知府乃湖广人氏，姓雷名宸，字照丹，乃乙未科第十二名进士出身。莅任一年，为官清正，不徇情面，不贪民财，不怕乡绅官宦，断事风燥，决才最高，满城百姓无一个不称他是"雷青天"，铁面无情胆气最大，又不惧权宦，又叫作"雷铁胆"。此时雷老爷初看火势甚大，心中着急，次后见火势微微地熄灭，方才放心。约有一更时候方才平息。知府着人查点，可曾烧了民房。狱卒禀道："只烧了牢狱，不曾烧了民房。"门役又禀道："狱内的人犯俱是看守在狱，犯人一名不少。"说："老爷点名。"知府把重犯罪人一一查点，幸喜不曾烧及人犯，就将值日狱卒重责三十板革退。知府见人犯无处可收，即着衙役将重犯收禁县监，待修理完时再提回收禁。此时一县三衙五个厅官知守府参将俱来府前问安，雷公一一谢过了，依旧回衙去了。

不提知府回去，再说马俊因见监内起火，方才回来。那周顺见马俊一去多时不回，心中疑忽不定；又听得外面喧哗，正虑之间，只得出门外听听，忽然马俊从屋上呼的一声跳落在地。周顺见了马俊，便问道："贤弟往哪里去的？因何此时方回？"马俊就在周顺耳边说明放火之事，周顺吃了一惊，说道："却为何事？"马俊道："因孙佩患病不愈，闻得罗先生专医时病，欲要请他，恐他推三阻四。"又在周顺耳边低低说了一会："知府收禁府监阻隔两处，反为不美，因此把府监烧了，一总到县监里好医治孙佩病症。"周顺听了，吃惊道："罗先生哪里认得孙佩？又无人指点也是枉然。"马俊道："小的少不得陪着罗先生下监，说出缘故。今晚却不去，明日晚间行事，仁兄到后日先回杭州，说与郝大哥知道，等孙佩的病好了，一同前来相见。"周顺道："事虽如此，我和贤弟同来，如今怎好我先回去？必须等着贤弟一同去才是。"马俊道："仁兄若在此地，小弟反放心不下，我一人在此却无妨碍。"周顺只得依言，心内甚是放心不下。二人正在店中安歇，正要睡时，只听得外面喧嚷，只认作大盗，再听时，方才晓得失火。那店主看了一回，依然来关门安睡。马俊故意地问店小二道：“是哪里失火？只听得喧嚷。”小二见问，回道：“是本府监内失火，适才那些罪犯都发到县监内去了，爷们请睡吧，此时火已熄了。”马俊答应了一声，那小二去睡了。周顺先前还不信，听见小二说了，方信了马俊之言不谬。当时二人睡了一宿。

天明早起，梳洗已毕，用过早膳，换了几件新衣服，就与小二说道：“昨日我与你的房钱，是今日的所费。俺在此买些货物，不知是三日五日才买得，天天算账这不是个道理，俺这锭银子与你店主收算便了。”小二听得与店主银子，心中欢喜道：“只是小人服侍不周。”便叫主人取了这银子。马俊对小二道：“俺见你店中无事，你可和我上街去玩玩。”小二满口依允。马俊要小二指路，就与他五钱银子，小二得了银子，与店主说明，马俊闭上了房门，与周顺、小二三人出了房门，先到府首去玩。只见那些禁卒在那里抛砖弄瓦，马俊与周顺只是暗笑，小二带马俊、周顺到那热闹地方玩了一会，不觉肚中饥饿，三人到饭店中吃了些酒饭，依旧上街玩耍。马俊问道：“米相府在哪里？”小二道：“就在县东首便是。”小二便将二人领至相府。马俊看那米府，果然热闹。马俊将出入的路径看在肚内，又认了罗先生的住宅，鲍成仁的门户，直至申牌时分，三人才回。不知后事如何，且看下回分解。

第十五回

为友除病忘天理

话说马俊、周顺与店小二上街游玩，到申牌时分方才回寓。吩咐小二买下许多酒肴鲜果，到晚收拾停当，比昨晚要丰盛些，十分精致。马俊道："我弟兄们今日商议买些货物，你把酒肴俱排在房内，多取些酒来，再待俺拿个炭炉来，你可把中门闭了，俺们自斟自饮，不要你来，你去睡吧。"小二听了欢喜，就将酒肴饭食炭炉俱送入房内，小二关了中门，同店主吃酒饭去了。再说马俊与周顺饮了几杯酒，马俊道："仁兄且宽心自饮，我去走走就来。"周顺道："你再饮几杯壮壮神也不迟。"马俊道："恐怕误事，我酒少饮几杯，回来与兄畅饮。"马俊道罢，起身带了宝剑，便飞身纵上屋去了。那周顺心中却有些害怕，只得自斟自饮。约有二更时分，马俊从屋上下来，背着个包袱，便打开看时，却是血淋淋的一个人头，两眼大睁。周顺看见吃了一惊，说道："贤弟，你取人头这样容易，不知道是谁的首级?"马俊道："这是鲍成仁的狗头，小弟去时，他与老婆斗口，他憋气到书房里睡，却被我杀了。"说毕，将人头放在床下，包袱撇在一边，又饮了五六杯酒，吃了些肴馔。说道："此时二更多时，小弟要干正事。"言毕，依旧上屋去了。周顺暗想："马俊如此手段，只是担险害怕，不免明日咱先回去，免受惊吓。"

不言周顺自言自语，且说马俊因日间看过出路，所以不费找寻，径到县前轻轻地上了屋，到得私衙内室，伏在屋上看时，正见知县孙剥皮坐在那里与妻子饮酒取乐，席已将终。不一时，便起身说道：“夜深了，去睡吧。”说毕，携手进房去了。那班妇女丫鬟收拾了杯盘，吹灭了灯火，各自睡了。马俊从屋上跳下，立在窗前，只听得淫声浪作，浪语嘻言。马俊咳了一声，暗说道：“死在头上还不知觉，只管做这些风流的事哩。”等得他干完这事，即把堂屋门轻轻推开，只见房门半开半掩，不曾闩门，侍女都去寻老公去了。那剥皮只管要与夫人睡的心忙，哪管门开不开关不关？此时马俊闯进堂屋，越进房门了，掣出无情宝剑，那夫人还在床睡着，况且房内灯火未灭，马俊走到床边，用剑挑起帐子，站在踏板上，知县只听得踏板上幔子响了一声，即伸头一望，见了一个大汉手执利剑。正欲叫喊，马俊手快，赶上一剑，早已杀下头来，从床上骨碌碌滚将下来。那夫人听得喊叫一声，见孙剥皮不动，再定睛一看，见孙剥皮倒在地下。马俊举起剑来，把夫人挥为两段。马俊在他床上扯下一块单被，把两个人头包好，吹灭了灯，出了房门，依从旧路而走。那周顺正在忧虑之时，只见马俊携了个包袱进来，便说道：“又取了两个人头来了？”打开一看，却是一男一女，虽总有头发，却面貌不同，况有一个耳头上戴着金环，所以认得是个女人。马俊把他二人云雨的鬼话说了一遍，周顺笑道：“虽是被杀，却也是一对风流怨鬼。”马俊笑道：“他二人还不知是杀死，只当快活死了。”二人取笑了一会，又饮了几杯酒，马俊说道：“小弟又要走了。”周顺道：“贤弟此去须要小心，相府之中，非同小可。”马俊点头道：“晓得。”便纵上屋，要杀米斌仪去。周顺见马俊去后，虽然胆大，看着三个首级，到三更时分，俱睁眼咬牙似恨人的一般，周顺却也有些害怕起来。就把那袱单被盖在上面，又把冷酒拿到炭炉上炖热，自斟自饮不言。

且说马俊找到米府，径奔后堂，寻了半会，寻不着米斌仪的卧房，不知在哪里，好不烦恼。信步而行，合当米斌仪命绝，马俊正寻之际，只听得悲悲苦苦又娇娇嫩嫩的声音叫道：“求大爷饶了妾身吧。”马俊听了猜疑，暗道：“此是何人的房？为着何事做此声气？”悄悄走到窗前，在板缝中将眼望内一张，只见房中床帐家伙一应俱全，通宵蜡烛二枝，点的明亮亮的放在桌上。有一个男子在一个醉翁椅上。那马俊看到此处，晓得这男子就是米斌仪了。心中十分大怒，暗暗地道：“这狗头倚势行奸，好行可恶，待俺取出闷香闷住众人，然后行事。”遂向身边取出闷香，并身边一齐取出火来，点起闷香，从窗内插进去，不到半刻时辰，那里面的人打个呵欠，几个妇女已先睡着，那米斌仪欲上床去睡，走了几步，就跌倒在地板上睡了。马俊收了闷香，走进房来，见女子赤条条的，便取了单被替那女子遮住。又见两个女子，亦在椅拐上睡着，只见米斌仪倒在一旁，就举起剑来，恨了一声，剑过头落，剑起剑落剁了几块，方才歇手。在房内看了一会，好不齐整，又开了箱子，拣了一件新衣服，又见箱内有几百银子，就取了一封放在怀内，将首级提起，依旧上屋，找到罗先生家内。四处一看，无处可藏，只见正厅左首有张小几，几上放一药箱，却是罗先生不得用的，如今得了时，俱是紫檀描金的箱子，故用他不着，所以搁在几上。马俊将箱门揭起，把颗人头放在箱内，依旧关好，提着包袱回到店中，已是四更时分。周顺见马俊回来，方才放心。马俊便将去杀米斌仪的话说了一遍，周顺称赞道：“贤弟真乃大能也。”马俊道：“仁兄可收拾行李，天明之时好行路。”又把那封银子分了一半与周顺为路费，余者带在身上，监中好用。又把那三颗首级提着，用单被把血迹揩净，包在包袱之内，放在一边，用宝剑挖了一个坑，将些血迹物埋了，二人又饮了几杯酒，天已大明。二人开了中门，小二送进水来，二人净过了面。不一时，送进早膳，二人用过。马俊又吩咐周顺一番话，周顺携着行李出了店门，径奔杭州去了。小二看见周顺出了店门，便问马俊道：“那位爷哪里去了？”马俊道：“他明日还就来了。你家店主到哪里去了？”小二道：“下乡收租了，大官人在家管理事情。”马俊道：“你去叫他进来，俺有话说。”小二走到前面，把大官人叫了进来，道：“店主。”武乾宸只生一子，年纪二十三岁，因他平时不肯学好，他父却不十分喜他，学名叫作武志，排定第三，因他母亲上胎生了两个，尽夭而亡，人都叫武志为三郎。三郎听得客人叫他，他便抖抖衣服，径到后面来。与马俊见礼，说道：“小的见礼。”马俊看那武三郎，虽不十分美貌，却也不俗。亦还了礼，坐下，三郎道：“小子有事在外，昨日方回，奈家父年迈，小子愚蒙却不曾请教过爷的台府大名？”马俊道：“俺祖籍山东，姓马名俊，字子昌。因来此处买几件货物，在宝店多承厚意，俺请足下非为别事过问，敝友到个所在去走走，俺又要去买些货物，这行李寄在你宝店，这还犹可，俺还有一口宝剑，价值千金，亦寄在你宝店，千万不可失错，俺后来少不得重重相谢。但我去后，倘有外人前来问你可有个马俊在你店中，烦足下回他没有，三郎休要招揽，只推不知。”武志不解其意，只是点头依允。马俊提了包袱，出了店门，径奔府前而来。

再说那开封府雷公，那日升了早堂，衙役参见已毕，放过了告。只见孙知县的管家跑得气喘吁吁，走到大堂上跪下禀道：“不好了，求太爷做主。”知府道：“你有甚冤枉？且从头说来。”那管家禀道：“小的是知县的家丁，因昨夜不知什么时分，我老爷与奶奶被贼杀了，首级不见了。”知府听了，便吃一惊，县官夫妇二人被杀。说道：“禁城之内杀了知县，事关重大，本府须要亲自去看验。”又见鲍成仁的妻子哭哭啼啼，手拿一纸状子，当堂跪下禀道：“小妇人顾氏，是鲍成仁的妻子，因丈夫每日陪米公子闲玩耍，昨夜独宿书房，不知被何人杀死，头竟不见了，求太老爷做主。”雷公想道：“孙知县夫妇被人杀死未曾相验，怎么鲍成仁又被人杀了？”随即看了状子，问道：“杀死你丈夫的尸首还是在米府，还是在你自家里？”顾氏又禀道：“在自家书房内。”雷公即委二衙去看验鲍成仁的尸首，顾氏出了衙门。只见五六个人跑到大堂跪下磕头，禀道：“太爷在上，大事关天，俺是米府的家丁，俺家相爷只生一位公子，昨晚好端端地在府内，宿于深闺，不知被何人杀死，尸分数块，那首级尚且不见，这是太爷的干系，须当究拿凶手，详报相爷。”那雷公听了此言，吓得冷汗流出，呆了半会，方才说道：“有这等事?”随即打轿来到米相府中。进了内室房里看过尸首，叫过伴宿的侍女，问了几句，叫衙役押着候审。米府买了棺木，权且收殓。知府又到知县衙门看验知县夫妇已毕，亦叫家人买棺权且收殓。便叫库吏将库封了，待本府慢慢盘查。又叫各役将若干人犯带齐，打道回衙审问。不知后事如何，且听下回分解。

第十六回

报医入狱起沉疴

话说雷知府回到衙内，坐了大堂，便将那三个女子带上，跪在一边。雷公问道：“昨夜是你三人伴宿的吗?”三个女子齐说道：“正是。”雷公道：“既是你三人伴宿，必知被杀情由，从直招来，免受刑法。”那女子道：“民女系本城东门内袁秀才之女，因父亲早丧，母胥氏只生民女一人，乳名鸿裝，年方十七，父亲在日，凭媒许配本城张元吉为妻，尚未过门。前日民女偶在门首闲玩，不意遇见米家公子，他看见民女有几分姿色，就着鲍成仁到民女家内与母亲说：‘米公子丧偶，要娶你女儿做填房。’我母亲回他有了婆家，那鲍成仁就说了许多狠话去了。过了两日，昨晚带领了三十多人，强将民女抢进府中，破了民女身体，一时就睡着了，不知是何人杀死。况初进相府，不知内里深浅，求太老爷可问他二人便知情由。”雷公听了袁氏之言，点头叹道：“做出这样无法无天的事来，所以如此。自古道：杀人者，非良人也；被杀者，亦非良人也。”便叫过那两个女子，问道：“她是初入相府，不知深浅，你二人在相府多日，知道府中的深浅，家中有甚人暴凶？公子与甚人有仇？是什么人杀的？你们从直说来。”两个女子说道：“妾们是米大爷新买来的，却不知情由，求太老爷做主。”那雷公大怒，喝道：“胡说，公子既与你们同宿，怎推不知道?”正欲用刑拷问，忽见一人拿着红布包袱，大踏步走进仪门，高声叫道：“不要冤枉无辜之人，若问杀人的事，寻俺尽知道。”门役便向前喝住。知府坐在堂上听得杀人情由有人知道，其人突然而来，必有缘故。便叫衙役把那汉子带上来。那衙役领命，叫道：“汉子休走。”赶上前一把扯住，说道：“太爷叫你进去。”那人道：“不要扯，俺自进去。”便走到堂前，放下包袱，跪下说道：“小人见太爷磕头。”雷公见那人生得异象、气概不同，便问道：“你姓甚名谁？哪里人氏，怎么知道杀人的情由？你细细说来，本府重重赏你些，切不可诬说有仇之人。”那人道：“小人系山东人氏，姓马名俊，那杀人的凶人小人不知道，倒晓得那四颗首级的下落。”雷公道：“首级今在何处？”马俊便将包袱打开，抖了一下，那首级就骨碌碌地滚在地下。雷公见了又惊又喜，喜的是有了凶手，惊的是世上哪有这样胆大之人。便想道：“首级怎么在他包袱之内？必定是他杀的。”众衙役吓得面如土色。雷公问道：“这首级从何而来？”马俊道：“实不相瞒，小人久闻米斌仪倚仗父势，强占良家妻女，夺人田地，俱是鲍成仁撮合；知县贪财屈害无辜，小人恨在心头，所以杀了劣宦赃官，与万民除害。因见太老爷正直无私，清如水，明如镜，小人怎敢移害太爷？自古道：杀人偿命，欠债还钱，特来投到。”雷公听了，想道：“禁城之内杀了知县还犹可，单怕米相作对，幸喜有了凶手。”便叫米府的家人知县的家丁识认首级，知县的家丁认了知县和夫人的首级，用布包了，领回收殓。那鲍成仁的妻子亦认了首级去了，单单不见那米斌仪的首级。米府的家人禀道：“县主和夫人、鲍成仁的首级俱有，单不见了公子的首级。”雷公便问道：“米公子的首级到哪里去了？”马俊道：“小人送了个朋友，故此不在。”雷公想道：这又奇了，哪有人头送人之理？便问道：“送了哪个朋友？姓甚名谁？”马俊道：“此人颇有名望，小人从山东到此，住在他家三天，这个人却是个大夫，名叫罗辉庵，因昨晚饮酒之时，罗大夫谈及医道的话，他叹气道：‘我若医好了此人，何愁没有万金相谢？’小人问道：‘俺闻哥哥真乃华佗重生，疑难病症不知医好了多少，怎么今日作难起来？况有万金相谢，何不用心医治？’罗大夫就回小人道：‘群药俱已齐备，只少引子，要生人的脑子，在火上炙了开碎，放在药内，合成丸药，服下即愈。’小人就允承在身上，晚上杀了米公子，把头送与罗大夫为引子去了。太爷若是不信，可着公差把罗大夫叫来便知明白。”雷公大怒，说道：“好个大夫，怎么要起生人脑为引？其情可恶！”随标了一根朱签，写了几个红字，差两名快役，飞奔出了府门，要拿罗辉庵。公差奉了太爷之命，出了府门，齐奔罗大夫家来。行不上半里之路，恰恰地撞着了那乘轿子。此时罗大夫的轿抬如飞对面而来，公差拦住说道：“不要走，我们请他呢。”那轿夫说道：“且慢且慢，我们清早出门抬到此刻，肚中已是饥饿，让我们吃些东西到尊府来吧。”公差喝道：“谁请他看病？俺们奉本府太爷的严命，特来拿他的。”便把罗大夫扯下轿来，罗辉庵说道：“莫要拿错了，我罗辉庵并不犯法，太爷拿我作甚？”公差道：“一些不错。”就把那根朱签与他看：“速拿罗辉庵当堂回话，火速火速。”罗辉庵看毕，待了一会，说道：“列位公差，太爷拿我为何？你们可知道吗？”公差道：“我们不知，你做的事还要问人？如今太爷坐在堂上立等，快走快走。”两个公差把个罗大夫凭空挽了就走。这才是好好轿中坐，凭空降祸来。那些轿夫抬了空轿，回家报信不言。

再说那公差拿了罗先生，来到府门，公差缴了朱签，雷公吩咐道：“带他进来。”罗辉庵当堂跪下，知府喝道：“你可知罪吗？”罗辉庵禀道：“小的遵法守理，并无毫厘过犯，小的不知罪。”知府说道：“好个遵法守理的人，本府且不问你，你可认得那下面的那个人吗？”罗先生看了马俊两眼，说道：“小的从未曾与他相会过。”马俊道：“罗大夫，昨日蒙你的情爱，那话儿早已承奉到府了。”罗先生听了勃然大怒，道：“我姓罗的从不曾与你相会，你怎么在太爷堂上胡言乱语？说什么那话儿不那话儿？”马俊道：“但为人要拿出良心来，不要这等胡赖，俺马俊到此之日，蒙你厚情，你医治那位官宦，赚他万金包医。俺在你家过了些时，蒙你盛情，故此杀了米公子，将首级送为引子合丸药，怎么推作不认得俺呢?”雷公喝问道：“你倒不如认来此事，免得本府动刑。”罗先生听得马俊说什么首级送他，他心内不得明白，说道：“求太老爷恩赏，小的明白什么？公子什么首级？小的实系不知。”雷公大怒，喝道：“你与马俊做的事情，反问本府，本府若不说明，你反说本府屈用刑法。”知府道：“你为医个官宦的病症，要活人的脑子为引，如今这马俊杀了孙知县夫妇及鲍成仁并米相爷的公子，将首级送与你为引，可是真的吗?”罗先生听了此言，只吓得冷汗直流，便叫道：“太老爷，这是马俊坑害小的，况马俊与小的并不识面。那本草书上哪有用生人脑子的理？况且首级又不在小的家中，皆是无赃无证的冤枉事，求太老爷做主。”雷公平日为官清正，不忍将无辜加刑，听了罗辉庵的口词却说得清清白白，便问马俊道：“你说罗辉庵要生人脑子为引，这是无凭无据，律上写得明白，无凭不拷贼。”马俊道：“太爷若要凭据，首级现在他家厅上左首小香几上一个药箱内，太爷若不信，可着公差到罗辉庵家内去搜，若有米公子首级，罗大夫问罪，若无首级，小的冤害无辜，情愿加等问罪。”雷知府道：“说得有理。”随限差了四名马快，飞奔罗家搜寻，果在药箱之内寻出首级，不知可是米公子的首级。雷公叫米府家人领回首级，入殓收棺不言。

且说知府对罗辉庵说道：“如今首级现在你家搜出，这还是冤害你，还不是冤害你吗?”此时将个罗先生吓得有口难分，有舌难辩，只跪在地下磕头道：“药书上从没有要生人脑子为引之理，还求太老爷做主。”雷公大怒道：“本府哪里管药书不药书，城中有多少人家，单单冤害你不成？不夹不招，左右与我夹起来。”两边衙役如狼似虎，把罗先生拖倒在地，扯住鞋袜，不由分说，径是一夹棍。罗先生死去还魂，说道：“真真冤枉。”雷公见他不招，叫衙役敲。罗先生受刑不住，只得招道：“这个人果然与小的往来，在小的家内住了三天，要首级为引俱是有的。”雷公见罗辉庵招了，松了夹棍，叫他上了刑具。雷公见马俊是重犯，责了三十板，上了刑具，押送县监收禁。袁氏女子与那两个妾妇无事发回娘家，不提。

且说罗家着人料理衙门，用了多少钱钞，铺了监，禁子人役将罗先生、马俊收入监牢，知府当堂做了详文，通详上司，米府写了书札，着人进京报信不提。

再说罗先生与马俊下了监，正是无巧不成书，只因府监火烧，将此人犯多收入县监，无一处不满，只有东号没有多人，因孙佩身染牢瘟，别人染疫俱好，只有孙佩不得出汗未愈，所以不把犯人同号。此时罗先生等下监，虽然得了罗家钱钞，却一时腾不出空号，只是收与孙佩同号。当时马俊进了，并无一人，只有左边草铺上睡着一个人，年纪约有二十，垢面蓬头，哼声不止。马俊便问狱卒道：“这是什么人犯？所犯何事？因何独自一人在此？”狱卒见是黑夜飞越杀人，不得不答应，便说道：“此人是本城甚有名望人家，只因凶徒打死人命，把他拿住，牛代羊灾，他姓孙名佩，字玉琢。”马俊听得是孙佩，心中暗喜，此乃天遂人愿。便问道：“为何哼声不止？”狱卒道：“他惹了狱气有病。”马俊道：“总是你们不好，这有病之人也该与他些茶汤调理，自然好了。”罗家着人送了酒肴进监，罗先生哪里吃得下去？只得哼声不绝，骂不离口，马俊只当不知。罗家家人把些酒食与了狱卒禁子吃了，回家。天色将晚，马俊把刑具上的锁便用了解锁法，霎时刑具俱开，狱卒看见，大嘴呆了半会，正要上前拿他，马俊摇手笑道：“你们休得撒野，若不多事，俺却不累你们；若是放肆，俺就去也。”言毕，走出阶下，忍着腿疼，一纵而上，走在屋上，忽然不见。那些禁子狱卒吓得魂不附体，惊倒在地。不知马俊到哪里去了，来与不来，且看下回分解。

第十七回

张仲怕累鸣知府

话说那些禁子见马俊纵上了屋就不见了，吓倒在地，齐声哭道："俺们死也。"喊道："马爷爷，俺们又不曾冲撞你，怎么径自越狱去了？我们岂不是死也。"只见马俊依旧立在屋上，说道："你们从今以后要依我行事，俺就好好在此，并不连累你们。"狱卒禁子齐声说道："无有不遵马爷爷的命。"马俊便从屋上下来，好言安慰了狱卒禁子几句话，马俊说道："做汉子的自己做事怎肯连累着列位？"狱卒要上前擒他，又怕他纵跳，只得好言好语的求他，此时马俊取出两锭银子与禁子，说道："俺初到此处，不曾在列位身上为情，这银子烦哪位大哥买些酒肉，暂且请请列位。"那些狱卒禁子推却了一会，只得着韦升去买办，众人各自散在外面看守。韦升是个贪财爱利之人，但是在监的人犯送他银子，他就无不照应，又依那犯人的言语。再言韦升不多时买了许多鱼肉，一瓶美酒，总挑在牢内，煮热，用碗碟盛了，捧到马俊的号内放下。马俊见韦升是出热之人，他又取出二锭银子与韦升道："这薄礼权为敬意，烦兄将这些酒菜，到各号给重犯人量意散些便了。"韦升接了银子，好不欢喜，向马俊道："多承马爷。"韦升把些鱼肉端在别号散去。再说马俊见罗先生闷闷坐看，便笑笑叫声："罗大夫，你不要这等纳闷，马俊实实昧了良心害你，因有一事，要请你到此看看犯人病症，恐你不肯，故此设个计策，权且请来，方能请得大夫到此。"罗先生大骂道："好没良心的瘟贼，先不在堂上咬我，怎到此地反说要买人心的话。"马俊道："你骂也无用。"指着孙佩道："这个孙佩是最相好的，因他偶得狱气，不能痊愈，所以坑害大夫来医治，倘蒙医好这孙佩，自当救出大夫，还有千金相谢，决不食言。"罗先生叹口气道："也是我的医道出名的报应。罢了，罢了，世上哪有这样请医生的？"暗想：马俊有黑夜杀人的手段，他又有些义气，奈何他不得，只得叫马俊扶他到身边。马俊提起孙佩手来，叫道："贤弟，可认得俺吗？"孙佩在昏迷之际醒来，问道："是哪位叫我？奈我病体沉重，不久要做黄泉之鬼了。"罗先生便诊脉息，道："马兄不必惊慌，此人心内作烧十分症候。"马俊道："可医治得好吗？"罗先生皱眉道："虽然脉息如此，哪有炭火药饵？"马俊道："这不难，只求先生开方，余者都不要紧。"马俊出了监号，遇见韦升捧了酒来，放了说道："马爷，请同罗先生用了吧。"马俊遂与韦升说道："俺初下监来，孙佩暴病，俺们怎与病人同住？适才求先生看了脉息，却无炭火等，速要笔砚，俺与你银子置买，倘得救好，也是你们的德行。"韦升得了银子，道："炭火总有，待我取来。"去不多时，果取了炭炉药罐等物，交与马俊，便说道："如今府牢人犯监禁在此，人犯甚多，难以料理，求马爷自己煎与他吃吧。"把笔与罗先生写下了方，引用生姜一片。韦升拿了药方，径自瞒了他人出牢去。不一时，韦升买了药来，交与马俊。马俊又与先生看了，韦升又拿了一桶水，一把壶，一包茶叶，然后与他们饮酒去。马俊扇起火来，药放在火上，方劝罗先生饮酒。罗先生没奈何，也只得吃了些。马俊将药煎好，与孙佩服下，又煨了水与孙佩洗手脸，见孙佩沉沉睡去。有二更时分，见孙佩身上只盖一床单被，能济甚事？况自己又无行李，与罗先生说道："俺去就来。"言毕，径上房去了。罗先生见马俊如此，心中害怕，又被巡更人看见此号无马俊，问罗先生道："马俊往哪里去了？"罗先生道："他又无刑具，我不知道。"狱卒听了，总待了半晌，听屋上呼的一声，马俊跳下，对众道：“我说过不连累，何必着惊？”狱卒见他手拿包袱，不知何物，众人只得去了。他打开包袱，却是两床棉被，几件衣服，拿床棉被盖在孙佩身上。直到天明，只见孙佩身上汗如雨下，大叫一声：“苦死我也。”马俊即到身边，见他直挺挺的仰在地上，马俊大惊，连忙又对罗先生道：“昨晚服了药，到了此时，忽然大叫一声，就不着声，什么缘故？”罗先生即到孙佩前，见他面如金装，全无血色，手足皆冷，胸前微微热气，幸喜脉息平和。罗先生道：“此人的病理当如此，不时就回。”马俊想道：“哪有此话？”不信。二人就坐孙佩的铺边，约有一顿饭时，只见脸上转了红色，手足微微的热，又见他面上有了许多汗，如潮水一般。马俊又拿了一床棉被，替他盖好。到了天明时，叹了口气：“好爽快，哪位大哥在此，把口茶与我吃。”马俊道：“好了，拜谢神明。”然后取了茶与孙佩，说道：“茶在此，待我捧来与你。”就将他扶起，一手捧茶，孙佩吃了半杯，依旧睡下。那先生又把孙佩脉诊了，便对马俊道：“恭喜，亏出了些汗，病症全好了，只要人调理要紧，再服补中汤，则痊愈矣。”马俊大喜，先生又写了方，叫韦升出狱取药，与他服了。孙佩因受风寒，幸未结胸，所以服药出汗无事。马俊走到身边，叫道：“贤弟，你心中好过吗？”孙佩见马俊，说道：“小弟不曾与兄会过，怎么认得小弟？”马俊笑道：“愚兄为着贤弟，不知费了多少心机，耽了多少罪。”便将在杭州与郝鸾结拜的事说了一遍，“郝鸾说贤弟在狱放心不下，故烦愚兄到此来，闻得米斌仪、鲍成仁等万恶多端，今被我俱杀了，又闻贤弟染病，访知罗辉庵医道甚高，就将米贼首级送到罗府，害了他进来医贤弟。”又把放火事，低低说了一遍。孙佩知道杀了仇人，又知郝鸾不负前情，马俊如此义气，心中爽快，便谢道：“我蒙兄天高地厚之恩活我性命，仁兄尊姓大名？”马俊道：“我姓马名俊，字子昌。贤弟调养几天，待你痊愈，愚兄自有道理。”孙佩暗暗欢喜，服了两剂补药。那马俊专等孙佩病好救他不表。

且说禁卒见马俊散脚散手，如在家中一样不时出狱，好不担怕。便同伙计们商议道："马俊牢中虽有银钱与我们，到底不好。自古道：有利必有害。况是官的重犯，出进如虎一般，若一去不回，岂不是你我干系重?"禁子道："刑具又禁他不住，作何法儿?"内中有一个识事的，名叫谈云，道："此事你我也巴不得他怎的，依我，不若将马俊会用解锁法黑夜出入禀明太爷发落，一来推开了干系，二来银钱一样，此为有利无害，悉诸位裁夺。"众人道："此话有理。即速回明为要。"那禁头张仲即出了狱门，径到府内宅门口，与守门的大叔说道："烦爷通报，禁头张仲有机密事面见太爷。"门上人进内半刻，即来开了宅门，走进内堂，跪了禀道："前日杀官的重犯马俊等，乃是太老爷发下小的们看，那罗先生是守法之人，只有马俊移头扳人下监，医好了孙佩。不知马俊、孙佩有什么交结，况马俊善能飞墙，又会邪术，刑具禁他不住，昨晚竟纵上屋去。到五更，小的恐怕他逃出，特禀求太爷，早早作法囚禁方好。"雷公听了，吃惊道："有这等事，倘若走了，其罪归于本府，连你等亦不免利害。你且在此等着，本府自有禁他之法。"就来到书房与刑名相公商议，把张仲之话说了。那相公道："这孙佩定与他有甚交结，他见孙佩惹了牢疫，所以扳害了罗先生医治，若孙佩病好，必有越狱事。事关重大，倘若米相爷要这马俊，那时逃了一个马俊也不好说话。依晚生愚见，今夜却要亲自进监，多带捕卒查监。那时马俊自然散手散脚在内，可吩咐禁子须如此如此，那时将马俊拿住，挖去二目，没有光明他自不能走了。一者保明公前程，二者使孙佩不能漏网，羽党不敢前来。"雷公大喜道："此计甚妙。"别了相公，来到内堂，吩咐张仲一番，张仲磕了个头，站起出宅门。正是：

人心如此，天理未然。

这张仲回狱与众人说明了，三三两两交头接耳，被马俊看见，不在意。到了申牌，马俊两眼齐跳，心如油煎，发似人抓，好不难过，想道："我从不曾像今日这般心惊肉跳，必有祸事临身。况坐在牢，还有甚祸?”又想道：“方才禁子俱是交头接耳，难道算计我不成？我且留神待他。”正想之间只见一个公差，手拿朱票走进，乱喊：“禁子在哪里?”不知这公差来做何事？且听下回分解。

第十八回

马俊喜逢活真师

话说公差手拿朱票乱喊："禁子在哪里?"禁子应声问："爷问小人有何见教?"公差道："我奉大爷之命，叫你将牢中人犯查点查点，今晚太爷亲自来查点。"就把朱票递与张仲，张仲接在手中，高声念道："本府正堂雷公，为查点人犯亲验事，照得两监人挤一处，况知县缺官，狱中刑具不周。为此，票仰禁役即将男妇轻重罪犯，毋得令其喧哗乱走，各归各号，候今晚查验。如违即革不贷，须至票者。"

张仲念毕，交与来差，说道："小人怎敢?"送出公差，进向马俊说道："小人才念这票子，马爷可听见?"马俊答道："我听见了。"张仲道："小人本不敢放肆，怎奈太爷今晚要点验犯人，如有宽恤，要责四十。少顷点着马爷，看见松手散脚，岂不要累着小人打了？就是马爷也不过意。"马俊道："据你怎么样?"张仲道："小人得罪马爷戴了刑具，等太爷点过回衙，依然开了刑具，照常一样。"那马俊点头道："这个使得。"张仲见依允，心中大喜，道："此刻尚早，不敢得罪，待老爷下来，我再放肆。"言毕去了。马俊依然服侍孙佩。

到了黑暗，雷公带了捕役，又传了袁守备，得了此信，点了几十个兵在监门外把守。雷公知道马俊的利害，恐当时纵上屋去，故此传了守备防获，那捕役携了铁杖铁尺，带了绳索，来到牢门。众役喊道："太爷查点人犯，快快开监。”那张仲听了，就跑到马俊跟前说道：“太爷来了，先告过上了刑具。”马俊道：“俺先许过，谁不肯吗？”外面又走进几个禁子，拿着麻绳刑具，张仲道：“马爷要上重刑。”就将马俊两手绑起，用麻绳扎了，又上了手肘。也是马俊平日作甚冤孽，虽然杀了六七个人，亦非容易，是大限该死在他手里，俱是注定被杀者，皆不良人。今日若被知府挖去二目，后来怎救驾封王，荣宗耀祖？到底上天不灭好人侠士，劝人必须义气，做些好事，做些正大光明之事，必须莫起奸邪之念，上天自有好报，逢凶化吉。这是编书人劝化。

闲言不表，且说张仲是雷公先前吩咐过的，叫马俊背绑两手，用软靠靠住，脚下亦是使他不能纵跳。张仲一时忙乱将其靠绊，古人云：人心如此，天理不然。这雷公进得狱来，在狱堂坐下，捕役人等两边鹰翅排开，禁子叩头已毕，张仲递上号簿，雷公此来以查为由，擒拿马俊是实。只见各犯俱是铁索，推号一名一名点过，点到孙佩，张仲跪禀道：“孙佩身体病才好，尚且不能行走。”知府虽则为由，俱要吩咐道：“虽然有病，亦要用心看守。”又点到罗辉庵，点过就点道马俊。马俊在下跪着，看见雷公坐在上面，两边有五十余人手执兵器绳索，便心内想道：“点查人犯是个小事，只不过带几个家丁足矣，又不是拿大盗，为何带着许多人手执兵器？必是捉人。”猛然想道：“是了，是了，敢是禁卒禀过知府，说我黑夜出进，雷公恐我逃走，怜惜他的前程；况且禁子鬼头鬼脑，又把我绑起来。”越想越是，我且见机而行。只听上面牢头连叫“犯人马俊”几声，马俊答应道：“有。”却不上堂，只在屋外跪下。雷公道：“你知罪吗？”马俊道：“杀人抵命，更无他罪。”雷公大怒道：“我把你这大胆贼，还要强口，左右与本府拿下。”众役一齐上来，马俊却是留心的人，若不留心怎么跪在屋外？听了一声“拿下”，众役一齐拿他，他回身往下就跑。马俊两手被绑，如何脱得众人之手？那些人速速围住，哪里跑得脱？马俊心内着急，看看跑到小号屋之下，拿出平生力气一纵，如飞上屋去了。雷公看见，吓得冷汗直流，众衙役一声齐喊："不好了，马俊走了。"禁卒开了牢门，雷公领了众人，随后赶去。守牢众人听得牢内喊道："犯人走了。"听了此言，领兵围住牢前，众兵各拿火药兵器。此时是一更时分，今日乃下弦之月，月色高升，那守备面朝天望，见马俊双手被绑，跳上高墙，守备忙叫绕钩钩住他，不可放走。那兵丁正要拿钩不及，马俊早已纵上房了。袁守备见事不偕，拿着双鞭，随着马俊，一个在屋上跑，一个在下面相随不放。马俊路熟，跑到城门口，方才从屋上加些力气，望着城墙一跳，径上城墙飞跑不提。

且说袁守备上了城，随即也跑上城，那守城兵丁随后赶来，雷公骑在马上，率领捕快人等点着火把如同白昼，喊声大作，惊得百姓不作一声。再说马俊跑到城头，要去了手上麻绳，方好跳下。守备在后追赶，要跳下，又恐怕伤自己的脚跟；若与他对，手内又无兵器，实在两难。一头跑，一头想，他到城楼边，想出一计。把身子朝楼墙一站，将右脚站得稳稳的，便将左脚提起，等着袁守备。那袁守备提着双鞭，大叫："贼徒，哪里走？老爷来擒你了。"却是跑行了的人，一时不能住脚，向前直直的跑去，却不知马俊趁他不防，便提起右脚，用了十二分力气，说道："照爷的腿罢。"那袁守备叫声："不好。"早已打着胸前，骨碌碌直滚下城坡民间的粪坑内不稀不干的粪内了。雷公听了响声，便走向前，骂声："马贼今日飞到哪里去了？"袁守备叫道："是卑职被强徒打下来了。"不言雷公叫人救起，且言马俊一个黄莺落翅飞过城河，逃走去了，且自不言。再说雷知府听见，忙教人救起，问了缘故，将水与他洗过了满身，换了一同回衙，只好照着马俊逃走。详文报到北京，米相爷闻知，急传钧旨，着手下官员捉拿号称玉蛱蝶的马俊，且不言。再说马俊逃出了城，走了三十多里，到了一个松林，正走之时，听得背后有人大叫道："马俊不要走，贫道在此等候了。"马俊听了吃了一惊，回头一看，那月色照得明白，却是上年教他轻身法叫他做贼的司马傲先生。马俊见了，纳头便拜道：“上年蒙老师教训，弟子谨遵师命，并不曾违拗老师。”司马傲扶起马俊道：“贫道也知壮士的心事，不必细言，今晚吃了大惊，日后受皇上大爵。贫道夜观天象，汉平帝有一大难，非壮士不能救驾。但此事夜里所干，壮士熟会平土遁的法方能干得奇功。”便同马俊并肩站立，在他耳边啧啧不知念的是什么咒语，马俊心灵一一记在心头，便问道：“不知救驾之事应在几时，望乞老师指明。”司马傲道：“此是天机，不可泄漏，到临时贫道自然来指点。”马俊又道：“不知孙佩可能救得出狱，求老师指点指点?”司马傲道：“吉人自有天相，非壮士不能救他出狱。但你且回杭州，自有能事帮你二进开封府，救出孙佩，骨肉重逢。再者，那口诛虎剑你可三进开封府取讨，方保无事。若不依我，必有大祸临身。”马俊点首依允，司马傲道：“壮士且回杭城，贫道还有正事，后会有期。”说罢，将手一拱，竟飘然而去。不知后事如何，且听下回分解。

第十九回

阮氏卖俏寻男子

话说司马傲传了马俊借土平身之法，竟自飘然而去。马俊望空拜谢，谢毕，他就把新学的法试试，念了咒语，抓一把土往上一洒，将身一纵，高有十余丈，如生双翅一般，比那纵跳之法省力得多。遂收了法，落下地来，一路奔杭而去不表。

再说鲍刚惊散了响马，那凤小姐被莫士玉拐骗到扬州去卖，不知好歹若何。且说鲍刚找寻凤公不着，心内想道："料他已到湖广去了。"到得天明，回到店中，取了行李，径奔湖广而来。独自一人晓行夜宿，渴饮饥餐，逢人问信，却不得实信。那日午牌时分，到了襄阳城内，那六街三市，人烟凑集，是个奢华地方。鲍刚无心观看城中景致，一路问到金鸡巷口，立住了脚，只见五十多岁的一个男子站在巷口，鲍刚将手一拱，道："借问爷一声，此处可是金鸡巷?"那人回："是，爷问他作甚?"鲍刚道："此巷内有个凤二爷，当年开过珠宝店，可住在此处吗?"那人见问凤二爷，就叹气说道："罢了，好人不得长富贵。"鲍刚问道："可是凤二爷有甚过去不得的事吗?"那人道："当初凤二爷开了珠宝店，有十万之富，一生无子，好善，修桥补路，塑佛装金，济困扶危，舍药施茶，诸般善事，无所不做。有妻吴氏，亡过，续娶了阮氏，其坏非常，打僧骂道，不行善事，不到几年，把十万家私用得精光。如今珠宝店也不开了，独自闲居在家。幸喜是大家出身，还有些古玩变当，稍可度日。岂不是好人不得长富贵吗？你进巷第二个门便是。”说罢，那人去了。鲍刚走进巷来，到得第二个门首，见门关着，便用手敲门，敲了两下，里面有一个小孩子问道：“是谁?”鲍刚答应道：“是俺。”那小孩子开了门，鲍刚走进来一看，见是小小三间厅房，十二张金漆罗汉榻椅子，四盏料丝方灯，正中摆一张小小沉香小几，几上摆着一个羊脂玉洗就的一头牛，上伏着一个牧童，旁边放着一部《春秋左传》，一只古铜罄瓶上挂一幅十二层合锦来。鲍刚道：“晚生是开封来的。”凤林见鲍刚生得虎相，不是下等之人，便请到里面分宾主坐下，茶毕，问道：“不知兄驾到此，有失远迎，望乞恕罪。”鲍刚是个直汉，不会咬文嚼字，便答道：“晚生不为别事而来，只因那日在争春园内，令兄与夫人小姐在园内游玩，偶遇米相爷公子米斌仪亦往园内，看见小姐，就叫许多家丁打手抢劫小姐，遇了郝鸾同俺，打散米家众人，俺二人保住了令兄令侄婿和小姐夫人，一同回去了。那米家的打手各自逃回去了。”凤二爷问道：“兄是哪里人氏？因何与郝鸾争春园打散米家众人?”鲍刚道：“俺乃京都顺天府人，姓鲍名刚，号子英，有个别号叫‘披头太岁’，小弟生来情性粗鲁，那日街上有个坐地虎叫作王命，父子叔侄弟兄九人，被俺打死五人，俺就逃到开封府。闻有个争春园，弟偶然进去闲游，闻店小二说米家带了打手来抢小姐，那时小弟怒从心上起，恶向胆边生，就打了一个抱不平。即日孙佩令侄婿请俺二人饮酒酬谢，又与俺同郝鸾结拜。不意米斌仪着石敢当带领人，打到孙家，被俺二人打死米家多人，米府招官将孙佩拿去，屈打成招，收入牢内。凤竹大爷害怕，避凶带领家眷逃走，不期又被强盗抢去小姐。”把前后之事说了一遍，“为此俺特来寻访，可曾到府吗?”凤林听了此言，吃了一惊，面上失色道：“竟有其事，遭此大变，侄女又被强盗抢劫去，侄婿又陷在囹圄。家兄并不曾到此，这事怎好?”鲍刚听了不曾到此，吃一大惊，说道：“如此说来，难道凤大爷到别处去了？既然不在此处，晚生就此告辞。”凤林扯住道：“兄言差矣，哪有就行之理?”鲍刚道：“凤老伯不在尊府，晚生要上杭州寻俺兄去。”凤林听得鲍刚要上“杭州”二字，便打动他的心事，说道：“鲍兄请坐，我还有心事与兄商议。”鲍刚只得坐下，道：“二爷有甚事和晚生商议?”凤林叫人到厨中备饭，便对鲍刚道：“我如今闲住在家，不是个了局，欲到杭州买到货物贩卖，没个同伴，今幸得鲍兄要往杭州，意欲烦兄做伴同行，不知尊意如何?”鲍刚道：“晚生久闻二爷是个好人，既然如此，无不遵命。只是以速为妙。”凤林见他依允，满心欢喜，午饭已毕，至晚备酒叙谈，后日起程。酒毕，吩咐家人将鲍爷行囊送到书房内安睡。凤林回后对阮氏说明，阮氏平日不喜凤林，便道：“随你去，我不管闲事。”

一宿已过，次日天明，梳洗已毕，用过早饭，凤林拿了一串明珠出来，还是吴氏在日带的，他拿到珍宝店中换了四百两银子，至下午方才回来。鲍刚性情急燥，哪里等得？只见凤林回来，方才平了他性子。当晚摆下酒饭，同鲍刚饮了酒，吃了饭，鲍刚依然在书房内睡了。凤林回来，与阮氏作别，说道：“我明日同鲍刚上杭州买些货物，多则三月，少则两月有余方回，但家中柴米食用，我同王家店铺说过，所用物件叫人到他店中去取。”又丢下三四两银子与阮氏，又买了菜蔬油盐作料。阮氏道：“既然如此，一路上须要小心谨慎。古人云：人心隔肚皮。凡事留神为妙。”凤林点头，说：“我俱知道。”安宿一宵，次日五更起身，收拾行囊物件，到了前面，见鲍刚将行囊收拾停当，二人吃了些饭食，凤林回来吩咐阮氏看好门户，鲍刚提了行囊出了门来。凤林又吩咐家人几句，家人关门进去，凤林、鲍刚到了街上，雇了船只，二人直奔杭州去了。正是：

去时夫妇恩还好，只恐回来心变淫。

且说阮氏却是个后婚妇人，嫁与凤林续弦。凤林乃是个正人君子，书香后裔，却不在女色上用功。这阮氏生来好淫，从前的丈夫却是个此种子弟，惯走花街柳巷，读过嫖经，年少精壮，倒是十分中阮氏之意。正是恩爱夫妻不久长，不久身亡。这阮氏嫁与凤林填房，那凤林年纪衰老，又不是个风流之辈，所以阮氏就不中意，每日长吁短叹，想起前夫的好处；若还一时口角，就呼天叫地，哭个不休。今日见丈夫同个大汉到杭州买货去了，她就搽了些脂粉，唇上又搽点鲜滴滴胭脂，点了一个瓜子样的红瘢，梳了一个时款的望郎归，高高挽着个鬏，横插着一枝金花簪子，顶上插一根金目点翠的横斜笄儿，傍边戴一枝七八钱重的金搜山虎，耳上戴了一对松鼠偷葡萄金坠，手上戴一副八仙庆寿的紫金镯，指头上戴副金戒指，身穿一件怀素套衫，内衬银红纱挂，下穿一条天蓝镶边元色百褶裙，脚穿一双大红花鞋，真似三寸，红菱兰花色褶裤，一幅大红妃央带子，手拿一把鹅毛扇，杏黄须子，打扮得娇娇滴滴的，站在门外望那金鸡巷口走路的行人。

此巷乃僻静之外，虽巷内有几家人家，总是后门出入，那阮氏正看那过往之人，俱不过是些生意人。那日也是合当有事，乃是前生造下的宿债，只见巷口走进一人，头戴丝巾，身穿元色直裰，腰束丝带，足蹬青布靴子，面目无须，手拿着一把杭州扇子。你道此人是谁？乃是本城曹府中总管，名叫曹成。兵部大司马曹斌，乃是此处襄阳人，这曹斌也是米相一党，所生一子名叫若建。这曹成奉曹若建之命买办物件，却从此巷口经过。曹成猛然抬头往巷内一看，早已看见阮氏。曹成便浑身酥了，便立住了脚望呆了一般看着阮氏。那阮氏看见白白净净标标致致风风流流一个小伙子，又见他大大的身体，不觉有些动情，便故意鬼脸一笑，往那内里一闪，露出半截身子，把那小小的金莲放住门外边，只伸出头来把眼梢儿斜看着曹成，又娇滴滴笑出声音，叫声“得财”。那曹成是个行家，知这个妇人不是个正经的，看了半会，猛然想起道：“这是金鸡巷凤二爷家，不免等我问他一声，试试这人若何？”主意已定，便大着胆，抖抖衣服走进巷内，见阮氏却又藏躲，曹成上前朝着阮氏作了一揖，道：“动问大娘一声，凤二爷府上可住此处吗?”阮氏把脸一红，又笑道：“官人你问他做什么事?”曹成道：“凤二爷与我相识，我一向在外，昨日方回，今特来拜访，求大娘子指点。”阮氏又笑道：“原来是拙夫的相知，奴家失敬了。”曹成才知是凤林的妻子。又作一揖道：“原来就是二娘，倒得罪了。”那阮氏若是个正经的，不与人说话，就没事了，他只管与曹成说长道短，出一言就笑，曹成趁着机会说道：“还有要紧话说。”就走进门来，阮氏让他走进，曹成碰一碰，阮氏也不言语，曹成见阮氏不作声，便右手一把抓住阮氏左手，说道：“二娘好双嫩手。”阮氏红了脸道：“青天白日，调戏良家妇女，我喊叫起来，打你半死。”曹成兴动，色胆如天，把阮氏一把搂住，说道：“二娘不用喊叫，你转把我杀了吧。”阮氏心内依从肯了，现今搂抱住他，他亦不推辞。曹成跪下求道：“二娘可怜我吧。”曹成说着，就把他抱进房中，干那事去了，却不曾关门，那得财从外面走到堂屋里，叫道：“二娘往哪里去了?”曹成、阮氏听了有人喊叫，吃了一惊。但不知得财前来撞破有何话说，且听下回分解。

第二十回

春香偷情引主奴

话说得财一路叫进来，阮氏叫那人躲过，出来支吾了一回，得财到房内去后，然后叫那人出来，问他底里。那人道：“我住在西市桥，自幼在曹府养成的家，老爷是当朝兵部尚书，我名叫曹成，今年二十五岁，今日奉公子命，到关口取讨房钱，从此经过，偶见二娘这等天姿国色，不由人不爱杀。方才我说寻访二爷，原是假意。”阮氏道：“你这个说谎的贼精，就有如此机见，我还长你三岁，是你姐姐，从此以后，认为姐弟，瞒得财耳目，须要夜夜来陪我。”曹成道：“恨不得时刻不离二娘方遂我意。但不知凤林哪里去了?”阮氏道：“他同个黑汉子到杭州去了，保佑他不能回来也罢了。若是不回家来，我同你日夜欢娱，也不枉为人一场。”曹成道：“虽如此，还要慢慢地想个长久的法儿。我且回家交过了账目，候傍晚没事，我悄悄地来陪你饮酒，通宵快乐。”阮氏道：“千万不可失信。”曹成道：“岂有失信之理。”言毕，径自去了。

且说得财买了鸡鱼肉蛋食物回来，问道：“舅爷往哪里去了?”阮氏道：“进来，把门关好了。”阮氏即下厨房收拾肴馔，不一会，曹成叩门，阮氏听了，迎接进来。说道：“为何此时才来?”曹成道：“被个朋友拉去，所以来迟，多多得罪姐姐。”阮氏又换了装束，梳了一个懒梳妆的松鬓头，身穿一件白纱对襟衫子，比日间更觉风骚五六分。一时间酒席摆将上来，二人一同坐下，十分亲热，一时吃完了酒，一并同到房中，卸衣上床，两相恩爱。曹成是积年在花柳场中的子弟，阮氏是最好风月的婆娘。曹成在凤家走动，并不避忌邻居，在得财面前只说是姐弟，认作舅爷来往，又时常把这银钱与得财。得财小娃子家，晓得什么？时常得些银钱，好不欢喜，反倒尽心服侍他二人不提。

且言曹尚书在京为官是个奸臣，生下公子曹若建在家，一心专好女色。家中豪奴多人，最得用的二人一个是曹成，一个叫作曹代。曹成已娶过妻子，叫作春香，也有几分姿色，却与曹代有首尾。一日，曹代对春香道："亲妹妹，我的意思多了曹成不快活，不如向公子撺掇将他逐出，可好吗？"春香道："这方为长久之计。"到了天明起来，只见曹公子喊道："曹成在哪里？"曹代回道："他不在家宿。"公子大怒道："曹代，快快寻来。"曹代答应，出门逢人就问，却问着个人，那人说道："我昨日看见曹成到金鸡巷内去的。"曹代听了此言，就奔金鸡巷去。

且说那阮氏送曹成出门，说道："今晚早些来。"携着手儿笑道："千万早些来。"二人说着情话，不期被曹代看见，笑得眼睛都细了。曹代也不作声，就抢进巷口叫道："大哥捉弄小弟，无处不寻到，原来你在这里做快活事。"阮氏急转身把门关上，曹代又说道："也该携带小弟玩玩。"曹成听了吃了一惊，回头一看，却是曹代，心才定了。说道："贤弟休要取笑。"曹代道："你我兄弟，却也不论，小弟今日出了府门，你同我去到那个宝贝家谈谈，小弟同他饮一杯儿，也不为之过。"曹成便起吃醋之心，就把脸往下一沉，道："你这匹夫，敢占我的面子吗？再要胡言，赏你一顿拳头。"曹代见他变脸，便笑道："这是小弟说的玩话，大哥怎么认起真来？伤了和气，凡事小弟还要总成大哥呢。但不知这个赛天仙是什么人家的？"曹成此时见他说了一番热话，曹成就把子午卯酉，怎么上手，怎么的情趣，阮氏怎么鱼水骚态，细细说了一遍。曹代此时听了，越发动兴，欲要说玩话，又怕曹成打他，口内不言，一头走，一头想道：“你这狗头，如此可恶，你的老婆与我有个账儿，何况墙外的野花？你肯与不肯，该好言回我，怎么就行凶要打我？”此时：

我不淫人妇，谁敢欺我妻？

再说这曹代今日怀恨在心，后来勾引公子妒奸杀他，移害凤林，皆因今日种下的祸，这是后事不提。且说曹成、曹代二人进了府门，来到书房见公子，公子骂道：“你这该死的狗才，往哪里去的？”曹代在旁瞒道：“在他表兄家的。”公子也就罢了，又问了他些市房租钱之话，曹成含糊应了几句，依旧出了书房到外边来。他见曹代替他隐瞒，心内欢喜，把他认作好人，径回房睡觉去了。

那曹代想道：“适才受了这口冤气，无处去出，不免将此事告诉公子，打破他的好事。”想罢，走进书房，站在桌横首，叫道：“大爷，你可晓得曹成结识了一个天仙妇女？”这曹若建是个好色之徒，听了此言，便喜得手舞足蹈，道：“我倒不知道，你且说来。”曹代就把曹成告诉他的话说了，又添上些风流骚话，说个不止，说得个曹若建立起身来，说道：“我大爷难道反不如这个奴才吗？今晚我大爷且去受用受用。”曹代道：“大爷太急，恐怕曹成在他家看见，虽不怎样大爷，却然到底不好看相。依小的愚见，大爷可封几百两银子，打发他往下江去买些绸缎，等他去了，小人领大爷径到凤林家去，不怕那阮氏不从。”公子听了说道：“好计好计，你且进去与太太要了银子，再去叫他。”曹代答应：“晓得。”便进里边与太太要了几封银子，放在书房桌上，又走到曹成的房门首，叫道：“大哥，大爷叫你。”曹成正在睡梦之中，听得大爷叫他，便惊醒，问道：“大爷叫我作甚的事？”曹代道：“我不知道，你进去自然明白。”曹成便从床上爬起，擦了擦眼，与曹代来到书房。只见公子坐在上面，桌上摆着几封银子，曹成不知缘故，便问道：“大爷呼唤小的，有何使用？”公子道：“今六月中旬，太太生日将近，方才太太说要做几件衣服，各样缎匹俱有，只少了几件单衣的裁料，本处没有顶好的绸缎，不中太太的意，今日太太发出一百两银子，要着人到南京置买。我想别人去不得，只有你还在行，着你去走走。”便提起笔来，写了一个单子，上写“闪缎绫缎贡缎，顶重的府绸西纱洋绉大红天青杏黄各样颜色，件件要好”。一一开明，递与曹成道：“你看货还价，俱要颜色鲜明。”又把算盘算了一算，约有一百一十两之数，又叫曹代到后面取出三十两银子，放在桌上。公子道：“这一百一十两是正数，外银二十两与你做盘费。”曹成道：“不要大爷赏赐盘费，小的自备。不知几时动身？”公子道：“日期急速，早些买来，还要叫成衣来做。今日天色尚早，就是今日动身吧。”曹成道：“今日过了午了，明日动身吧。”公子大怒道：“胡说。”曹代道：“大爷发怒了，今日动身也是一样。”曹成不敢多言，只得收了银子，公子又叫曹代押他上船。曹代道：“晓得。”

曹成回到自己房中收拾行李，与春香说道：“我奉大爷之命往下江买些绸缎，多则两月，少则一月就回。”春香点头答应，曹代又催促动身。曹成提了行李，一头走，一头想，他把曹代当了一个心腹之人，便说道：“我今日动身也罢了，只是失了人的信，他还要等我呢。”曹代道：“可是早上那位姣娘？”曹成料曹代不敢欺他，又料阮氏决不能听从了他，拿定这个主意，便回道：“正是。”曹代道：“等兄弟送了大哥上船之后，回来时我去送个信与他，只说大哥差往上南京采买物件，不过一月后即便回家来，叫他耐心等着大哥便了。”曹成道：“如此甚好，千万送个信去。”二人走出了城，叫了船只，搬下行李，曹成无奈，只得下船，曹代又吩咐了几句，二人将手一拱而别，船家开船往南京去了，不言。

再说曹代赶进了城，回到府中，先与春香说些风情的话，然后到书房中，与公子说明曹成已去，并所说之言告诉一遍，二人笑得不止，只等到黄昏时候，送公子到金鸡巷去与阮氏偷情。不知阮氏从与不从，且看下回分解。

第二十一回

顾明园鲍刚逢友

话说曹若建用计打发曹成远去，就与曹代商议道：“你待我做个法儿。”曹代道：“今晚小的领大爷到阮氏家去，大爷莫说曹成远去，只说曹成告诉的，不怕那阮氏不从。”公子大喜，等到黄昏时便去。

且说阮氏日间预备了酒菜，又叫得财：“在门首等候舅爷来，他还把钱与你哩。他来时报我知道。”得财道：“晓得。”当日吃过了晚饭，得财站在门口等候。等至深黑，也不见曹成到来。

再言曹代提着灯笼，领了公子到金鸡巷口。得财认是曹成，便进来叫道：“舅爷来了。”得财自往后边去睡不提。再说曹代先进门来，说道：“来迟来迟。”阮氏迎出说道：“不迟。”抬头一看，不是曹成，又见后边跟着一个白面书生，便吃了一惊，道：“你们是什么人，黑夜黄昏到我家来？”曹代放下灯笼，公子抬头一看，果然阮氏生得俊俏。向前作揖，说道：“小生是当朝曹兵部尚书之子，特来拜访。”阮氏一听红了脸，说道：“有甚话也该日间来说，哪有黑夜拜望之理？况且拙夫不在家中，你们快快回去。”那曹代道：“二娘，你不要隐瞒了，此事曹成已对公子说知，我家公子因曹成出差往南京采办绸缎，有两三个月才回，恐怕负了二娘之约，请公子来陪二娘的。”阮氏听得呆了，半会说道：“此事从何说起？我乃良家女子，如此戏弄，王法何存？”公子假怒道：“不识抬举，我公子倒不如个奴才？明日曹成回来，一同送官，问你个倚奸脱骗的罪名，看你怕不怕?”曹代道：“大爷息怒，二娘是个知窍的人，且让他想一想。”阮氏暗恨道：“曹成这天杀的，把我的事怎么告诉起人来？我若是从了他，他是有势力的，来往不怕人，若丈夫回来知道了，毕竟要弄出事来；若不从他，他若果然把曹成送官，连我也要出丑。罢罢罢，我如今火烧眉毛，且顾眼下。”只得说道：“蒙大爷抬举，妾身怎敢违命？只是可恨曹成。”公子见阮氏有了肯意，道：“等他回来，我重重处他，代娘子出气。”曹代听了阮氏之言，喜从天降，又对阮氏说道：“公子今日交与二娘，我自回去，明日来接。”公子对他道：“你回去吧，明日早来。”曹代答应，自去与春香做事不言。

再说阮氏关了门进来，同公子到后堂坐下，桌上已摆了酒菜。阮氏请公子上坐，二人对坐饮酒。公子畅饮欢笑开心，一会玉液下柔肠，春红生看脸，彼此相觑，公子扯阮氏，阮氏挽了公子，进房一看，房内收拾的甚是干净，摆设齐整。公子向烛台上弹了弹烛花，阮氏到炉内添了些沉香饼，方才解带宽衣入罗帏，勾肩就枕。曹若建乃是个风流公子，不比愚蠢之人，阮氏真正中意，就把曹成丢在三江四海之外。次日曹代来接，阮氏再三叮嘱：“今晚请公子早些来。”公子答应回去，就叫曹代送了许多物件与阮氏，从此若建与阮氏，曹代与春香，俱是夜夜欢娱，按下不表。

且说凤林、鲍刚一路行来，那日到了杭州，投在潘家行内，买了些棉绸等物。当日已晚，次日鲍刚出了店门，一路问吴府。因鲍刚口硬，不肯叫人，人都指他些瞎路，叫他难找，他足足找寻了大半天，并不曾找到吴府。肚中又饥，口内又渴。正走时，见前面一个人家，门口挂着一面小牌，牌上写着“醉歌园”三个大字。鲍刚走进园门，只见许多人在那里观望，分开了众人，大模大样插进园来。只见正面是五间大厅，两旁有数十个亭台楼阁，俱是挂灯结彩，内中有出色女戏子在台阁上演戏，那正厅都有人坐满，厅中间有一席空着，鲍刚端然坐下，小二捧上茶来，鲍刚吃茶已毕，小二又摆上酒肴，他便狼食虎咽吃了一个醉饱。又见女子们装扮得娇娇娆娆，正看之时，只见一个蓝面大汉，赤着身体，穿条大红绸裤，肩上搭了一个钞马，小二拿着夹剪算盘，先在那些席上算账交银后，来到鲍刚桌上。那汉问道："此位该多少银子？"小二算了一会，说道："共该一两零六分。"那汉对鲍刚道："请爷称了银子吧。"鲍刚回道："咱是上街找朋友，不曾带银子，写了账吧，明日一总还你。"那汉道："咱们开馆从无欠挂，哪有闲人写账？"鲍刚性急，哪里受得住人的言语？便大叫道："咱腰内无银，难道逼命不成？"那些众人俱说道："这朋友说得好笑。"那汉亦笑道："吃酒还钱，大丈夫说这丑话，难道舍你不成？"鲍刚听得此言，满面羞愧，心头火发，大喝一声，将桌子一掀，碗盏打得粉碎，站起身来骂道："爷不把钱，看你这班狗头把我怎样？"那大汉怒道："你这瞎眼的死囚，焉敢惹俺太岁爷？"把钞马递与小二，便进步打来。鲍刚手快，把那汉子的手抹在一边，举左手用力一下，将那汉打倒，赶上去要踹那汉，那汉一让，早跳起身来，复奔鲍刚，二人摆开架来，打个平手。只是那汉力弱，勉强敌住。正斗之间，园外又走进两个人来，却是郝鸾同周龙二人，听得里面喊叫，便问小二，小二说道："有个黑大汉，吃了酒看了戏不肯给钱，反同陈爷相打，陈爷打不过那汉子。"郝鸾听了吃一大惊，便抢入里面。周龙脱了大衣跟了进来。此时鲍刚把陈雷挤在厅角里，陈雷正在难支，见了二人进来，心中大喜，叫道："大哥，快来帮小弟打这狗头！"鲍刚打到性发，听见有人来，便大叫道："你的人来得越多打得越热闹。"郝鸾怒道："这贼说得这等大话，待我打这厮。"走至面前一看，大惊道："此人好似鲍刚的模样。"便上前止住，说道："不要打，俺郝鸾在此。"周龙正要上前，郝鸾亦止住了，那鲍刚听见郝鸾在此，上前一看，大叫道："大哥来得好！帮咱打这狗头！"郝鸾道："快住了手！总是自家人。"二人听了住了拳脚，陈雷问道："此人是谁？"郝鸾道："与你也是弟兄，乃北直燕山人氏，姓鲍名刚，字子英，绰号披头太岁。前次写在盟书上的，就是此人。"陈雷、周龙笑道："原来是自家兄弟，不是郝大哥来，险些儿打错了。"吩咐子弟不要做戏，饮酒的各散。郝鸾叫小二关了店门，四人离了此处，来到吴府，进厅施礼，礼毕坐下。茶罢，郝鸾问道："自从那日与贤弟分别，不觉是半年有余，不知凤公小姐可在湖广吗？"鲍刚听了，叹了口气，把前后之事说了一遍，"如今凤二爷现在此处置货，小弟因寻不见大哥，故此在这园中与此位相打。不知二位尊姓大名？大哥到此，可曾访着奇人？又不知孙佩好歹，大哥自然知信，可说与小弟知道。"郝鸾便将在西湖遇见马俊，结拜弟兄并各人姓名，如今马俊到开封府去救孙佩，细说一遍。鲍刚听了大喜。郝鸾叫家丁到潘家行内请凤二爷前来。不一时，凤林来到吴府，与众人见礼已毕，道过姓名，凤林又拜谢郝鸾道："前日家兄多蒙相救。"郝鸾便吩咐摆酒，众人坐下饮酒，酒过数杯，郝鸾对凤林道："难得台驾到此，可慢慢地置货，在此盘桓几日。"凤林道："蒙诸位的雅爱，理当奉陪，因行内有一个江北的客人，置货已完，他有家信到来，说他乃遵命在垂危，要他回家，他归心似箭，便把货物倒在我名下。况我舍下无人，明日就要起程。怎奈路上荒险，一个人恐难照应，还要烦鲍兄相伴去走走，不知兄可允否？"郝鸾道："员外可宽住几天，今日非待客之酌，明日还要奉候，怎言就要回府？"凤林道："承兄盛意，弟心领了也是一样。"鲍刚道："大哥不必相留，待小弟送员外回府，再来相叙。"郝鸾只得依允，饮到黄昏，凤林相辞，同鲍刚回寓。郝鸾与众人送出府门，复进书房。陈雷对郝鸾道："前日司马傲先生指点，救了一个姓凤的，如今现在山上，不知可是凤公？"郝鸾道："天下同名同姓人多，或者是他也未可知。"郝鸾同陈雷说话，且自不言。

再说凤林、鲍刚回到行中，凤林将账目开算明白，住宿一宵，次日雇了只船，发上货物，别了行主，二人上船，径奔湖广而来。非止一日，那日到了襄阳，将货物发在张星如行内，凤林叫人挑了行囊，对鲍刚说道："兄且住在行内，我明日请兄到舍。"鲍刚道："员外请便。"凤林别了鲍刚，担着行囊，回到家中，打发了脚钱。阮氏见丈夫回来，吃了一惊，出神捣鬼的，脸上一红一白，凤林也不在意。阮氏只怕曹若建来，愁到晚上，见他不来，略略放心。替丈夫收拾物件，吃了晚饭方才睡觉。那得财是阮氏吩咐过的，所以不提，也去睡了。你道曹若建为何不来？因曹成也是今日来的，在家查点绸缎，所以未来，又听曹代说道："小人方才撞见凤林回家了。"公子道："既如此，去不成了。你有什么计策?"曹代想了半会，道："要做长久夫妻，须如此如此。"公子道："此计甚妙，事成之后，就把春香赏你，还要赏你银子。"曹代听了，好不欢喜。再说曹成，因丢不下阮氏，故此星夜赶回。将一切交代，又赏了酒菜，叫曹代陪他，二人到厢房饮酒。曹成道："我去看娘子，走走再来。"曹代道："哥离嫂子才两月，这等急。"曹成道："休得取笑。"又饮上一会，有起更天，曹成道："酒够了。"要去安歇，曹代道："知道大哥的心事，要紧去见凤二娘子。再饮几杯，兄弟送你去。"曹成不知是计，便又坐下。曹代就冷一杯，热一盏，把曹成灌得大醉，不省人事了，便走到自己房内，寻了一把尖刀，把曹成驮在肩上，出了后门，奔金鸡巷而来。不知曹成性命若何，且看下回分解。

第二十二回

金鸡巷太守白冤

话说曹代将曹成驮到金鸡巷内凤家门首，轻轻放下，取出尖刀，暗暗祝告道：“过往神圣在上，小人曹代奉主人之命，因阮氏起见，故杀曹成，却与小人无干。”又叫曹成：“大哥你阴魂不要怨我。”祝毕，执刀在手，摸着曹成颈子，一刀杀死，将刀撂在凤家门首里，忙忙回府。约有二更时分，见了公子，说了一遍。公子道：“虽然如此，若到了官，将甚事杀死的呢?”曹代道：“不妨只说凤林借了公子五百两银子，同曹成到杭州买货，因此谋财害命。再与阮氏说明，一口咬定，小的做个证见，公子再与滕太爷讨个情面，将凤林问罪抵偿。那时，家财货物与阮氏俱属公子受用。”曹若建听了大喜。二人坐至天明，曹代便悄悄走到巷口等候。你道这襄阳是个要冲之地，巡更的虽多，却不到小巷之内。再说凤林因货物在行，鲍刚又在行内，放心不下，天明起身出房。阮氏起身，叫得财烧水洗脸已毕，穿了大衣出来开门，猛听得地上当的一声响，拾起来看时，吃了一惊，见是一把尖刀，上面还血迹淋漓；又见门外横着个死人，血流满地，吓得目瞪口呆，魂消胆丧。曹代听得门响，便往巷内一张，见凤林手持尖刀痴在那里，不觉也打个寒噤，方才喊道：“杀了人了，凤林杀人。”连喊几声，此时街上已有人走了，旁边人家起来的早，只听得喊叫“凤林杀人”，都开门来看，见个人血淋淋地倒在凤家门口，又见那凤林手内拿一把血刀。

不一时，巷内人都挤满了。曹代便跟着凤林，恐他逃走了。阮氏听见外面喊叫，急急地走将出来，只见曹代与凤林并肩站着，正待要问，那曹代丢了个眼色，又说道："这凤林欺心谋财害命，把曹府家丁杀了。"阮氏是伶俐之人，听了此言，吃了一惊，却早会意。这淫妇只有奸夫的心，忘夫妻之情，故意儿叹了口气，便说道："罢了，罢了，也是前世里的冤家，我怎样劝你，你只是不听，却又作得不干净。如今怎的好？我不管，你自作自受。"言毕，进内去了。凤林听得阮氏之言，大叫道："娘子，你怎说这样话来？"阮氏只当不知，进房去了。

此时惊动了本坊里长保甲前来，不由分说，把凤林拴住。那四邻先还有为他之意，及听了阮氏之言，又是有曹府的对头，哪个敢来多口？一众人挨挨挤挤，拥到府前。里长写了报呈，曹代写了状子。这人命事该报县里，方才详府，为何就到了府？有个缘故，因襄阳县前月被上台参了，印是本府代理。这知府出身最大，乃西京人，姓滕名瑞，字易堂。本来做过户部右侍郎，因米相专权，这滕瑞是个铁面无私之人，哪里容得？便上本弹劾。那米相反奏他诬谤大臣。圣上念他是先朝旧臣，不忍加诛，降职为襄阳知府。年已六旬开外。此时正坐早堂，书役参见已毕，将放告牌抬出，那些刀笔之人因滕公清正，不敢混告，告状的都少了。里长保甲把凤林押在外面，命曹代来到堂上跪下，呈上报呈状子。滕公看了，见是人命重情，即传了仵作行人，打道到金鸡巷来。那街上的人个个都来看滕大爷相验。里长将凤林带在轿后，滕公来到尸场坐定，仵作检验了一会，上前禀道："身上并无伤痕，只有颈上一刀致命。"滕公叫过四邻，问道："这曹成与凤林合伙，谅非一日来往出入，你们可曾见过吗？"四邻回道："小的们从前不曾见过，自凤林出门之后，那曹成却每日往来，不知今日怎么杀死。"滕公听了此言，想了一想，又问道："凤林出门几时了？"四邻回道："不在家两月有余。"滕公道："可有别的缘故？"四邻回道："先前是曹成来的，次后就是曹代同公子晚来早去，小的们不知底细，求太爷察详。”滕公先看状子时，说是曹成同凤林上杭州；据这四邻说曹成是凤林出门之后他才往来，他来之后是公子与曹代，晚间走动。疑想一会，道：“其中必有缘故。”又把状子一看，上有凤林妻阮氏，便叫“带上阮氏”。衙役答应，带上。阮氏跪下，滕公叫阮氏抬起头来，阮氏抬起头来，滕公看了几眼，这贱人很有几分姿色，便笑道：“是了，是了，本府知道其中之事。”叫原差把这一起人总带到衙门听审，刻下权且收尸。滕公便上轿回衙。那鲍刚在行内闻知信息，急忙问了路径，来到府前。太爷已进衙内，鲍刚和那些看的人站在一旁。滕公升堂，书吏将在案犯人一一点明，依次跪下，滕公道：“曹代，你是曹府的家人吗？”曹代道：“小的是曹府家人。”滕公道：“曹成领公子银两同凤林合伙，你可知道？可从直说来。”曹代道：“两月前，曹成领出公子银五百两，同凤林往杭州买货，昨日方回。凤林将曹成诱到家中杀死，希想独吞。公子知道他回来，又见曹成一夜不回，今早着小的寻他，才走到凤家门首，正遇凤林把曹成尸首移出门来，小人见了，就喊叫。四邻里长众目共睹，求太爷明断正法。”滕公道：“凤林杀死曹成，是你亲眼看见的吗？”曹代道：“小人看见的。”滕公叫过仵作，问道：“这曹成杀死的伤痕还是今日杀的，还是昨日杀的？”仵作道：“小人不敢蒙混太爷，但看他地下血已成饼色变紫黑，颈下伤痕俱变淡紫，若是当时杀的，不被风吹，其色是鲜明红。今看这血，伤痕是有多时，况浑身冷冰，若是才断气的，心不能如此冰冷。”滕公道：“人不是才杀的，你下去，且带凤林上来。”曹代听了仵作这番言语，有些心惊面热，只见衙役将凤林带上，跪下说道：“小的是冤枉陷害，求太爷做主。”滕公开言道：“你是个什么人？平素做何生意？”凤林道：“小的本籍是开封府人，胞兄名叫凤竹，曾做过太常寺正卿之职，书香后代。平日开珠宝店为业，世守本分，从不敢多事。”滕公道：“你既是宦家子弟，就该知道礼法，怎么在禁城之内谋财害命？岂不知王法吗？你把领曹府的本银同曹成往杭州买货，及为甚事杀他，从实招来，免得本府行刑。”凤林道：“小的是自己本钱，自那两月前，因开封府来了一个亲戚，要到杭州去，小的把前妻所遗的一串珍珠，在伍林生店内换了四百两银子，同这亲戚往杭州去买货，并不曾与曹家借货合伙，求太爷赏个天差，将伍林生提来一问。小的带来的货物现在张星如行内，求太爷一并提来，细细审问，自然明白。”滕公道：“也不必拘这二人，且把阮氏带上来，本府自然明白。”左右将阮氏带上，跪下。滕公问道：“你丈夫做出这样不知法的事来，你也该劝他才是，怎么坐视不管？”阮氏却不曾与曹代会过口供，当前太尊问曹代的话，却又不曾听见，便回道：“小妇人再三劝他，他说妇人家晓得什么事？昨夜三更就把曹成杀了是实，却与小妇人无干，求太老爷开恩。”滕公道：“一件人命倒是三样口供。本府且问你：这曹成是两月之前同你丈夫去的，怎么去后曹成又到在你家来呢？”阮氏见太爷顶了他真，脸上就变颜色，说道：“并不曾有此事。”滕公又问道：“曹成后来不来，曹公子与曹代每晚到你家来，是为何呢？”那阮氏越发着惊，说道：“哪有此事？”滕公又叫四邻上来，先在尸场顶曹代的那人姓郁，多叫他郁四。郁四上堂跪下，滕公问道：“曹成到凤家往来，你知道吗？”郁四道：“瞒太爷即是瞒天，自七月十六日，凤林出门之后，他家有个小厮，名叫得财，拿了一块银子，央烦小的替他买些鱼肉等。小的就问他做什么买这些东西？他回小的道：‘舅爷在家里，又嘱咐小的莫告诉人，又时常叫小的买办，小的留神探望，却是这曹成。不上两三日，曹成就不来了，又是曹公子同曹代到他家来，不知他做甚勾当。太老爷若不信，只把得财拿来便知明白。”此时曹府有家人在此，打听见这事弄巧成拙，心内无不惊怕，这也是凤林平日做人的好。又只见春香痛哭上堂来，禀道：“小妇人的丈夫被凤林杀了，求太老爷做主。”滕公道：“你且下去，本府自然还你个凶手。”便拈了三根朱签，“左右，叫张星如、伍林生、得财三人立刻听审。”又令凤林、阮氏、曹代、春香、四邻等跪旁边。滕公叫值刑衙役上，吩咐道：“这夹棍要坚收的拶子原要枣核样的，即速取来。”衙役一声答应，掼上拶子夹棍，吓得曹代、阮氏魂不附体，那些看的人无不称快。但不知滕公如何断法，曹代与阮氏怎样招出实情，且看下回分解。

第二十三回

假传圣旨害忠良

话说滕公叫衙役攒上了刑具，又把凤林叫上问道：“这阮氏可是你发妻吗?”凤林道：“阮氏是小的继室。”滕公道：“是了，他的口供不一，曹代状上是借曹公子本银五百两，十八日出门；阮氏说领银四百两；曹代说凤林杀曹成于今日早上杀的，阮氏说是昨日三更天杀的；四邻又说凤林十六日动身出门之后，先是曹成走动两天，后是曹公子同曹代每晚往来。这凤林既同曹成出门，岂有后又往来两日之理？其中必有妒奸之事。且待那三人来时便知明白。”不一时公差拘了三人到堂，滕公先叫伍林生上来，问道：“凤林两月前将什么东西在你行内兑换了多少银子?”伍林生道：“小的开行出入最多，人怎生记得？却逐日有账，求太老爷看账便知明白。”随即呈上一本账簿。滕公查到七月十五日里，有珍珠一串，换白银四百两，下注金鸡巷凤二员外亲换。滕公看罢，也不说出，又叫张星如上来，问道：“凤林是几个人到你行中卖货？有多少银子的货物?”张星如回道：“他昨日有一个姓鲍的亲戚到小的行卖货，货物约值四百余两银子，现有杭州沈锡如行内的发票。”滕公听了，又问曹代，道：“凤林借曹府本银是几百两?”曹代道：“是四百两。”滕公道：“你这刁奴才，你状子上写的是五百两，你才见他说四百两，你就辩是四百两。”又对着阮氏骂道：“我自然拶你这贼妇，你才好好直招。”又叫得财上来。那小厮不曾经过这样厉害，走到上面也不跪，只是呆呆站着。滕公叫左右人不可惊吓他，和容悦色问道："曹成是你家舅爷，日日总在你家歇宿，今日却被何人杀死？你可从直说来。"得财见官问他，便哭起来，跪下说道："我家舅爷不知何人杀死，日前与娘娘同坐同吃，夜里与娘娘同房歇宿。"滕公听了大怒，指着阮氏道："你这贱人，做的好事。"喝左右："把这贱人拶起来。"衙役正要动手，忽见报人进来禀道："太老爷，圣旨到了，请太爷接旨。"滕公听得旨下，哪里还审官事？吩咐将曹代、凤林、阮氏收监，张星如、伍林生这二人暂且放出，得财着人差看押，着春香自回曹府，待接了旨回来审。衙役将三人押下监牢，阮氏被凤林骂个不休，那些看审之人挤在旁边，皆看接圣旨。堂上摆了香案，只见一个钦差，八名校尉，走到上面，滕公俯伏在地，那钦差开读圣旨：

圣旨已到，跪听宣读：

诏曰：朕念尔滕瑞乃朝廷旧臣，不忍加诛，降职为湖广襄阳知府，令尔改过前非，仍欲官还原职。今处督抚申奏：尔不思协力进忠保国，反贪赃虐民酷吏，本当正法，朕凛遵先帝之遗训，命锦衣卫销解来京严审，该部候旨定夺。钦哉！

谢恩。滕公谢恩已毕，那校尉上前，剥去了冠带，上了刑具，将圣旨供在案上，那些看的人听见读过圣旨，拿下滕公，个个发怒喊叫，闹出府门，不到一刻工夫，街上锣声大振，那些士民人等手内各执兵器，足有计千人，拥在府前。众人齐声乱喊道："滕太爷为官清正，不贪民贿，不用屈刑，如何不行重赏，反要拿问？我等俱要合力保留，若不允者，我等先杀钦差。如今天下荒乱，奸臣当道，强者各立一方，我等就保滕太爷为王，有何不可？"内中还有知事的，说道："且慢慢的，不要乱说，且看钦差说什么话？"那些不知事的人道："要反就反，管什么钦差不钦差？"鲍刚跟着那些乱神大叫道："列位，既是朝廷宠用奸臣，陷害忠良，滕老爷果然清正。今竟拿问，万死一生，不若反他娘，有甚大事，俱是咱承当。”那些乱神说道：“这位好汉倒有义气，亦有胆量，我们就把他做个头脑。”三三两两胡言乱语。

且说滕公与锦衣卫在内堂说话，这锦衣卫姓龚名熊，乃滕公的乡亲，今奉圣旨来拿，也是不得已的。正说话之间，只听外面喧嚷，有个衙役进来禀道其事。滕公听了大惊，与钦差来到大堂，众人见了，便呼喊道：“太老爷有功于社稷，无罪于朝廷，居然全不恩赐高升，反来加害，小民等情愿不惧刀斧，保留太爷在此，永戴万民感仰。”滕公摇手说道：“众位贤民，此言差矣，我有罪无罪，进京自有分辨诉奏皇上。若诸位如此乱为，本府有灭族之罪，非是爱我，反是害我。还望诸位贤民全我名节，没世不忘。”内中有些混账绅卿举监生员瞎叫道：“太公祖，只是我等舍不得太公祖。”那些乱神说道：“小人等就不乱为，只请钦差大人先回京去，我等百姓写个连名短表保奏，准与不准，再做商议。”钦差便向众人道：“你们不要如此，旨上写得明白，是拿解来京严审，有无罪过，候旨定夺。你们写明了表章，同本差进京，皇上看了尔等的意思，自有还仕之日。”那班乱神先是一时之愤，如今听了钦差这番言语，渐渐气平，虽还有几个乱神不忿，总四不拗六，亦只得依了。滕公作谢众民，众民俱走出府门，寻人写本，议出几个绅士年老的写在本头。又各沿门去凑盘费，不上两个时辰，化起三百多金，又让出几个人跟随，随差进京。那日里众人忙了天把，大早，众百姓哭送滕公上船方回。且说滕公一路奔京而来。此乃米相恨滕公的前仇，故假传圣旨。到京之日，即禁天牢，并无发落。百姓的奏章何能上达？以去的年老绅衿无计可施，只得各自回家，不提。这滕公直等马俊救驾除奸，才有滕公的交代。

再言曹若建听得知府相验之后即回衙审问，又见家丁来道：“太爷审真了，各人口供不同。”那曹若建心内着惊，又闻圣旨来拿问滕公，方才放心。本城有一个二府，费去许多银两在上司处，谋署知府的印。曹若建探得此信，心中大喜。原来这二府姓王，乃是曹尚书的门生。

那日王二府到了知府任，他晓得凤林这宗事情。第二日上街拜客，就到曹府。门上通报，公子即时接见，二人见礼坐定，献茶。公子说道："恭喜世兄升署郡侯，弟尚不曾拜贺，反劳台驾。"王二府道："这是上司之意，世弟怎敢自为?"公子道："此乃世兄巧言，今弟有一事，要世兄周全。"便把凤林之事说了一遍。王二府笑道："总在世弟身上，只是那俏人儿到手，世兄却如何谢弟?"公子笑道："自有些许微敬。"王二府道："这不敢相领，只要世兄在老师面前提拔足矣。"公子道："总在小弟身上。"王二府告别回衙，公子送出大门。二府回到府内，示明某日将凤林案内人犯带齐听审。那些书役忙个不住，曹若建带了银子，会过刑招房与原差，将银子上下都买通了，把从前的口供尽皆改去，将郁四、得财二人弄在一边，不让他上堂，这也是凤林该受天灾。那鲍刚日日在府前打听。那日午牌，王二府升了大堂，下监提出凤林、阮氏，王二府也不叫四邻，只叫凤林上来跪下，王二府道："禁城之内，你怎敢谋财害命，杀死曹成？从直说来，免受刑罚。"凤林听了此言，只是磕头，便哭诉道："小的遵法守分，本银是小的珠子换的，并没有领曹府银两，曹成不知是何人杀死移害小的，求太爷只看滕太爷口供，小的就得生了。"王二府大怒道："滕瑞是你买嘱，本府怎肯徇私？不夹如何肯招？左右，与我夹起来。"那值刑的衙役得了曹府银子，无不用心，将凤林鹰拿燕雀，拖到阶下，套上夹棍，一绳收足，凤林死去半晌方醒，叫道："小的受刑不起，愿招了。"鲍刚听说愿招，无可施设，便出了府门，到行内收拾行李，又付行内十余两银子，托他照应凤林，自己奔杭州而去。

凤林招道："小的实领曹府本银五百两，同曹成买货回来，一时杀了曹成。"二府道："货物在哪里?"凤林道："在云桥张星如行内。"二府叫凤林画供，松了刑具，将阮氏、曹代放出，把凤林发在死囚牢里，发封皮到张星如行内封了货物，将曹成棺木掩埋，然后退堂，改了先前的口供，申详上司。这阮氏到家，收拾细软，一乘小轿抬进曹府不提。这凤林在监，亏他平日待人有恩，这禁子一半是受过恩典的，都来替他上药收拾，有那些嘴快的，把阮氏进曹府之事告诉凤林，凤林听了，气上加气，又不知鲍刚哪里去了。那襄阳满城百姓都晓得阮氏先与曹成通奸，后与曹若建往来，妒奸杀死移害凤林。又只恨那王二府受贿，屈害良民，俱是敢怒不敢言。那些受过凤林恩惠的人，今见他受冤，都来买着禁子照应他。此时冤声重大，曹若建恐怕弄出事来，便亲自在上台断理，把凤林问了个禁城白日谋财害命之罪，不待京详，只候督抚发下王命，立时处决。不知凤林性命如何，且看下回分解。

第二十四回

重改口供顺奸恶

话说曹若建贿赂王二府，将凤林屈打成招，问成死罪在狱；又见怨声振动合城，恐怕祸来，亲自到上司处谋干，将凤林问个白日谋财害命之罪，不等京详，只等发下王命，就要处斩，且按下不提。

再说鲍刚离了湖广，晓行夜宿，那日到了杭州，进了城，直奔吴府而来。到了大厅，只见众人围一大汉在那里讲话。你道这大汉是谁？原来就是马俊，往开封府来，所以众人围着讲话。郝鸾见鲍刚也回来了，心中大喜。马俊问了鲍刚的姓名，鲍刚又问常、柳二人的姓名，大家施礼，郝鸾邀进书房坐下。马俊见鲍刚生得肩宽背阔，心内甚喜。便说道："久闻哥哥大名，今幸相会，名不虚传。"鲍刚道："小弟是有勇而无谋之人，怎比得兄长文武兼全的英雄?"

大家谈了一会，家人摆上酒肴，挨次坐下。酒至数巡，常让道："前日周兄回来说马兄在开封干出这番大事，小弟听了抖衣而战，不知仁兄怎得脱身，孙佩贤弟如今怎么样了?"马俊道："小弟险些儿不得相会诸兄。"便将前后之事说了一遍。郝鸾听了，无不称奇，说道："不是马兄有通天的手段，不能脱得这门套。"郝鸾见众人俱是欢笑，唯有鲍刚闷闷不言。郝鸾问道："贤弟与凤二员外上襄阳去两月有余，今日方回，弟兄相会，贤弟因何不悦?"鲍刚见问，便把凤林被害之事细说一遍。马俊听了大叫道："天下哪有这等不平之事？待我救了孙佩回来，到襄阳杀那赃官并奸夫淫妇，救出凤二员外，方显大丈夫的手段。”鲍刚道：“兄长请放心到开封去救孙佩，这凤二员外在小弟身上。”马俊道：“非俺不能救孙佩，奈无帮手。这一回去，须要一位胆大的方可成事。”鲍刚道：“小弟襄阳去也要个帮手才好。”周龙道：“小弟不才，愿与马兄到开封走走。”马俊道：“若是贤弟同去，不怕救不出孙佩。”那周顺想道：“马俊是个黑夜做事的人，却不敢与他去；这鲍刚决不像他那样做事，我不免同他去走走。”便说道：“愚兄随鲍贤弟走走。”鲍刚看了周顺两眼，暗道：“动武须得这样汉子才惊人。”便说道：“好好。”郝鸾道：“非是愚兄怕事，怎奈我母舅屡与奸相作对，今马兄弟到开封劫狱，是件犯法的勾当；鲍贤弟到襄阳，或是牢中劫出，或是法场抢救，亦是惊天大事。两处得了手，总要到杭州聚会。倘被人知，竟传出吴府存留劫狱的大犯，奸相再上一本，岂不害了母舅全家？据我的意思，必须先寻个下落方好，两下归一，不在杭州，与我母舅无干。”常让道：“兄言正是。”陈雷笑道：“小弟倒有个去处。”柳绪道：“兄长有何去处？”陈雷道：“等马兄、鲍兄四人去后，俺同郝兄径上铁球山，与焦豹王常樊冲三人聚义，招军买马，做他一番。”众人听了，齐说道：“妙极妙极，要去，拣个好日起身。”计议定了。常让道：“小弟一事奉告，闻柳年伯升了礼部尚书，柳兄弟奉母命要进京看父亲去，是明日起身。小弟母舅升任扬州太守，亦奉母命往贺他，也是明日起身，却不能相送诸兄。待事毕之后，小弟二人再到山上相会。”郝鸾道：“二位贤弟既奉婶母慈命，愚兄怎好强留？”众人饮到更深，常、柳二人与众人洒泪而别。不言常让于次日往扬州，柳绪亦往京都而去，且说郝鸾等过了一宵，次早马俊、周龙、鲍刚、周顺个个收拾行李，多带银两，辞了郝鸾、陈雷，分头往开封湖广而去。郝鸾往后堂辞别舅母表妹，说道：“愚甥在此许久，要回去走走，多则两月便来。”吴夫人道：“贤甥要去，必须早来，勿忘你母舅嘱托。”郝鸾道："甥儿晓得。"便出来吩咐众家人等小心办事，又叫将行李送到陈雷饭店："我随后就来。"到了陈雷店内，家人辞回去了。陈雷叫人收拾已毕，同郝鸾背了行李，陈雷又吩咐小二好生开店，二人离了杭州，径奔大路而行。

非止一日，到了铁球山。陈雷引进郝鸾与焦豹、王常、樊冲等相见，礼毕见厅上走出凤公，郝鸾一见，想起向日陈雷曾说救个一凤姓的，谁知果是凤年伯。忙上前拜见。凤公见了，惊喜非常，二人各叙别后情由，又告诉了孙佩的事。凤公听了，心内悲伤。那焦豹见郝鸾相貌端正义气，愿让郝鸾为大王。郝鸾再三推辞不过，只得允之。当日杀牛宰羊，祭告天地。焦豹、陈雷挽郝鸾在聚义厅上正中坐下，张魁、樊冲等率领小头目参见已毕，又晓谕众喽啰，遍赏牛酒，在厅上大排筵宴，按下不表。

且说鲍刚、周顺，在路趱行。那日黄昏，到了襄阳，奔至昙桥，到张星如行门首叩门。里首打杂的出来开门，认得鲍刚，后面又跟了个大汉，便请进厅房坐下，行主出来相见，礼毕，茶罢，问道周顺的姓名。用了晚饭，又摆上酒来，三人饮了数杯。鲍刚问道："咱去后，不知王二府怎样将凤二员外审法?"张星如叹了一口气，道："好人没有好报。"就将曹若建到上司处谋干，及阮氏淫妇已到曹府，只等王命，并将货物封抄，一一细说。鲍刚听了，大怒道："天下哪有这等狗淫妇，上天怎不报应他呢？哈哈，反了，反了，咱怎肯与王二府干休，不杀这淫妇，誓不为大丈夫。"张星如劝了鲍刚一会，各人安歇。

次日清晨，梳洗毕，用过早膳，鲍刚穿了件元色箭衣，里面带了银子，藏宝剑于腰内，外系鸾带。周顺穿件紫花布的大衣，腰束系带。鲍刚也叫他暗带双刀，别了张星如，走上街来。听见行人都有骂王二府的。将近午牌，只见个人拿一根竹子，在街上叫道："你们各家关门，今日出人呢。"那些开店的听说，纷纷将店门上了，又见些贫穷百姓，各拿些纸钱，齐说道：“我们都到法场上去，等凤员外来时，我等将纸钱烧化，谢他昔日之恩。”鲍刚听了，扯住一个问道：“你们说出斩的甚人?”那人道：“今日出斩的是我们的恩人，乃金鸡巷住的凤二员外，被淫妇奸夫屈害，今日王命到了，在西市桥处斩，我等无所报答，各将一陌纸钱烧化，聊表寸心。”鲍刚听了此言，回过头来，对着周顺呵呵大笑道：“咱们来得凑巧。”又与周顺附耳道：“喜得带了兵器来，且跟他们去看看。”周顺道：“甚好。”

二人走到西市桥边，只见祭奠之人不计其数。此时还早一刻，未曾绑来。鲍刚抬头一看，见有一座酒楼，离法场不远，那店收拾关门。鲍刚上前说道：“俺是过路的，不意这法场阻住俺的去路，况且肚内又饥，借你楼上吃些酒饭，自然与你银子。”那店小二不知好歹，便应道：“爷们既要吃酒饭，上楼坐，只是一件，王老爷的公座紧靠着酒楼底下，爷们且不可高声。”鲍刚道：“俺们晓得。”便同周顺上楼坐下，小二捧上酒肴，二人狼吞虎咽，吃了一顿。小二又送上酒来，鲍刚对周顺道：“俺们来得这样凑巧，俺们多饮几杯壮壮神，好与这班狗头厮杀。”周顺道：“早知今日要斩凤二员外，也叫陈雷来帮助帮助也好。今日眼睁睁是救不成了。”鲍刚听了此言，圆睁两眼，对着周顺道：“这样一个大汉子这般胆小，俺同你来，又不做买卖，又不看亲戚游山玩景，原为凤二爷性命，今日恰恰遇着他典刑之日，正是天不绝凤二爷，方才遇着俺们前来，做大丈夫的也要做几件惊天动地的大事，才算得好汉。只等凤二爷绑来，你我跳下楼去杀了监斩官，劫了凤二爷出城，上铁球山，也有些光辉，好见郝大哥。你若如此胆小，见杀不救吗?”周顺暗想道：“前日同马俊到开封府，他是黑夜私行，鬼头鬼脑的做事；今日这鲍刚青天白日要劫法场这胆也不知有多大。”便又和颜劝道：“非是我胆小，这劫法场不是一件小事，他自然有守城营兵围护。一者你我二人初到此地，不识路途，倘若他将城关了，如何得出？二者他的人多，你我只得二人，顾前不能顾后；三者，再得一人方好，要一人在前开路，一人背着凤二爷，一人断后，方保无事。我们做好汉的，也要识些时务，何必将这条性命白白地送于小人手内？仁兄须要三思而行。”鲍刚道：“你说得多是书儒之话，这城内能有几个营兵？却也不在俺心上。当初常山赵子龙在长坂桥前救阿斗，难道也有帮手？古云：一人拼命，万夫难挡。你是个要命过千年的人，且自走开，不要你管俺，看你是个无用的懦夫，这才是大汉不呆真宝贝。”正在讲话之时，只听见楼梯上一片声响，走上个人来，二人吃了一惊，但不知上楼来的何人，鲍刚、周顺不知救得凤林否，且听下回分解。

第二十五回

救凤公一人报德

话说鲍刚同周顺商议要劫法场，周顺劝阻，鲍刚只是不听。正在楼上说话时，只见楼下走上一个人来，头有巴斗大，两道浓眉，一张大嘴，身长九尺向开，头戴一顶半新的大毡帽，花布扎头，身穿一件绒色短衣，青布跳袍，大红裤，裤脚下裹脚，打脚下穿班尖场土快鞋，口中叹着气道："罢了罢了，今日同这一般狗头拼命了。"鲍刚却坐在上面，先看那人，心想道："若得此人帮助帮助，大事成矣。"那个人看见鲍刚，心内亦想道："若得这二人帮助，此事不怕不成。"便在腰间取出两支有四十多斤有二尺长的锁铁锏来，望桌上当的一声响放下，大叫道："快些取酒来。"周顺吃一惊，回头一见，却认得那人，叫声："贤弟从何处来的？多时不见你了。"那人看了周顺、鲍刚两眼，大笑道："好了，好了，有了帮手了。"那人道："原来周哥，小弟有罪了。"鲍刚见周顺认得那人，却不起身，就把周顺一扯道："周贤弟，你既是认得这位，还不站起身来与人见礼？"周顺才起身来说道："贤弟不必另坐，这是俺的哥子，请过来同坐吧。"那人与鲍刚见礼坐下，便叫小二添了杯箸酒肴，那人不管好歹，亦不谦让，就如两三个月不曾吃饭的光景，狼吞虎咽吃了一饱，又饮了几杯酒，方才住手。便问周顺道："此位尊姓大名，贵处哪里？"周顺道："此位乃顺天府人氏，姓鲍名刚，号子英，绰号披头太岁，也是愚兄盟过的。"那人起身道："小弟久闻鲍兄大名，今日相会，真乃三生之幸也。"鲍刚道："兄长尊姓大名？贵处何方？亦要请教。"那人道："小弟扬州府仪徵县人氏，姓曹名双，字德先，绰号病钟馗。今日有件大事要做，所以到此楼上吃三杯酒，助助兴。不意在此相会。"周顺道："贤弟这一向安在何处？前月在贵县访问，有人说你在外贸易，今日却在此处相会。"曹双叹了一口气道："实不相瞒二兄，小弟自去岁蒙亲友美意，拿了三百多金，买了些杭货，前到湖广发卖货物，刚刚上了船，小弟得了风寒病，行到半路，遇见大盗，把我货物行李一劫精光，只剩下几件寒衣服随身，还有三四两碎银子。没有货物，不便远行，权在三官殿住着。不想病了一百天，方才起身，囊内一贫如洗，衣服行李净行典当，无奈，只得沿门求乞。那日在珠宝行门首柜上坐着一位中年的员外，他见小弟犹如亲友，又问了小弟的住处乡贯，就把我请进行内，与我酒饭，又赠我衣服行李，又与我白银十两。问其姓名，方知是金鸡巷凤二员外。那时小弟行了有半里路，遇见焦哥，又赠我百金。这几年仍在外贸易，也赚些利银，全亏了凤二员外的恩惠。前来此处，要报昔日的恩德，谁知他有个续娶的妻子是个淫妇，勾搭了曹府的家人，后又从了府中的公子。哪晓得曹公子妒奸，就叫将他家丁杀死在凤家门首，咬定是凤二员外杀的，曹府又贿嘱王二府，详了上司，定成个死罪。闻得今日凤二员外处斩，故此小弟不避刀斧，要劫法场，救出凤员外，方是我曹双有些仁义。小弟今日意欲烦二位兄长助小弟一臂之力，帮救恩人，不知二位尊意若何？"鲍刚听了此言，便跳起来叫道："好爽快汉子，俺们也是为此事而来，恰恰曹兄也有此意，俺三人同心合意，先杀了王二府那个赃官，出一出气，然后慢慢地再杀那淫妇奸夫。"周顺又把在杭州结交郝鸾的事细说了一遍："我们劫了法场，救了凤二员外，俱到铁球山去。"曹双连道："好，好，好。"鲍刚道："俺在中间背了凤二爷前跑。"曹双道："小弟断后。"吩咐周顺在前开路。就要卷袖束腰，只等凤二员外绑出来就动手。

且说禁头人等听了个杀人的信，慌忙备了些酒肉与凤二爷吃。如今凤林在牢内，肉饭系人恭敬，牢役又不上刑具，安心在内养活，更比先肥胖了好些。正然坐着，只见役卒愁眉绉脸眼红似哭的一般，捧了些酒肴进来，摆在桌上，叫道："凤二爷到此半年有余，小的未曾孝敬一次，今日备些薄酒相辞，请凤二爷开怀畅饮，聊表小人的寸心。"凤林道："我自被害下监，还未曾与大哥们身上为个情儿，今日怎好到吃你们的酒？何以克当？"禁头说道："小人若不是凤二爷的恩惠，焉得有今日？"斟下酒来，请二爷坐下，禁头陪着，饮了数杯。凤林道："如今我在监中承你等盛情，倒有半年多了，还不见上司批发，我倒情愿早早归了九泉，省得做这现世的人。"禁头又劝酒道："吉人自有天相。凤二爷何出此言？"凤林又饮了几杯酒，又吃了些肴馔，禁头只是苦劝，凤林道："承大哥的美情，我感恩不尽，怎奈我今日不吃早酒，既然大哥苦劝，且留我晚上再吃如何？今日大哥自饮几杯。"禁头便立起身说道："岂不闻：逢着好花采几朵，逢着好酒饮几杯。常言道：鬼门关上无花采，地狱门中酒市稀。古人说得好：保得一时，保不得一世。且吃他个酩酊，随我怎样。"凤林听了此言，吃了一惊，说道："大哥说出这样话来，敢是京详到了，今日是我处决之日吗？"禁头却不能瞒，就将此事跪下哭说道："小人蒙二爷恩德，不是小人不救，只因小人是个下役，不能替二爷申冤。谁知曹若建这个狗头，倚仗父力，在上司身上费了几千金，算谋了个禁城之内白日图财害命，不等京详，今早本官出示说：督抚批下，今日午时二刻，是二爷的喜日。小人闻知不忍，故此备祭奠辞别，凤二爷今生不能报仇，死后必须在阎罗殿前，摄镜台下，告他因奸害命，小人愿为干证。"言毕，哭个不止。凤林听禁头之言，便呵呵大笑道："苍天，苍天，我只道坐在监中不知几时挨得出头的日子，今日上天慈悲了与我一局了然。"只见众人推进，齐说道："恭喜恭喜。"凤林道：

“列位是奉上司之命，我凤林毫无怨言。”说罢，将衣脱下，又说道：“列位绑了我吧。”众人见此光景，无不伤心落泪，无可奈何，只得动手。官长催促，只得上前，松松的将他绑了起来。那禁卒牢头个个掉泪，出了牢门。凤林又对禁卒人等谢道：“我凤林只好来生补报你们众位吧。”言乞，随着捕役，押到大堂之上。二府用朱笔票了招子，押出了大门之外。二府坐了轿，先到西市桥去。

且说众捕役人等押着凤林出了大门，一面破锣，二面破鼓，敲的声气难听。后面兵马约有十把余，还有四个守备，俱是明盔解甲，长枪短刀，挠勾弓箭，鸟枪各兵器，押护而行。不多远，就有人祭。一路往西市桥来。却从曹府门口经过，那班贫民单挤在门口，各焚香纸，跪的跪，哭的哭，还有念恩的，口中乱骂道：“这淫妇奸夫，昧尽良心。”也有的一百纸钱焚化的，说道：“凤二爷，你冥中受用。”也有的骂：“这奸夫之家，叫他世代男盗女娼。”亦还有骂阮氏：“这个淫妇，叫你嫁一千个老公不得到头。”骂他臭名最多，其实难听。众口哓哓，骂不绝口。那曹府的家丁欲要上前拦阻，那些无赖之徒有些七八十岁的老人家在内，他们见有人阻拦就要上前乱打。曹府的家丁见那众人势头不好，只得忍气吞声，躲避家去。有几个护送的千总守备人等见众人喧闹，恐曹府公子知道，催促兵丁速行。众人烧纸的烧纸，哭骂的哭骂。兵丁只得推着凤林就往前去。来到法场，就将凤林跪下，绑在桩上，刽子手领了花红，那活祭之人不知其数，都在旁边哭着说个不止。兵丁团绕法场，那王二府提笔标行刑牌。

再说鲍刚、周顺、曹双三人，在楼窗内看得明白，见那祭奠之人足有数百还多，他三人俱叹气道：“可叹这凤二爷是个好人，行善之人。事不宜迟，早些动手。”鲍刚把衣服脱去，取出宝剑，将剑鞘插在腰内。周顺亦脱去大衣，撇在楼上。二面取出双刀，又把腰间丝带紧了一紧，头上手巾扎了一扎，提起双刀，曹双也提起了双锏，鲍刚用手将楼窗推开，大叫一声，就像一个霹雳，喊道：“狗娘养的，不要动手，有俺披头太岁鲍爷爷来劫法场。”“扑通”的一声，跳下楼去，曹双、周顺随后跳下，大叫道：“有俺病钟馗曹爷爷来了。”周顺亦大叫道：“有俺火判官二爷爷也来了。”众兵丁正然站起，听得有人喊叫之声，见楼上跳下三个大汉子，手执兵器，要来抢劫法场，呐一声喊，惊天动地。不知三人可救得凤林性命，且看下回分解。

第二十六回

杀赃官百姓施恩

话说鲍刚、周顺、曹双从楼窗上跳下，大叫道：“你们这班狗头，休要动手，俺们来劫法场了。”那些兵听得有人来劫法场，正待上前，被一阵冷风逼住。原来是鲍刚手内宝剑出了鞘，一阵寒风，冲人难当。鲍刚急下楼时，却在王二府的背后。那王二府正要提笔判刑，听得大吼一声，吓得把笔丢下，那鲍刚手中剑快，连砍了四个兵丁，抢入篷内。王二府见了个黑汉提剑砍来，便站起身要走，却腿软脚麻，走也走不动，是他大难无常，那鲍刚赶上，手起一剑，叱喳的一声，连肩带背斜砍两段，王二府死于非命。鲍刚上去又砍了几个兵丁衙役，到得桩前，周顺割断绳索，把凤二员外背在身上，曹双取了两条系带，代他扎好。鲍刚喊道：“我乃山林中好汉，特来劫法场，救凤善人出城上山，拦我者死，让我者生。”此时众兵丁同那看的人祭的人纷纷闪开。那四个守备见有人劫法场，便拨马当先，大叫道：“无名的野贼，焉敢大胆?”鲍刚显他的武艺，奔上便大叫道：“不知死活的狗头，焉敢拦俺的去路?”便挺身仗剑就砍去，那四个守备抵挡不住，只得退后。那曹双两根锏挡住，那鲍刚见曹双迎敌，便到后面，手起一剑，砍着中门，一个守备落下马来，死于非命。曹双见鲍刚来帮他，他便赶上前去，又是一剑打死了一个守备跌下马来，那两个守备见事不谐，不得已，只得后路逃去。被伤的兵丁谁敢阻他?那些兵丁见鲍刚三人凶恶雄壮，又伤了两个守备，劫法场犯人，便一拥齐前。内有一个少年兵丁，正端着弩弓要射凤林，被后面一个兵丁止住道："不可，凤员外是被冤枉，当初你父亲死了，还是凤二爷买的棺材，你如何不报恩，反来谋害?"那个兵丁想起来，便将弓射了一个朝天箭。又有个兵丁要用挠勾勾他，旁边有个兵丁说道："你这个人没良心，你妻子是哪个娶的?"那个兵丁就不动手。众兵丁低说道："我们总是受过他的恩德，何必害他怎的？不若让他去吧。"那些人就往旁边去了。鲍刚骑了守备的马，就纵马向前，却又认不得路径。街市中人等听见劫了法场，各家急急关门闭户，哪里关得及门？有个胆大的人，看见骑着马跑来，他便指道："大王，你走错了，快快回去，奔东首转弯才是北门的大街。"鲍刚听得，回头就往东首而走。走不多远，又走错了，便有人又指引他路径，才来到城门之首，那把守城门军役便摇手说道："爷们不要动手，城门已开在此，请爷们快出去吧。"鲍刚同了周顺、曹双、凤林四人出了城门，奔大路而行，走了有五六十里之外，方才放下凤林歇歇。曹双上山，到那僻静之处，短劫些孤客，剥了几件衣服与凤林穿了，各诉等情。凤林拜谢三人救命之恩，言毕，四人取路往铁球山去了不提。

再说城内，未死二守备见盗贼去远，方才领着兵丁赶出城来，赶了半会不见，只得回来，收殓王二府并两个守备的尸首，清理街道。文武各官写了盗贼抢劫法场杀伤官员兵丁的详文，申详上司，缉拿凶盗的下落。那曹若建听得劫了法场，抢去凤林，心内着慌，恐惹出是非，便与阮氏商议，带银子衣服家丁人等，私报表兄张澄如任上去了。只等后来吴老爷大破海贼，米太师谋反，方才擒住曹若建与阮氏报仇雪恨。且自按下不提。

再说马俊、周龙离了杭州，一路而来。那日到了开封府，二人在饭店吃了些酒饭，走到一个树林内，二人坐下，等到一更时分，马俊对周龙道："愚兄要去了，将这行李放在树林之内，待等事毕回来再取。"二人离了树林，来到吊桥上。马俊指道：“贤弟，你在那破城坡之下等我，我救了他来，就在这城垛上放他下来，你在下面接他，千万不可走动打盹。”周龙道：“晓得，焉能误事？仁兄放心。”马俊便抓把土一洒，借土就升空如飞一般，到了县监，便收了法，落在屋上，往下一看，只见狱卒来往巡查。听更时，已有二鼓。马俊暗道：“如何此地甚是严紧？”自己又点头道：“是了，是了，雷知府被我惊过一次，又怕我来劫狱，故此狱卒加意提防。”腰内取出自家火，拿出几枝鸡鸣断魂香，自己口内先衔了解药，点着香，从屋上丢下去。那些狱卒巡役人等，闻了香味，连打几个喷嚏，都就昏倒睡着；巡更的梆子铜锣丢在地下。马俊从屋上跳下来，找到孙佩的所在，只见点着一盏油灯，便念一遍解锁的罪鬼观，门推开，只见孙佩在左边睡在地下草内，罗先生在右边，亦睡在草内，他二人讲话。马俊走上，把手一拱，低低叫声：“罗先生，晚生一向少来看你。”孙佩抬头看见是马俊，吃了一惊，便起身叫道：“仁兄，你好大胆，如今上司批文各处缉捕，仁兄还到此地来做什么？”马俊说道：“愚兄奉郝大哥之命，前来救你出狱，随我速去。”孙佩道：“仁兄，你能飞上屋，小弟如何去得？”马俊道：“这个不难，俺背你出去。”便将刑具去了，又对罗先生说道：“非我薄情，奈我只救得一人，不能再救先生。况孙佩没有家眷的，先生是有家业的，有妻妾，要救你出去，岂不连累你的家眷人等？反为不美，先生且耐心在此，待俺再想法相救。”罗先生道：“壮士之言正是，我这样大年纪还死不了！你二人前程远大，小心快去。”孙佩道：“晚生去了，只恐又连累先生。”罗先生道：“不妨，不妨，俺自有主意，你们放心快去。”孙佩就有不忍之意，马俊道：“快些吧，转三更了，晚生要走了，得罪先生。”罗先生把头点点。

马俊在腰间取出一条绳子，底下是布，孙佩兜在坐下，自己带着绳，先跳上屋去，把孙佩扯上了屋去，背在身上，却不好使法，只得慢慢沿屋跳到城边，依旧照前兜住孙佩，扯上了城，扶到破城垛处，低低叫道：“周贤弟。”周龙他等得心焦，听得城上是马俊的声音，答应道：“仁兄，我来了。”马俊喜道：“贤弟，好生接着孙贤弟。”便将绳子慢慢地放下了孙佩去，周龙在底下接着了，马俊跳下城来，过了城，回走到树林之内，取了行李，孙佩又问了周龙姓名，三人连夜奔走。次日到了个镇市上，替孙佩洗了个澡，便换了衣服，奔山东大路，就往铁球山去了。

再说罗先生见马俊同着孙佩去了一会，方才故意喊道：“不好了，马俊把孙佩带去了，你们快快走来。”惊了隔监的人犯，一齐喊道。那些巡更的人听得喊叫，各执兵器奔到狱神堂前，看见那些狱卒巡役俱睡在地下，便一脚踢醒了，一齐来到罗先生监内看时，果然不见了孙佩，惊得面如土色，忙忙去禀了狱官，狱官忙进府衙禀了雷太爷。此时正交三更，雷太爷审事才完，方才退堂，听得家丁传说狱内马俊劫了孙佩去了，吓得雷太爷魂不附体，即忙坐了大堂，问了狱官几句，即传了捕役兵丁人等赶出城来，四方五路追寻。赶到天明，影形全无，只得领了众役兵丁，进城回复知府。雷太爷坐了大堂，提出罗辉庵当堂跪下，太爷怒道：“那马俊来劫孙佩时，如何不叫禁卒，等他劫去你才假喊假叫？你还说不是马俊的朋友，今日看起来你必知他们起脚窝家，你且说来，本府还放你一条生路；若是不招，必用大刑审问。”罗辉庵哭诉道：“青天太老爷，这马俊出入，太爷从前都是晓得。昨夜三更，马俊一从屋上跳下来，小的看见正要喊叫，他手内有刀，便来杀小的，小的怕杀，就不敢叫喊。他说：我当初弄你到监里来，原为要医孙佩，如今孙佩病好了，他说连我一同劫去，不料被太爷那番惊吓，险遭不测，今日特来救你二人出狱，并不曾说到哪里去。小的抵死不肯同他去。我说小的有家业，妻儿老小现在半城居住，还随你去，要连累我家眷。况且我受他陷害冤屈，我宁可死在牢内，也不同他去。马俊又说你不去也罢了，恐我上屋时作声喊叫，惊动人来，岂不又是一场空？他就举起刀来，说不如杀了你吧，免其后患。亏得孙佩苦苦劝他，方才饶我性命。他又在腰间取出不知什么药，抹在小的口内，口内一时咽喉舌头俱麻，不省人事，他就把孙佩背了去了，只等药性过时，小的方知孙佩同他去了，小的方能喊叫。实情与小的无干，求太爷高台明镜，笔下超生。”这雷太爷是个清正官员，见他说得情实，知道马俊的本事，并不加刑，仍然将啰先生收在监内，只把禁卒打了几板，申详上司。那雷太爷所属的各县人民都知道马俊的名儿，各处访拿，但不知可拿捉得住，再看下回分解。

第二十七回

凤栖霞误入烟花

话说马俊、周龙、孙佩三人离了开封府，往铁球山而来。非止一日，到了山寨，见了郝鸾等人，又见了那凤员外，他翁婿抱头大哭，各诉离情之苦，又见过岳父母。正在叙话之时，又见喽啰报道："周爷劫了法场，上山来了。"郝鸾众人迎下山来，大路相聚，同上聚厅来。凤林与凤竹骨肉相逢，各诉离别苦情，鲍刚、马俊各说劫狱劫法场的事情，众人又问了一遍，又问曹双的姓名，大家无不称赞。今日只少个凤小姐，不知下落，再慢慢地打听。当日大排筵宴庆贺，从此后，每日操兵不讲。

且说凤栖霞自被莫上天骗拐奔扬州，不料途中凤小姐不服水土，身染重病，幸得医治好了，耽迟了数十日才到扬州。那莫上天父子商量卖他到乐春院里去，银子才得多呢。便去请了一个妈儿来看。这个妈儿是有名的乐春院官妈，一见了小姐的容貌，喜得老虔婆心痒难抓，便问道："这位姑娘多少年纪?"莫上天道："本色十八岁了。"凤小姐见这个妇人举止大失正派，心上犹疑，不与他说话。那婆子同莫上天回到了院内，正好遇见本城内两个蔑片，一个叫脱张三，一个叫李四骗，历年在院内做个牵头。见了莫上天是北方人，口气不相同，嫖客便问道："此位是谁?"妈儿道："不瞒二位相公说，他是开封府来的，带了一位姑娘前来投我，故此来讲说，正好二位相公在此，作个中人。"张三、李四听了此言，满心欢喜，要落个媒钱，便说道：“好事好事，恭喜恭喜恭喜，妈妈得了一个新人，必要大发财了。可知姑娘人品好吗？”妈儿道：“老身有句话要说，二位相公且商量商量，得罪莫相公少坐一坐。”张三、李四、妈儿且到后边天井内说道：“姑娘人品好，老身已看见过了，真有西施王嫱之容。烦二位相公于中撮合，成事之后，老身愿重重谢相公白银三十两。”李四道：“那位姑娘叫作什么名字？”妈儿道：“还不曾问他。”李四道：“你如今愿出多少银子买呢？”老妈道：“难得这个姓莫的愿卖与我，我如今情愿出五百两银子，若还不肯，再添几两罢了。”李四听了此言，便与张三丢眼色说道：“妈妈你同莫大爷在厅上坐坐，待我二人议个话儿，好与莫大爷说话。”妈儿不知就里，他就同莫上天在厅上去了。张三、李四到了无人之处，说道：“我们作了半世蔑片，却也不曾赚得个大钱，今日这件事儿口气千金可出，莫兄又是要卖的，我们对莫兄说：我们只允他三百银子，万不得已，允他四百银子足矣，且看莫的意思何如。如若肯了，多下银子我们二人均分。那姓莫的若依了，我们倒要叫他多要些，不怕妈儿不出。”张三道：“我也是这个主意。”二人来到厅上，当下说道：“小弟一时唐突了，未曾请教尊姓大名？”莫上天答道：“小弟姓莫，小字孝先。”二人说道：“原来是莫长兄，我们失敬了。”莫上天亦问张三、李四的名姓，二人说了。妈妈叫厨上备酒，张三道：“且慢些，妈妈且看个，我们今日也看看，回来好请教莫兄的价钱。”妈儿道：“不消二位相公看去吧。”莫上天是个油儿光棍，见人面目就知人的心事，便说道：“张李二兄说得正是，与小弟去看看何妨？回来好讲价钱。”三人起身出了院内，来到了茶房坐下。李四道：“快拿茶来。”三人吃茶已毕，莫上天说道：“小弟初忝教下，今见二兄尊意，小弟尽知，只要尽到我白银六百两，余者奉送二位，听凭二位所要多少。”张三、李四见莫上天说话在行，便道：“原来莫兄也是我辈，明人不用细说，不敢相欺，允他五百两银子。”莫上天只是摇头，三人说了一会，方才离了茶坊。

张三、李四又照应莫上天，叫他多说些价钱。

三人回来，到了院中，妈儿接着坐坐，排上酒来，四人坐下，吃了酒饭，半酣，妈儿道：“不知那位姑娘是莫相公什么亲眷？叫什么名字？”莫上天他仗着张三、李四的力便不瞒三位说：“那个女子是有声名人的，他父亲曾做过太常寺正卿，凤竹之女，名唤栖霞。”又将遇难遇他之事说了一遍。那李四道：“无论正卿不正卿，女子卖与我们，就凭我们摆布。”妈儿道：“我将银子买人，有眼主无眼客，到我的院内，就依我的规矩。但不知要卖多少银子？”莫上天道：“外事间人就拿大帽子磕他，况李、张二兄在此，不说虚头，不二价，实价银一千两。”妈儿道：“非说这中等女子就要许多银子？”莫上天道：“这凤小姐一则是个黄花女子，二则是个官宦人家小姐，就是琴棋书画，吟诗作赋，件件皆精。虽然得这宗银子，却抢着利害，如何不值千金？就兑千金银子与他。”李四道：“莫兄不必多言，你的主意这些银子还要让些。”又对妈儿说道：“莫兄要千金，你难道就依他一千两呢？丢掉他的，再讲你的，你也要还他价钱，让我们再评着。”妈儿道：“少也不是路，实五百两正。”莫上天道：“哪里有还个对合的道理？哪有许多虚头？”张三道：“妈妈也少了些，适才我们看得明白，姑娘是果然生得不差，据我们看来，须得八百金，若是的就兑银子。”妈妈道：“李、张二位相公不是当玩耍的，不是空口讲白话的，一千、八百既是二位相公说了，添上一百两叫作现钱卖现货，莫相公也要看破些。”莫上天摇头说道：“不肯，适才张三兄说我还不肯。”李四道：“你们一个是一千，一个是六百，张三兄又说八百，总然照张三兄说，只少二百两。”又对妈妈道：“将钱买货，便宜讨不了。我如今有个道理，且将姑娘接在院中住几天，若依口顺话的肯接客，就是八百两；若还不从，还是六百两。”妈妈道：“我不允八百两。”张三道：“若是姑娘肯接客，等我二人在外打听个大嫖客，不愁没有二百多金。”妈儿听了，只得依允。

当晚，莫上天辞别了三人回寓去了。到了寓内将此事对他父亲悄悄地说了一遍，莫家父子商议已定。次日早晨，莫老对凤小姐说道：“老汉这两日因探望个亲戚，耽误了两天，今日已雇下船只，请小姐先到船内，行李随后上船，不消十天就到襄阳了，与令尊令堂相会。”小姐道：“多承老丈同令郎，到了襄阳，少不得重重相谢。”便收拾了行李，放在一边，轿子已在门口，叫小姐上轿。莫上天跟着来到院内，轿夫是吩咐过的，一直就抬到后楼方才歇下，妈儿领着众姊妹向前接见，揭起帘子笑道：“请小姐下轿，莫相公是我侄儿，老身要请姑娘来玩玩，又恐小姐见怪，所以今日才悄悄地请小姐玩玩几天，再送小姐上船。”小姐一见妈儿，晓得昨日在寓处有些犯疑，到了此处无可奈何。小姐看那些女子，俱是扮的妖妖娆娆的模样，搽胭抹粉，嬉笑得扭头怪颈，拖肩搭背，口内不知说些什么。小姐心内越想越疑，先还有见机之意，这会犯疑，立住了脚，问道：“此是什么所在？莫老丈他父子二人往哪里去了？”妈妈笑道：“他们在前厅上呢，请小姐且到后面坐坐。”小姐不敢走动。有个丫鬟向前笑道：“我们同姑娘走吧。”小姐只得走到后面，却是三间大屋，上面是串楼，正中排一座佛龛，内供着一尊佛像，红面长须，两道重眉，一只手拿鞭，一只拿如意，不知是位什么菩萨。点着香烛，排着牲礼供献，旁边有个水盆手巾。妈儿上前点了香，说道：“请姑娘拈香拜神。”小姐口内不言，心内越发着惊，便红了脸说道：“自幼儿生于官宦之家，从未见过这位神圣，却不知你们这里乡风。”丫鬟道：“奶奶代姑娘拜吧，姑娘是新来的，有些怕呢。”妈儿道：“也罢，等我代他拜吧。”但不知凤小姐身落烟花寨中，不知可肯依从接客，且看下回分解。

第二十八回

常云仙欣逢贞烈

话说凤小姐被莫上天拐到扬州，卖与乐春院内，小姐尚不知道，心中犯疑；又见妈儿排祭点香，就有几分明白，道："你们这些贱人，把我良家女子诱入娼家，当得何罪？快叫轿来，送我回去。"妈儿笑道："我儿，你说得好容易话，却不道来得去不得了。如今若是依我说，为娘的还疼你，还爱你，做好衣服与你穿，好金珠与你戴，好东西与你吃；若是不从使性子，为娘的吊起你来，剥去衣服打一顿皮鞭，莫说你是正卿的女儿，就是王侯的郡主，进了我的门，就要随我呢。俗话说得好：端我的碗，就要服我管。"小姐听得此言，急得面如土色，眼睛直睁。妈见又指着骂道："你是宦家女子，倚着势力压我，我是不怕的。"小姐哭道："莫说是打，就是杀我也不从的。你这老贱人，老娼根。"骂个不止，把个妈儿骂得气冲斗牛。心中想道："此女有些傲手，今日要与她一个下马威，她才怕呢。"便叫丫鬟剥去衣服，那些丫鬟不敢违拗。可怜把个闺中弱女，拖翻在地，上下的衣服剥去，只留一条裤子。那妈儿紫涨着脸，像杀人的样子，拿了一条水浸的皮鞭，又叫道："丫头们，把这个不识抬举的小贱人吊起来。"丫鬟答应一声，取了一条绳子来，恶恨恨地把凤小姐吊起来。那些娼女上前劝道："姑娘从顺了吧，免得受苦。"小姐口内只是大骂。妈儿提起鞭子，不住手地打了一顿。小姐忍着疼，还是大骂。妈儿心头火起，说道："老身打死你这小贱人，谁要我偿命？不过丢了几两银子。”举起鞭来又打个不止。妈儿打得狠，小姐忍着疼骂得凶，只打得浑身伤痕，妈儿心内一想，也怕打死了不好与莫上天讲话，便对众娼女丢了个眼色，那些丫鬟假意跪下道：“请奶奶息怒，我们有言告禀。”妈儿道：“你们有什么说？我今日是要打死这小贱人才罢。”众娼劝道：“奶奶且放他下来，今日饶他一次，我们慢慢劝他依从便了。”妈儿方才坐下。内中有个女子叫阮三官，口舌甚利，说道：“奶奶，霞姐新来，等女儿慢慢劝他。”妈儿道：“你们不晓得，他是黄泥心，越烧越硬，不要劝他。”阮三官道：“我若不能劝霞姐顺从，情愿领三百皮鞭。”妈儿便叫丫头放下他来。阮三官替他穿上衣服，见他头发蓬松，泪痕满面，阮三官劝道：“这也是命该如此。”妈儿道：“若不是众位姐姐讨情，怎肯饶他？”阮三官同众姊妹们劝他上楼去了。又叫丫鬟寻些定疼药来，替凤小姐调搽疼处，众娼女劝了一会，各人散去，只有阮三官在楼上，低言巧语，将长话短说与凤小姐听了，小姐只是流泪。妈儿到了前厅，见了张、李二人，说道：“好个扭手的女子，不是老身，谁能降他？”张、李、莫三人见妈儿有气，张三道：“若是小姐扭手，整治他一回，自然怕你的利害。”妈儿笑道：“将好言好语劝他，他倒装腔作势。叫他拜利市神，他不拜，又把我大骂。是我打了他一顿。我这霞姑娘很有些扭手呢，价银就是八百两，只等他肯接客，便兑银子。”张、李二人道：“这个自然。自古道：水性女子。妈妈你用些淫言浪语去打动他的心，自然降顺。”当晚三人又在院中吃了酒饭，各自散去。

次日，三人约齐来讨信。妈儿道：“不但不依，连茶饭总不吃，还要寻死，日夜着人伴他。”说完，三人去了，一连过了十多日，依然一样。张、李、莫三人对妈儿说道：“我们有一计在此，我们三人在街上寻个标致书生来，又有要势的人，先与他说明，若依从便罢；如若不肯，就行强。或者月里嫦娥爱少年，恐见了标致书生就肯依从，亦未可知。”妈儿道：“你们去寻访。”当日，张、李、莫三人往四路找寻有容貌有势力少年书生，一时难遇。妈儿在院也不打骂与他，也不逼他接客，反将好言劝他吃些茶饭，不提。

且说常让那日别了郝鸾人等，奉母命到扬州来望母舅姚太守，在路已非一日。带了书童，那日已到扬州钞关马头。叫人挑了行李，直到扬州府衙门内。走到大堂，对衙役说道：“我相公由杭州来的，是太爷的外甥，姓常名让，烦你通报。”门役听了，进内通报了，一时走出家人说道：“太爷有请公子。”书童叫家人接了行李，打发脚钱，常让走进宅门，来到内宅。只见姚公与夫人立在中堂，笑容满面迎着。常让书童铺下红毡：“请母舅舅母二位大人上坐，待愚甥拜见。”姚公道：“贤甥一路风霜，只行常礼吧。”常让就拜了两拜，夫人扶起，说道：“只七八年不见贤甥，今已成了人了。前日闻得你入了贤门，真真可喜。姑太太在家安否？”常让道：“家母托赖二位大人，身体安康，时常思念二位大人，特命愚甥前来恭喜请安。”姚夫人道：“前月得了京信，知你令尊升任吏部大堂，如今你表兄亦为吏部主事，多谢令尊提拔，感谢之至。”彼此叙了些闲话，到晚备席，三人同饮，酒至数巡，又吃了晚饭，起身书房安歇。姚公是日升堂理事，不得闲。

常让住了两日，觉得烦闷无聊，而且衙门无事，哪里闷得住？一日用过早饭之后，进内见了姚公，说道：“愚甥到此数日，不曾出去走走。闻得扬州乃繁华之地，今日特禀母舅大人，意欲要到街市上闲玩闲玩，不知母舅允否？”姚公道：“扬州的人奸娼拐骗的不少。”常让道：“愚甥非是贸易之人，不怕拐骗。”姚公道：“既如此，多带家人相随。”常让道：“愚甥不喜跟随人多，只要一个书童足矣。”姚公道：“虽然如此，早去早回。”常让听得姚公依允，心内十分欢喜，带了书童，出了宅门，走到街坊，找热闹街市去玩耍。只见那些店面装修齐整，货物鲜明。来到一个古董店内，那店主见常让人品俊秀，衣履雅淡，便请到里面坐下吃茶，架上古董听其赏玩。书童立在门口看那来往的行人。就是那小本生意颇多，那俊俏伶俐人等却也不少，轿马来往纷纷。

不提常让书童闲玩，且说那张三、李四、莫上天寻找俊俏书生，寻了几日，三人走得蔫哉乎也，缓缓而行。李四的眼快，望见古董店内坐着一位美少年，他便对张三、莫上天说道："你看古董店内坐的那位相公，分明是羊脂玉洗就得一个人儿。"张、李、莫三人又细细一看，俱欢喜道："好个书生，真天从人愿也。但是如何问他?"李四道："旁边站的小厮，等我去撞个金钟问他一声，倘有些机缘也未可知。"自古道："谋事在人，成事在天。"但不知李四怎样问法，且看下回分解。

第二十九回

篾骗邀饮空欢喜

话说张、李、莫三人在街上寻访俊俏才郎，见古玩店内坐一位，儒雅风流；又见门口站着个书童，三人住了脚，李四道："张三老，你看那店内坐着的书生好标致，我们过去谈谈。"张三道："又不认得他，怎好与他说话？"李四道："你们略站站，等我去问他那个小厮。"莫、张二人走开，李四来到书童面前，叫道："小哥乃是来同相公看古董的？"书童道："正是。"李四道："你家可是工部徐老爷吗？"书童道："我们乃是杭州常老爷家，曾为吏部侍郎，如今升了吏部大堂了。到这里来看本府太爷的，姚太爷是我家舅老爷。问他怎的？"李四又惊又喜，暗想道："果然是位公子，骗得才好压重呢。"离了书童，来与张、莫二人说："如此如此。"先着莫老回去送信，张、李二人故意回头，看见常让，便同李四慢慢走进了店内，道："想是常兄。"李四亦回头说："果然果然。"二人假托热，走进店内乱叫道："常兄，常兄，既到此处，因何沿门经过，就不来看看小弟？"常让见有人叫他，抬头一看，却不认得。常让却不很作大，见二人叫得亲热，站身拱手道："小生常让，不知二位是何处相识？"李四道："常兄忘记了不成？当初小弟们在京，曾受令尊老爷的大恩德，感之不尽。"张三又说道："那时，小弟们在京，常兄尚在垂发之年。"常让道："请教二位兄尊姓大名？"李四笑道："小弟贱姓李，名叫正周。此位姓张，名世宏。"常让道：“原来是张、李二兄，小生少敬了。”张三道：“常兄可是往本府姚太爷衙内来的？”李四道：“姚太爷是常兄令母舅呢。”常让道：“正是正是。”李四道：“闻得令老大人升了吏部大堂，小弟们不日进都贺喜，还要求老爷提拔。今日幸然撞见，岂有瞒门而过之理？”常让见他二人说的话不枉，便不疑惑了，答道：“小弟初到贵处，不识尊府，未曾来访，另日奉拜吧。”李四道：“岂敢，只是今日既然会见，岂有不尽地主之情的理？弟备便饭一肴，水酒几杯，聊表心意。”常让见他二人真心实意，他又是斯文打扮，并无半字骗言，便说：“既是二位兄的雅爱，小弟怎好相扰？只是不当。”张、李齐道：“说哪里话？”常让与店主拱手作别，那店主作道是位公子，忙送出门。常让唤书童相随。这书童见李四与公子像亲戚一般，心内有些见疑，怕是个拐子，却又不敢作声，只得跟着。

过了几条街市，来到乐春院门首，那李四为人尖利，便立住脚道：“小弟舍下还远，张兄府上陋居，不敢屈常兄贵步，不如借张兄令姐家坐坐吧。”常让道：“怎好造张兄令姐府上？”张三知李四推却，不好作声，想那三百两，只得把乐春园妈儿认作姐姐，便说道：“李兄说得是，请常兄驾进去。”只见半大不小黑漆门楼内有两条懒凳，坐着几个汉子。妈儿见张、李二人同一位相公进去，认是个嫖客，起身道：“请相公里面坐，待我进去说声。”李四喝住道：“你舅爷和常相公在此，你家爷不在家，说什么？”那妈儿不知头恼，不敢作声。他三人走进厅上见礼，坐下，茶毕，叙些闲话。妈妈先得了莫上天的信，吩咐众丫头不出厅，假装着闺门甚紧。不一时，不下桌椅，端出几样鲜肴，二人请常相公入府，相逊坐定，假斯文谈笑，骗住常让在前厅。虔婆便到后楼，对凤小姐说道：“我如今苦打你何苦？只管结下冤仇来。我只得善言劝你，我为你不知费了多少心机，方才寻出一个少年俊俏的郎君。若是低三下四的人，我也不敢多说，却是现任吏部大堂老爷的公子，又是本城太爷嫡亲的外甥，如今他在厅上与张、李二位饮酒呢。他一个吏部的公子，配你一个正卿女儿，也配得了。况今日乃是黄道良辰，可与他成了姻事，到明日，听你从公子去也罢。只求你叫他还我个本钱，肯与不肯，一言为定。”凤小姐听了妈儿，便暗想其言道：“到如今，若是直着性子，量这老虔婆放我不过，恐另想出别的主意，坏了我的名节，悔之晚矣。我如今且自依他，等那姓常的上楼时节，待我将酒灌醉了他，先刺死他，我随后寻个自尽，全我的名节，量本处官府见外甥宿娼被害，必不放这老贼人，连这个龟子叫他们死无葬身之地，才出我无穷的怨气。”算计定了，便假意儿回嗔作喜，说道：“我不要妈妈这等费心，既是公子，怎敢不从？只是那日忒打伤了些。”妈儿见是允意，便欢喜赔罪道：“当初原是老身不是，从今若还打你，指头上生个大疔疮了。我如今才劝得这位活菩萨已回心转意了，老身且下楼去，唤丫头送酒上来。”又对阮三官道：“我儿，可服侍栖霞姑娘梳妆。”吩咐毕了，欢天喜地地去了。那阮三官替小姐梳妆，丫鬟捧上两席菜来，一席是三官与凤小姐吃的，一桌是留与常相公吃的。阮三官劝小姐饮酒用肴。可怜凤小姐今日是断头路的日子，哪里还吃得下？只得勉强精神坐着。

将至初更，妈儿上楼道：“常公子酒量不佳，竟大醉了，他上楼时，我儿须要小心陪他，切不可拗他。”他又嘱托阮三官：“我们下楼去吧。”丫鬟收拾碗筷，完了也下楼去了。凤小姐独自一人在楼上，含悲忍泪坐着。且说张、李二人把常相公灌醉了，叫丫鬟抬上楼去，妈儿上楼替他把大衣脱了，巾儿除了放在一边，把帐幔掀起，将常让扶上床睡下，又吩咐几句，方才下楼，到厅上和三人吃酒。李四夸自己机灵能干，莫上天催促明日兑银子，不言。再说凤小姐在楼上坐着，见众人抬上一个清秀书生，年纪约有二十岁，便暗想道：“姓常的，我凤栖霞与你无仇，只是你在富贵之家，父为吏部，只该守分攻书，怎么游荡娼家？这是前生的冤业，借你一命，出我无限的苦楚，全我一世的名节。”小姐走到桌边，将头上珠翠除下，重绾香鬓，拴了一枝簪儿，把身上衣衫脱去，只穿件紧身小袄，束条素裙。收拾已晚，天交二更，看楼中烛影昏黄，听天外雁声凄凄，又想父母与孙佩，不觉伤惨，两泪如雨，寸心刀绞。一面泣涕，一面找寻个匕刀儿，却无寸铁。寻到柜底下，一柳编之内有一把五寸长的新剪刀，却是阮三官在此做针线忘记在此，不曾拿去，他拿在手中，欲向前刺去，又退回几步。但凡作这恶事的人，战战兢兢。又走向前，又想道：“姓常的，却不知你是哪里人氏，兄弟几人？若是有兄弟还好，若是无兄弟，岂不绝了常门之后？我凤氏要你出气申冤，也顾不得你了。”此时常让烂醉如泥，一时何能得醒？凤小姐拿住剪刀，恶恨恨奔上搭板要刺常让，不知刺与不刺，且看下回分解。

第三十回

丫鬟泄漏脱灾危

话说凤小姐要刺常让，常让乃是个文曲星临凡，后来还中魁元，他原非本心宿娼，况且常公为官清正，只生一子，焉能遭此劫数？凤小姐起念时，早已惊动了神圣，暗中护佑。当下凤小姐手执剪刀，上搭板刺常让，常让在醉梦中犹如有人将他半边身子推翻下来的一般，“扑通”一声滚了下来，把个凤小姐碰了一跤，剪刀抛在地下半边。常让睁眼看时，是一个女子跌在搭板之上，有剪刀一把，吓得魂都掉了。只见那女子爬将起来，伸手便拿剪刀去，常让忙跪在楼板上磕头，说道：“小生一时酒醉，不知怎样误入深闺，乞求娘子饶了小生吧。”那凤小姐终是个女流，不曾经过，吓得魂不附体，况又没有刺死他，也战战兢兢，跪下道：“小女是含冤负屈之人，无奈在此处求君饶我，还要救我难中之人。”常让定了神，想道：“我同张、李二人饮酒之时，是在张兄姐姐家厅上，如何到这楼上？”又见衣服脱去，到底是官家公子，有些才学，便站起来道：“我问你，那张世宏是什么人？我同他好好在厅上饮酒，如何就把我灌醉？我怎样到这卧房来的？你因何拿刀刺我？你须要从直说明，若支吾，定然要禀官究治。”

凤小姐见常公子不是自愿来的，忙起身含泪说道：“请君子且坐下，待难女奉告。”常让先是吓慌了，不曾看明白，即转身在灯光之下把凤小姐一看，见他生得如花似玉，体态端庄，非是娼家之人，只得坐下。凤小姐问道："君子是被何人骗哄来的？"常让见问得有因，便把古玩店遇见的事说了一遍，小姐知道是妈儿与李四等设的计，小姐又说道："君子，你说是张三姐姐家吗？那不是的，此乃扬州有名的乐春园，园内有个老虔婆，万恶多端，那张三、李四是他院内的牵头，还有个姓莫的，叫莫上天，我是他拐来卖与院内的。"常让听了如此言，动了他的书气，说道："可恶可恶，这两个狗头好生无礼，焉敢这等放肆？与我兄长兄短的，明日定要送官处治。你既是院中女子，为何行刺于我？"小姐哭道："难女非院内之人，是被奸徒拐卖来的，冤情无限，闻得公子是本郡太守姚公令甥，只求公子对姚公一言方便，便可救出难中人出陷人坑，报这冤仇，使我父母得见他如忘恩。"常公子听了，问道："你父母姓甚名谁？今居何处？怎生被拐？可说明白，小生自然相救，拿这般狗头，替你泄恨。"小姐忍泪说道："难女系河南开封府人氏，父亲姓凤名竹，曾做过太常寺正卿。因避米府之害，欲奔襄阳投叔父凤林，半途遇盗冲散，被莫上天拐我到此，妈儿苦苦逼我，难女抵死不从，今日妈儿说是吏部大堂常老爷公子，难女假认其实，要刺君子，然后自缢，那时令母舅自然拿这妈儿人等正法，借报此仇。不意被君子识破，望乞海涵，若肯相救，恩当重报。"

公子听了，正合争春园一段事情，前月又会过凤林，便起身说道："如此说来，小姐莫非系孙佩贤弟之妇凤栖霞吗？"小姐见问，吃惊说道："君子怎认得孙佩？怎么又知难女小名？"公子惊喜道："四处找寻弟妇，杳无音信，岂知身陷于此。今日会面，真天幸也。"就将在杭州结拜，马俊大闹开封府，杀米贼之事，细细说了一遍。"如今令叔杀了王二府，那马俊同周龙、周顺往开封府去救孙贤弟，都上铁球山去。明日待小生禀过母舅，拿这贼泄恨。"小姐在难中遇着不识面的大伯，好生欢喜，又把他受苦的情由告诉一遍。公子穿了大衣，小姐穿上衫儿，二人坐到天明。公子道："小生临行之时，非是小生放肆，小姐须要假作留情的模样，若是尊了礼，恐被他们识破，走漏消息，别生变动，反为不美。”小姐道：“难女知道。”慌忙梳了头，洗了面，换了衫裙。妈儿领几个丫鬟来叩门，公子起身开门，妈儿见凤小姐面上有喜色，又梳了一个好头，穿了一件好衣服，妈儿心中甚喜，便笑道：“今夜不睡杀，何起得这早呢?”公子道：“因昨日不曾与母舅言明，出来一天一夜，恐其望我，故此要早些回去，说明了，午后再来，少不得重重带礼来相送。”丫鬟捧上面水，二人洗了面，与妈儿同下楼，来到厅上，张、李、莫三人坐下，三人齐说道：“恭喜恭喜，非是小弟们放肆骗兄到此，只为霞娘生得天姿国色，却寻不出一位风流俊俏之人。昨日见兄容貌端庄，故尔托熟，请兄进院，多有得罪。”又对凤小姐说道：“我三人为霞娘费尽心机，才得请常兄来此，霞娘要着实请请我们。”公子与小姐二人恨不得吃他肉遂得称心，只得答应道：“小生自有重谢。”丫鬟摆上早膳，公子对妈儿坐下一桌，妈儿坐在横头，张、李、莫三人另坐一桌。用完早膳，公子对妈儿说道：“小生在此，多多有扰，又承霞娘留意，因昨日无心至此，未曾带得礼物，等小生回去禀过母舅，在此多玩几天，何惜千金之费。”妈儿道：“只是得罪公子，老身还要求相公求太爷出一张告示来挂在门前，禁止光棍骚扰，感之不尽。”公子道：“这个容易，在我身上。”就起身对凤小姐说道：“小生少陪，一刻就来。”小姐无奈，只得起身，老着面皮说道：“有慢相公，求速些来此，免得妾身悬望。”公子点头，又与张三等作别，说道：“小生暂别，午后即来。”便带书童走出，小姐相送出来，不好叮咛，心如箭刺，不觉泪下。公子看见，知是小姐不便嘱咐，故此流下泪来，便对小姐说道：“你今不必如此，小生决不失信，即刻就来。”小姐点点头，到了二门口，便住了脚。张、李、莫三人同妈儿送出大门，齐说：“有慢，望公子屈驾早临。”公子拱手道：“暂别。”径自去了。

妈儿道：“霞娘接了客，又会留情。”叫道：“我儿，一夜劳碌，且到楼上歇息去。”小姐也不答应，上楼去了。张三、李四坐在椅上，欢喜道：

“罢了罢了，这几天把双鞋子跑坏了，快些拿酒来，我们吃个太平宴儿吧。”莫上天道：“酒是小事，叫妈妈快些取银子兑吧。”张三道：“吃了酒再讲，多少日子都拖了，何在乎吃酒的时候？”妈儿道：“张相公说得是，当初老身说的话，难道少兑一厘半毫？”李四道：“妈妈说得大方，自然兑的，不用你催。妈儿，叫你丫头到厨房备了酒席。”不一时，摆在厅上，四人坐下饮酒。妈儿道：“昨日蒙三位相公替老身做了这桩事情，今日霞娘送常相公出去，看他那样留情，公子必要来的。非是老身不肯就兑，因我身上还缺百金，公子来必有二百金带来，那时一齐凑数交代。”张三道：“妈妈，你莫把常相公当口好食，况且他是公子，又是本府太爷的外甥，他在客边，哪有多少银子到此使用？当初只要他来破了霞娘身子，另外好替你寻个好友，哄他几日，打发他动身。”李四道：“他就是官府的公子，哄他到此场上，也不怕他不出钱。”他四人吃着说着，好不兴头。只见旁边一个斟酒的丫鬟叫作喜儿，只有十三四岁，他便皱眉头插上一嘴道：“大家且莫要这等欢喜，只怕下午就有祸来。”张三睁着眼大喝道：“你这个少打该死的，有何祸事来寻着我们？”喜儿回道：“张相公你且不要骂我，片刻时辰就应了，这个八百两还是不成，只怕还要问罪呢。”李四见他说话蹊跷，便叫他：“喜儿，张相公吃了酒了，不要理他，你有话且告诉我，我把钱与你买花戴。”那喜儿道：“我昨夜在霞娘楼上宿的。”就把公子与小姐之话说了一遍，只吓得他四人魂飞魄散，缩头呆脑，那班粉头妈子，吓得龟尿直流，大家望着翻眼。妈儿道：“罢了，罢了，老身活活的死在他三人身上了，怎的好？怎的好？”李四道：“事已如此，却是难处的祸事。”又想道：“我有一计，好歹和他撞个金钟儿。”便向妈儿耳边说道：“你去如此如此，这般这般，倘若哄得动身，还有一样儿作为，又脱了这难。”妈儿道：“倘若不依，怎样好？”李四道：“不依吗，瞒他卷起锣鼓，另寻别处去。”妈儿吩咐粉头收拾行李等件，又叫丫头们到房内收拾物件，他便起身往后楼去。不知后事如何，且看下回分解。

第三十一回

居二姑冶容惹祸

话说那妈儿听了李四的计策，便装了一个苦凄凄的样子，悲切切的声音，走上楼来。凤小姐平日见他如眼中钉，今日见他，便起身来道："妈妈请坐。"妈儿却不坐，站立半边，假意儿把眼睛抹了一抹，便说道："如今老身不敢坐了，要分上下贵贱，但此事非是老身逼勒，实是莫上天负了心，拐骗姑娘到此，老身一时昏迷，不曾问得可有了婆家。昨日请常相公进院就是他三人的晦气星进宫了，请来常公子，是姑娘大伯，如今常相公禀了本府姚太爷，差了四名公差，一张朱票，把我与张、李、莫四人连院内粉头都进府去了，他每人夹了一夹棍，打四十大板收监，幸亏常相公发了个慈悲，讨饶放了我，若不是常相公讨情，我还要夹打呢。姚太爷批得明白：'着令官媒出银催船服侍小姐回去，将功赎罪。'"小姐听得此言，欢喜道："莫上天这强盗把我凤小姐当做什么人？当初他逼我，谁知他也有今日。怎么常相公还不见来?"妈儿道："常相公先去雇船，在码头等我们送姑娘去。姑娘可快些收拾，轿子即刻就到。"凤小姐虽然伶俐，一时难辨真假。李四的诡计原要哄凤小姐离窝，果然凤小姐当是真的，他就收拾动身。那妈儿忙下楼来，到了厅上，说道："事成了。"便取些银子交与张、李二人先去催船，莫上天约他父亲，妈儿叫乘小轿，同小姐一起上轿，直奔上船。莫上天人等另在一船，复回开封府去了。也是凤小姐灾难未满，又被骗去。

那院内人等各自逃生去了，丢下一个空院不提。

再说本府姚太爷清晨同文武官员迎接上司，姚夫人见常让一夜不回，就着家丁四处去寻。常让书童走到府前，家丁在辕门上望见公子来了，便欢喜道：“相公往哪里去这一日一夜？老夫人好不心焦。”常让道：“有事去的，老爷如何不坐早堂？”家人道：“老爷接上司去了。”常让见说老爷不在衙内，心中着慌，急急地进了内宅。夫人见常让道：“贤甥，你这一夜哪里去的？你临行之时你舅舅还吩咐你的，如何就去一天一夜了？”常让就把遇见光棍张三、李四哄诱进院去，灌醉了抬上楼去，险些被人刺死。及至问起缘由，乃开封府凤文山之女，被莫上天拐来卖在院内。又把孙佩的一节，详详细细说与舅母知道。“外甥回来，求舅舅出个朱票，速拿这班光棍和妈妈治罪，救出凤小姐来，偏生母舅又不在家内，却如何是好？”夫人道：“凤文山是舅舅的同年，若早知道，早救出来了。如今你舅舅又不在家，谁敢擅用朱笔？”常让道：“为今之计，叫家丁快去，就将此事禀明舅舅知道，出了朱票速拿光棍吧。”夫人又唤过老管家，去将这件事禀知老爷，速标朱票来拿光棍。家人道：“这个却使不得，老爷去接上司，恐怕不便，依小人愚见，相公依然带书童还到院内，多着几名家丁皂快，把守了前后门，相公在内拿银子哄骗着他们，等老爷回来，那时擒住奸徒，救出小姐来可好？”夫人道：“倒是他说的不差。”不一时，吃午饭，叫书童拿了拜匣银子，常相公来到院门首一看，只见冷清清，并无一人。常公子心内疑惑，忙走进去，一直到后楼，全无一个人影。喊叫：“哪里有人？”公子心中明白，想是逃走了。急转身出来，只见皂快人等已到。不知他们怎得知道，逃走了。便叫家丁问四邻，四邻说道：“他们是午前走的，不知往哪里去了。”公子急得没法，命家丁各门去追赶，只得与书童回衙向夫人说知：“院内妈儿人等知了风声，又将小姐拐往别处去了。”至晚家丁回来禀道：“四处追寻不见。”常公子闷坐书房。次日姚太爷方才回衙。常让见母舅，就将此事禀告一遍。姚太爷一面即差捕役访拿，常公子一面辞了母舅，要回家去了。姚太爷相留不住，厚礼送行，又着家人送公子回去，代请姑太太金安。常让拜别起身，出城登舟，一路访问消息。数日到了杭城，叫夫子挑上行李，到家拜见母亲。姚府家人亦来叩见夫人。请安已毕，夫人问道："你家老爷夫人安好？"家人道："托伏姑太太福庇。"住了几日，遂赏姚府家人几两银子，打发他回去不提。再说常夫人叫公子带书童进京探看父亲，常公子随即辞别母亲进京，一路心内想着寻访凤小姐下落。

如今再说开封府城内有一个客店，店家姓武名志，他父名叫武乾振。因马俊寓在他店杀了知县米斌仪，他又下乡收了几天账目，冒了风寒，回家病了五六日，就呜呼哀哉。其妻毛氏每日哭泣，其子武志择了块坟山，看了好日子，埋葬已毕。但说这武志年已二十八岁，生得黑胖，一嘴短须，逐日在四处闲玩，不务生理，游手放闲，赌场上混账，早出晚归，不管家中母亲有柴无米，只管自己终朝一醉，且又生事闯祸，真是亡命之徒。其母也管他不下。那一日合当有事，毛氏见儿子不在家，开了后门望望这街景，却是闲街，旁有一家姓居的老者，名叫奉玉，年已六旬，只养了两个女儿，乳名叫做大姑二姑。大姑已出嫁，在城外金家巷金辉庵为妻，二姑尚未出嫁。那居奉玉在府里当个刑房书吏，日间往衙门内去办事去了，只有二姑在家，因饭后无事，开了后门也出来望望，遂看见毛氏，便问道："武妈妈，你老人家也到外面玩玩。"毛氏见居二姑叫他，他也叫道："二姑娘每日在家做针指料理家务忙得紧，也该出来散散心。"二姑道："我这几天身子不爽快，也没有做针指。武婶婶，你无事何不到我家来玩玩？只可怜武叔叔多在几年也好。"二人正说之间，又只见后面有十数个骑马的匆匆走来，头一匹马坐着一位官家子弟，头戴锦巾，身穿松花绣锦战袍，大红镶边内衬紫袄，粉底缎靴，面如冠玉，左手扯着丝绳，右手执着珊瑚鞭子。猛见居二姑生得一貌如花，便把坐下花马一勒，把眼一梭，却不好交言。那居二姑见官人貌如美玉，马骏如龙，甚是可爱，不觉失声一笑。那两下也无可通情，一个也只得加鞭，径自去了。直等那些马过完了倒是毛氏说道：“二姑娘妇道之家，看见生人切不可轻笑。如今人好的少坏的多，方才那骑花马的人是南门外李员外的儿子，叫作花马三官，又是举人；若是那不三不四的人，还要惹出祸来呢。”这句话说得二姑娘满面通红，不好意思，只得转身关门进去了。毛氏见居二姑娘进去了，他也即关门到里面料理煮饭。

直至黄昏时候，武志吃得半醉，身背着两串钱进来，叫道：“老娘哪里？我来家了。”把钱在桌一丢了，就坐下。毛氏道：“儿呀，你这一天往哪里去的？这时候才回来？”武志道：“孩儿被几个好友扯了去赌钱，”又在腰内取出一包银子，打开来看，约有七八两，便说道：“老娘呀，这银子是今日赢来的，你替我收好了。”那毛氏见儿子有了几两银子，便说：“儿呀，你如今快三十岁了的人，也该放老成些了，积几两银子，要房媳妇。你娘也老了，早晚间服侍，也不枉我养你一场。”武志道：“孩儿在外面打听哩。”毛氏快嘴道：“这孩儿呀，向日还亏你没有要居二姑娘，我今日亲眼看见来，有些不正气。”便把今日见骑马官人一笑，细细捣熟一番。那武志不听犹可，听了大怒道：“我前日叫了几位好朋友向老儿说这亲事，只是不允，一定是这个贱人阻拦，今日他倒看上了李家小畜生，这个可恶可恨。”当晚气得连晚饭也吃不下，说道：“我要睡了，明日要起早呢。”毛氏听说，收拾完了，自己归房去睡了。武志进房坐在凳上，想道：“世上有这样不值钱不识羞的贱人吗？他父母只怕肯与我，我想他定要嫌我丑陋，他倒看上李举儿。我如今怎肯甘心？当初我在他家玩耍，也曾将言调戏他，他一些也不理，如今怎样有个方法算计他才好。”又想了一会，道：“有了有了，我如今装作李举姓名，越墙过去，看他怎样。”不知后事如何，且听下回分解。

第三十二回

武大汉妒奸行凶

话说武志起了一点邪心，要越墙过去强奸居二姑娘。忽又想道：不妙不妙，他若依从便好，若不依从，喊叫起来，怎么处？忽然又想道：有了有了，去年那玉蛱蝶马俊杀了人，有口宝剑寄在我家，如今现在那里，我不免带着此剑爬过墙去，闯进他房内，他若肯便罢，他若喊叫，就把剑吓他，不怕他不从。主意定了，便取马俊的剑带在腰间，走到后院墙边，将一个酱缸架子搭脚，上得墙头一看，月色朦胧，四方寂静，只是无处下脚去。低头往下一看，只见那边房檐下有张短梯，武志即从梯上爬下。原来这居家住的是三进房子，第一进是厅，二进是居老儿住的，三进西首乃厨房，东首是二姑娘卧房的。后有小院一间，即是丫头妇女睡处。这武志平日熟识，那时站在天井内，一会，谯楼已是二更了。掣剑在手，轻轻地弄开了窗儿爬进去，又摸床前，低低的捏了腔儿，叫声："二姑娘，我是南门外李员外之子花马李二官是也，只为日间蒙情顾盼一笑之美情，故小生不敢负意，所以黉夜而来，特求一叙。"

此时居二姑尚未睡着，影影听见有人说话道"日间马上的李郎"，这一惊不小，忙睁眼坐起，心头如小鹿乱撞，忽见窗外月影光中有一个人，正欲扯衣遮身出外喊叫，却被武志掀开帐门，举起宝剑一晃，剑光射目，吓得二姑娘魂飞魄散，作声不得。武志喝道："日间是你对我笑的，非是我来寻你。你喊叫，我便一剑挥为两段，你若是好好的依从了我，明日央媒说合，择日行礼娶你过门，做个帘下夫人，掌管百万家财，倘得祖宗保佑，高中鼎甲，那时你是一位诰命夫人了。”二姑是个弱女儿，见他手内有剑，就吓软了，又听见他说有百万家私，便含羞说道：“我日间不过戏笑，实非有意；况且你是正人君子，岂有夤夜到此之理？须当禀知父母，通其媒妁成婚才是。”武志听了此言有些允意，便把剑放在一边，脱衣说道：“小生为姐姐费尽心机，担惊受怕方才到得此处，岂可空回？万望姐姐允从，日后决不负心。”二姑一来见他马上风流可爱，即有俯就之心，只得将脸面遮起，随他轻薄一番，心内惊惊喜喜，又谁知错认了冤家？武志也不去掀他的被，恐怕认出真假，故连话也不敢说，将计就计，半推半就，始终不曾败露。武志恐怕天明看出破绽来，他起身穿衣，说道：“小生恐怕天明有人知觉，令尊知道不便，我去也。”即提宝剑，依旧从窗内跳出，带好了窗子，依然把后梯子爬上墙头照前跳下，回向自己家里睡了。

居二姑娘次早起来，洗净了床上的红斑，只得忍在心头，也不敢告诉父母。等了一天，也并不见李家有人来说亲，心内猜疑，莫不是他父娘不肯？到晚来睡了，胡思乱想。到了初更人静，武志依旧又跳过墙来，仍从窗内进房，到床前揭帐子，二姑已知是那人来了，便将面向里道：“你昨日说今日着人来说亲，怎么不来？”武志道：“小生父亲恰出外去了，一到家时就来的。我恐你忧心，故来回复。”此夜竟放大了胆，直到更尽时，过墙去了。自此两三日来一次，二姑自得了甜头，尝着滋味，心中倒有些恋恋之意。

将及半月有余，那日武志借了亲戚人家几两银子，往封丘做买卖去了，竟隔了有二十多天。那一日居老儿六十大寿，多少亲戚并同衙门人都来拜寿，那大姑同了大女婿金辉也来上寿。热闹了一天，晚上是戏酒待客，到得戏完客散了，只有大女婿在城外住，路远不能回去，又多吃了几杯酒，醉得昏沉不知南北，信步寻床要睡，哪晓得一撞撞进二姑房内，连衣就倒在床上，呼声如雷，竟自睡了。那居老儿忙碌了一日，身子困倦，也进他自己房里睡了。二姑照管收拾，偶来房内取东西，听得床上打呼，吃了一惊，近前看时，却是姐夫，怎么睡在我床上呀？连忙拿东西出来，即告诉大姑，大姑道："想是他醉了，等我去叫他起来，到前头爹爹房里去睡。"恰遇着一个老妇人多嘴，道："大姑娘，你不要惊动姑爷，让他睡去吧，我和二姑娘在房中睡吧。"大姑道："怎好叫妹妹同你睡呀？"老妇人道："这何妨呢？"又笑道："二姑又没相公，你姑娘就同姑爷一处睡也不妨事。"大姑笑了一笑，说："也罢，妹妹权与老婆婆睡一夜，也省得又去费事。"如此收拾完了，二姑到自己房中取了被褥，同老妇人厢房内歇宿去了。大姑娘则和姑爷一起歇宿。

再表武志从封丘回来，就是这一日，毛氏在家心疼病发，睡了。武志自己收拾了货物，做酒饭来吃了，就想起居二姑来。与他离了好些日子，未曾和他玩玩了，又想道："我只冒李举名字，终无了局，今日还把这剑带去，告以真言，我的真名，原本冒名而来，一向已经到手，也不怕你强了，今日好好依我，贴我几两银子，我便央媒娶你，成其长久夫妻。他若不从，他若叫喊，我便杀了他，省得后来事露。"算计将定，便带了剑，越墙一径来到二姑房门窗前，见灯尚未灭，不敢进去，忽听房中有人说话，遂停了脚步，向窗棂缝中细细望去，见床上帐子已放下，侧着耳朵去听，好像一男一女，声息蒙蒙。武志在窗外听见了二人言语，分明是二姑又勾搭上了别人。一时气上心来，想道："你二人如此亲热，如何还有我在心上？"遂大怒道："小贱人，从未曾同我有句知心话儿。恨小非君子，无毒不丈夫。不如把这小贱人和这狗头杀了，才出这口气，免得日后记挂在心。"起了一个凶念，便大踏步推进房门，又有残灯未灭，抢到床前掀起帐子，只见二人精光光的，闭着眼睛沉沉睡了，见了人来也不知。也是他二人今当命绝，武志掣剑在手，举起来，一剑一个。此乃马俊的宝剑，杀人全不费力，砍了两个头来。武志先提起女头来一看，却望见暗暗的不甚明白，那男人亦不认得，武志收剑道：“杀得爽快，爽快，才出俺胸中之气。恐人知觉，不如走了吧。”猛想起前日被卖饼的七麻子兄弟两个为赌钱打了一顿，此恨至今未消。想打又打不过，告他，他又衙门人熟，如今不免把这两个好东西送他，叫他吃个无头人命的官司，与他些苦吃也不为过。主意已定，把两个人头提起来结在一处，拿件衣裳包了，提在手中，一并把灯吹灭了，亏得路熟，摸出房门，往后院中爬梯上墙。那剑上皮条括断坏了，“拍通”一声掉在地下，却惊醒了老妈咳嗽起来。武志想道：“罢，不要这把宝剑吧，且先干正事要紧。”下了墙，到自己家里，重开了门出去，幸喜不远，走到七麻子门首，却无处放，一想，放了他饼锅堂里吧。遂往里一掷，即便悄悄回家，关门睡了，神不知，鬼不觉。单想道：“这奸夫不知是谁？只可惜一口剑不曾拾起来，倘马俊来问我要，如何回他？也罢，不怕他，他若好说，买口宝剑还他；若是狠要，我便出首他杀官劫狱的大罪，不怕他狠上天去。”未知第二日居家起来如何，且看下回分解。

第三十三回

狠上狠杀头灭口

话说开封府北门外有一人家，姓赵名永正，生了一子名赵大，娶媳何氏，时常口角，赵永正乃忠厚之人，怕事，便分居了。赵大时常送些柴米供养。这日赵大因进城挑灰粪，遂起早挑了箩担扒子，到城门口等开城门，进了城，要晓挑灰，却有祸事。单单郎七家离城门不远，赵大走到城门口，那郎七家饼锅砌在门里，灶门却在外面，每日赵大扒惯了，那一日扒竟扒不动，扒子捣着锅底，惊动了郎七骂将起来道："你把我的锅打破了，还赔不起呢，你这小碎乌龟，清早就来，想什么东西呀？"赵大说："往日这灰好打，今日有什么塞住了，我老人家难扒。"郎七听见，即便起来，开了门要打他，这里赵大将扒子用力一下，不知什么东西往外一滚，赵大一看，吓得乱叫道："不好了，杀了两个人头。"郎七来看，也吓了一跳，再低头看见头发结连一处，灰迷了，看不出男女。赵大是乡里人，吓得呆了，郎七是个光棍，便心生一计，叫将人头还放在锅堂内，即将赵大拉进店来，道："赵大哥，我兄弟与你相交不薄，况这两个人头不知什么人拿来移害我的，如今只要赵大哥包涵，我自重重谢你。"赵大此时吓得无主意了，说道："我屡次承你厚情的，但是如今人命关天，叫我如何处治？"郎七道："赵大哥，你心里不过要我谢你多些，我如今谢你二两银子如何？你只与我把这人头带出去掩埋了就是。"赵大听说，欢喜道："也罢，你再每日请我吃十个饼吧。”郎七依允。赵大说：“虽如此，只是这两个人头怎出得城去?”郎七道：“这个不难，将头发放开，一头粪箕内放一个，用灰盖好了，即挑出城去，挖个坑埋了，回来还请你吃酒呢。”赵大说：“此计甚妙，但我一人还好，须要你同我去，还带把锄头好挖坑的。”郎七道：“也好。”即取出二两银子，付与赵大接了，收在兜内。郎七将人头放在箕子内，盖上灰，又洒些水，恐怕风吹开。郎七拿了锄头，赵大担子挑了，二人一径出了城。

到了义坟地上，歇下担子，说道：“埋在哪里好?”只见旁边有一个现成的坑，赵大道：“省得挖，就埋在这里吧。”郎七道：“也罢，只是浅些，不要被人看见，还要挖两下。”于是郎七挖了两下，赵大扒土。那郎七猛然想道：“我郎七兄弟两个在开封府从无人敢欺负，这如今现有个刀把在赵大手里，每日要吃我十个饼，倘有一言半语，终为后患。我如今不免除去了他，免了后患。”主意已定，凶心顿起，趁赵大低头扒土，便提锄来照头一下，脑浆迸出，头顶已两半，倒在坑中，两脚一叉，呜呼一命。郎七此时跳下坑，把他身上这二两银子摸出来，将家伙一齐丢在坑内，两个头及尸都用土盖好了，此时神不知鬼不觉，独自一人回进城来不提。

且说居老儿清早起来，开了门，又到后边天井来，见地下有几点血，便惊道：“呀!”又见梯子下有把剑，居老儿忙叫二姑：“快起来，想是昨日不曾照得门户，躲进贼来了。”见房内不答应，越发慌了，连叫几声，只听得厨房后答应出来，居老儿着急：“你何不在房里睡，却在厨下?”二姑道：“我姐夫姐姐睡的。”居老儿又到房前叫了大姑，不见作声，居老儿拾起剑来，拔出看见有血淋淋的，人又不答应，忙推房门，房门未曾关。一发慌了，来到床上一看，只见赤条条雪白两人挺在床前，就像没头水鸡一般，满床鲜血，把居老儿吓得半晌不出声，好一会方喊道：“不好了，杀死了人。”居二姑与老妇人忙来进房一看，好不害怕。老妈妈听见，跌跌跄跄跑进房来一看，大哭起来。一家哭个不止，唯有二姑哭着想道："怎的好好他二人睡在我房中，就被人杀了？连头也不见？好不蹊跷，"顿想道："难道昨日李举来的？看姐姐姐夫睡在一处，他认我与别人睡了，所以杀了？不料此人这般凶恶，起初时来吓我，手中就拿着这剑，这必是他无疑了，只怕要连累我呢。"想到此间，越发伤心起来了。

且表那居老儿急忙写了贼子杀人命状子，又知会了坊中与四邻，又着人到金家送信。那祥符县新官未到，还是雷太爷代理。正坐早堂，见投呈有盗杀人命，太爷一看，大惊道："前有马俊黑夜杀了米斌仪尚未结案，今日又是黑夜杀人，首级又不见，真是无头事情。"又看看金家告居家谋杀子媳人命状子，太爷只得传唤仵作行人，打轿来到居家相验。仵作验明二人睡在一处，身上并无伤痕，实系杀伤无头。居老儿又将那剑呈上，禀道："恩主太老爷，不知何人杀死小的女儿女婿，将头偷去，却把这凶器丢下来，求太爷做主。"那金老儿跪下禀道："太老爷，不可听他一面之词，这居奉玉久已嫌小的儿子丑陋，故此杀死，绝了我的后代，求太老爷取究抵命正法。"太爷道："不必多言。"便起身来看验尸首行踪，又内外细看了一会，前后门又不曾开，这禁城内杀死两个人，头又不见，这是件难明之事。只得叫衙役押带居、金二人并四邻坊甲人等回衙听审，将尸骨俱买棺木装了，一众书役人等跟随太爷回衙进内。

这位太爷即是个清正官府，吃了早膳即便登堂，书役两旁伺候，将人犯跪在仪门。太爷点名，先叫金进章上来，问道："你家儿子要这居氏还是他亲生的女儿，还是螟蛉的？几岁上娶到你家来的？到你家几年了？"金进章道："小的年六十五岁，只生一子，媳妇是居家生的，周岁结亲，十六岁娶来的，已经是五年了。"太爷道："今可曾生下男女？"金老儿道："生了几胎都不存在。昨日因是居奉玉生日，办了礼物打发儿媳两个去拜寿，不知因何把我儿子杀死，绝了我后代，求太老爷做主，追出头来正法。"太爷说："暂且下去。"叫居奉玉上来，问道："你既作刑房掌案，岂不知人命事情？可从实讲来。"居老儿道："小的知道，这金辉庵自幼结亲，多年相好，以及嫁娶过门，夫妻恩爱。昨日因小人生日，他来拜寿，与亲友们饮酒吃醉了，不能回家，所以就与他两口儿睡了。到了今日早上看时，不知被那个贼强盗连我女儿一齐杀了，连头都不知去向，求太爷高台明镜，拿了凶人，伸理小人的冤枉。"太爷听了道："你已出嫁之女，因何留他二人一处同宿呢?"居老儿禀道："太老爷，小人年已六十，只生二女，并无子侄，大女出嫁金家，二女未许人家，所以将女婿女儿如儿一样，不遂忌讳，皆因爱女之故。"雷公爷想道："他两下的话全无更变"，又问道："你二女儿多大了?"居老儿道："十八岁了。"雷太爷道："你前后门不开，单单到你二女儿房中杀了外人，其中必有缘故，且将你次女拘来一看，本府便知。"即掣笺朱笔批道："速拿居奉玉次女二姑当堂回话。"原差领命飞将居二姑拿到府前，未知雷太爷如何审问，且听下回分解。

第三十四回

误中误认假为真

话说雷太爷差皂快去拿居二姑，去不多时已拿到，当堂跪下，禀明：“居奉玉次女拿到。”太老爷道：“带上来。”只听一声吆喝，居二姑吓得魂胆皆酥，低头跪下。太爷道：“你是居奉玉亲生次女吗?”二姑答道：“正是。”太爷道：“你抬起头来。”二姑吓得满面通红，浑身是汗，太爷一看，道：“你且起来走几步与本府看看。”二姑无奈，只起来低了头走了几步，复又跪下。那雷太爷把二姑面容行动一看，笑道：“你的小名叫作二姑吗?”二姑说道：“正是。”雷公低低说道：“唤你非为别事，只为凶手要你交出，你可从实招来。”即把惊堂一拍，说道：“你免受刑法。”居姑娘吓得魂飞天外，魄散九霄，半日自言说道：“爷爷呀，小女子身居闺中，怎知杀人凶手？求青天太老爷开恩。”雷太爷道：“非是本府冤枉你，我看你神疏步懒，眉散乳高，非是真处女。近日与谁有好，从实招来。”叫左右：“看拶子伺候。”二姑一听，吓得哑口无言，羞得满脸通红，心中道：“这官是个神仙”，无奈哭道：“爷爷呀，冤枉难招。”太爷道：“我看你小小年纪，还要强口，与我拶起来。”只见两旁皂役如狼似虎，便将二姑套上拶子，一绳收足，拶得二姑死去还魂。那时居老儿看见二姑自幼娇生惯养，割肉心疼，此时受了极刑，便求太爷饶了他吧，太爷怒道：“与我打下去。”又问二姑道：“你招也不招?”那时二姑疼得十指连心，哭个不止。

太爷道："你好好招出奸夫，我便饶你；如有半字支吾，就与我拶死他。"那时二姑疼痛难忍，一想便道："天杀的，你害得我好苦呀。"便叫道："小女子愿招。"太爷一声吩咐："松了拶，你快把始末奸情一一招上来。"二姑那时无奈，只得含羞忍耻招道："自从前月小女子偶在门前闲望，一个骑马郎君少年可爱，见他马上偶然绊了一下，小女子便失声一笑，不想那晚三更时分，就是骑马的人从窗外跳进，手提利剑道：'小女子日间对我一笑，是约我来的。'小女子正欲叫喊，他便举剑要杀，那时我是个弱女，对不过他男子，被他逼吓无奈，被他奸了。"太爷道："他叫甚名字？"二姑道："他说是南门外李员外之子，名叫花马李三官李举。"太爷道："他来过几次了？"二姑道："五次了。"雷太爷一想，心中顿然明白，必定李举昨日又来，见他大女夫妻少年酒后睡在一床，只道疑他另有奸夫，因妒忌，行凶杀了，将头带去，又移害别人无疑矣。且将李举拿来自有分晓。即掣坐票道："速拿李举当堂回话。"仍差经手原差火速飞奔南门外去。太爷又问二姑道："李举到你家来是什么时来的？"二姑道："俱是夜深黑地里来的。"又问："什么时去呢？"二姑道："五更便去。"太爷又叫居奉玉问道："你既为个书吏，竟不知女大随娘吗？"居老儿道："只小的家无人照应，所以疏于防范，哪晓得天上掉下这狗养的来杀了人去。"两边看的人无不发笑。

且说皂快领了朱签，同坊甲来到李家门首，叫伙计："你们在外面，我自进去。"到了大厅上，问道："你家员外在家吗？"家人道："在家，你请少坐，我去叫他出来。"不一时，员外出来，差人说明缘故，太爷在堂上等着呢，员外忙送了银子几两，差人不要，说："就是千两黄金，也不敢要你的。"遂扯了李举就走，门外早进来几个差役，一同要上锁，员外道："不消，大官人是个要脸面的人，大家容情些。到府门口再上刑具吧。"众人飞速来至府前，后面李员外着慌，叫家人到各亲家送信，自己带了些银子与家人，一起到府前大头门，上了铁绳，自先上堂缴了朱签，禀道：“回太爷，李举带到。”太爷吩咐：“带上来。”那李举当堂跪下：“小人李举，叩见太老爷。”那雷公坐在上面望下一看，那李举儒巾华服，文采风流，眉清目秀，相貌端庄，想此子不过二十多岁，如此仪容，不像个杀人的凶徒，必定另有别情。因问道：“你可知罪吗？”李举道：“小人奉公守法，不知所得何罪？”太爷道：“你每日黑夜伏剑强奸人家幼女，昨日又去奸，杀死他大女儿女婿，现有凶器，你还不知罪吗？”李举一听此言，如半空中一个霹雳，吓得魂飞魄散，连叫：“冤枉，冤枉，小人早晚身随父母，闭户攻书，何曾有强奸妇人之事，伏剑行凶之理？此言从何说起？”太爷道：“你也不须强辩，我与你一个对证就是。”吩咐：“居二姑带上来对证。”太爷道：“李举也径拿到，你须认明，不许冤害良人。”居二姑走到李举跟前，叫道：“李举呀李举，你这样丧心的强盗，害得我好苦呀。”李举抬头喝道：“你这无耻的女子，好没来由，我何曾认得你？有什么冤仇凭空扳害我来？”那二姑把李举便细细一看，吓得往后一退，暗想道：“好奇怪，那李举却有须，身长肥胖，面貌声音大不相同，何曾有这般眉清目秀？便是死也甘心。我此时却又受刑不起，若不是他，一定又要受刑追究。我也顾不得丧心，非是害你，我实无法了。”便跪下道：“太老爷，正是他。”一口咬定不放。那雷太爷坐在上面，看见二姑将他一看，就眉头一皱，沉吟半晌方才说“是他”其中必有隐情。问道：“是他不是他，不可冒认了。”那二姑此时不能改口，急了便道：“李举李举，你不要赖了。”李举道：“你这女子，我和你前世无冤，今世无仇，并认不得你姓甚名谁，住居何处，不知被哪一个天杀的贼子奸了去，却来衔血喷人，坑陷良民。”那二姑只作不听，低着头，伏在地下。太爷道：“好个不知姓名，住嘴，他就是居奉玉次女，住在北门后街。”李举道：“一发不是，他住北门，小人在南门外，怎能黑夜来往？况且小人家资颇可，就有意爱他，难道不令央媒说合？还怕居家不允？小人时刻相随父母，从不相离，怎言黑夜出门，持剑强奸人家女子，行凶杀人？岂是这柔弱书生做得来的事？伏乞太老爷公侯万代笔下超生。”太爷又问二姑道：“果然是他不是他?”二姑道：“是他。”李举道：“你连人都认不清白，何人冒名来奸骗你，难道面貌声音都不分别？你一个少年女子，怎无良心天理，冤害我。”言罢，泪如雨下。二姑此时明知不是他，死也不肯认错，一口咬定正是。雷公爷见据李举说来毫无干涉，倒不忍加刑，奈二姑不肯改口，太爷吩咐：“且把二人带去下监，明日再加严讯。其余人犯暂且回家。”掩门退堂，且慢表。

再提那武志听了拿住李举羊代牛灾，便满心欢喜，只恨郎七这狗头不知美到哪里去了，这样干净。且说居妈妈见把二姑拿去拶打收监好不痛哭伤心，金老儿夫妻见儿子媳妇俱被人杀死，更觉伤心，痛哭得捶胸跌脚，按下不言。

再表铁球山郝鸾等众英雄，终日操兵演武，饮酒取乐。那一日正在聚议厅上，忽有喽啰来报道：“有个买卖正要来禀大王，遇着胡头目私自要分，山下头目不肯，被胡头目杀了，小人们不敢隐瞒，特报大王发落。”焦豹道：“先把赃物取来，胡罗绑去砍了。”不一时喽啰献上赃物，打开查点，忽见衣服内抖出一物掉下地来，“当”的一响，众人不知什么东西，且听下回分解。

第三十五回

三进开封索宝剑

话说那衣内之物掉在地下响了一声，鲍刚取起看来是一副八宝金镯。孙佩看见道："鲍兄与我看看。"鲍刚递与孙佩，孙佩看时，不觉泪下。众人问道："贤弟因何见镯伤心起来。"孙佩回道："此镯是凤小姐之物，今日见了，岂不伤心。"凤公也走来，看见了此镯，便哭起了道："此镯是我女儿常戴之物，今日有了此镯，不见我女儿，料是死矣。"凤夫人哭个不止。自古见镯思人，众人嗟叹，只得苦苦劝住，来日请僧追荐不言。一日，探子报道："不日有官兵来捕捉。"郝鸾道："纵有官兵我们也不怕他，奈无空地操演。"遂与众人下山，找寻地基，操演武艺。郝鸾见山树交加，虽有空地，不过十亩之地，郝鸾叫众喽兵伐树。有些喽兵半日伐得一棵，郝鸾焦躁，骂道："这些无用的狗头，半日才伐得一棵。"在腰间取出剑来，只见那剑光华曜日，认树砍了一剑，响了一声见树倒了，连伐数棵。众人见了，无不称好，道："真乃宝剑也。"周龙道："借与我一看。"郝鸾便将剑递与他。周龙同众人看了，又借鲍刚的剑看了一回，众人道："不识此剑是何名？求兄指示。"那郝鸾便将升仙桥遇过司马傲赠剑的话说了一遍："愚兄这口宝剑名为龙泉剑，鲍兄这剑名为攒鹿剑。"回头向马俊道："贤弟那口剑名为诛虎剑。如何不佩戴在腰间？"那马俊见郝鸾问他，便道："不瞒仁兄说，只因到开封府去杀了米斌仪、孙知县、鲍成仁，自己不便佩剑，所以寄在武志饭店内，尚未取来，小弟过几日就去拿来。”郝鸾听了此言，把脸一沉道：“好不小心，我当初赠剑之时何等吩咐你的？就把剑失落了？你哪里认得好歹？也是有勇无谋的匹夫。”说得马俊心头火起，却不敢回言，便道：“仁兄不必性急，俺就到开封取来。”郝鸾也不答应，马俊自上山去取了行李，不辞众人悄悄带了行李下山去了。郝鸾等至天晚方才回寨，孙佩道：“仁兄言语太重了，但马兄不好与兄争论，其心不悦。”郝鸾道：“我是一时得罪马兄，着人请他出来，我赔他个礼吧。”喽啰道：“马爷携了行李，下山去了多时了。”郝鸾大惊道：“马贤弟好生性急，我一时冲撞了他，他竟到开封去了，恐有不测，怎样呢？敢烦兄弟们到开封去走走，免其后虑。”众人齐道：“仁兄说得有理，小弟愿往。”只留焦豹、陈雷守寨，余者尽去。

且说马俊晓行夜宿。那一日，到了个镇市，叫作临轩镇。此时有一更天气，无处觅店，只见一个院落，院开着。想道：“今夜就在此处宿了吧。”便走进门来，屋内还有灯光，马俊放下行李道：“有人吗？”只见里面走出一个老者，问道：“是什么人？”马俊道：“是过路的，赶不上宿店，借尊府暂宿一宵，明日自当重谢。”老者看了马俊几眼，道：“非我薄情，怎奈官府告示知照各家，凡有面生之人，不许容留；倘有不测罪罚不恕。请爷可往别处宿吧。”马俊道：“好没分晓，俺又不是贼盗，说什么面生可疑？俺偏要在你家宿。”老者见他发急，连忙说道：“爷也不是那样人，只是舍下没好饭款待，恐其得罪。”马俊道：“说哪里话来？随便晚饭足矣。”老者没奈何，只得到后边对一个少年媳妇说了，捧出一钵大米饭来，两碟小菜，放在桌上。马俊吃了饭，后面又送出些小菜，拿了一壶酒，摆在桌上，对马俊道：“荒村地面，无物可敬，望乞宽恕。”马俊道：“我心甚不过意，又费老翁之心。”老者道：“真非待客之礼。”当时二人坐下饮酒。老者道：“请问客长尊姓大名？作何贵干？往哪方去的？”马俊道：“俺姓马，要到开封取一件东西。不知老翁尊姓？”那老者道：“老汉姓莫，祖居此间。”马俊道：“原来是莫老丈，此地离开封还有多少路?”老者道：“有五十里。”马俊道：“俺明日要赶路，酒不吃了。但明日取了东西回来，还要拜谢。”莫老儿收拾了物件，往后面去了。

马俊就在长桌上放开行李，又将双刀枕在头下，径自睡了。想明日怎生向武家取刀之法，做何话说。又想在山上被郝鸾大哥说那样言语，怎么样好?细听方有三更时分，忽听得外边有人轻轻敲门，原来莫老儿未曾睡着，听得外边敲门，从后面走出来开了门，又轻轻地说道：“里面有人借宿。”门外人道：“晓得今日有事，也不该留他宿。”悄悄地拿了个东西，往后面去了。马俊吃了一惊，道：“原来这老者认得我，莫不是叫人来拿我?”便起身将行李卷好，把双刀拿在手内。他若来，我自有对敌之法。不一时，那人依然去了。马俊又想道：“此人不是害我，必是偷盗来的，寄在此处便知好歹。”一直未曾合眼，直到五更天明，起身整整衣服拿了行李，带了双刀，叫道：“莫老丈，俺去了，明日再来谢你。”说毕径自去了。莫老出来相送，关了门，又去睡了。

再言马俊走出荒村，镇市上买了些馒头吃了，换衣服才行。到午时方才进城，自己悄悄走到孙佩门首。巷内有鬼作祟，人走得稀少。马俊要到武家去取剑，恐有口角，不便就去，故此先去孙佩家坐坐。想着，将身一纵进来，只见厅上摆着十数只棺材，院内草长多深，他往前面走了一回，叹道：“这样一个人家被奸人弄坏了。不知孙兄弟几时方能复兴家业。”放了行李，就在上面睡了。日已沉西，起身来，将行李卷好，就待取了剑，再来睡吧。纵了出来，寻了一个饭店，吃了一饱，就赶武志家来。

此时约有一更时，纵上屋，到那里落下地面来。找到他向日歇宿的所在，只见武志坐在门槛上，在那里扑手打掌的笑什么东西。马俊用手抓住武志的后领掼在地下，又举起来叫道：“武志，你可认得我吗?”武志见有人抓着他，吃了一惊，睁眼一看，见是马俊，越发吓慌了，道：“小人认得马俊。”马俊道：“俺吩咐过你的，叫你莫动这间房，怎么就忘了？俺的宝剑在哪里？快快取来。”武志道：“宝剑在呢。”马俊见他说在，就放武志起来，到房坐下。马俊道：“俺当初做了事，怕累你家，到你家叫你把这间房子锁着，就是一年二年俺来取剑，自然认你的房钱。因什么径自开了?”武志道：“不瞒马爷说，自你去后，我父亲染病身亡。又因此处巷内作怪，人都不来下宿，家计贫了，所以开了房门，借了爷的行李典当了。”马俊道：“衣服是小事了，俺的宝剑快快拿来，重重赏你。”武志道：“宝剑在呢。”马俊说：“既在，快些拿来。”武志道：“剑在呢，在呢。”连说了两三声，又说了七八个“在呢”。马俊性烈如火，怒道：“你这狗头，胡言乱语，既在，快些拿来就是，敢是你失落了吗?”就把武志掼在地下，举起刀来问道：“剑在与不在，快快说出，免你一死；若还不说出，我砍你为肉酱。”武志一时要命，况也是天理难容，该当事发，只得直说道：“不瞒马爷说，剑在开封府库内。”马俊道：“因何剑在府库内?”武志就把前后事情细说了一遍：“被居老儿禀官，将剑作了凶器呈出，太爷验明贮库。这都是真话，饶了小人吧。”马俊道：“你这个狗头，做的好事。你今杀了他们，害别人把宝剑又贮在库内，如何拿得出来?”心内想一想道：“俺马俊乃是个做汉子之人，必须把‘性命’二字丢开，若不大着胆进府见太爷把武志这件事情诉说一番，要救出李举，也免得太爷审这无头的官司。只教他把剑还我便了。”主意已定，收了刀道：“既是你失了宝剑，何不早说，我也不与你要了。”话说未了，纵上屋去了。武志见马俊去后，痴了半会，方才开口说：“吓死我也，几乎死于刀下。这真是凶屋，不免回头吃斋吧，免了这宗惊吓。”

且说马俊穿房过屋，来到府衙内四处找寻太爷的房屋，寻到东边，看见有灯。有一人在内叹气，说道：“这件事叫本府怎样断法?”马俊听见大喜，原来太爷就在此处，我如若不见太爷，就不是个大丈夫。不知马俊怎样见法，且听下回分解。

第三十六回

两案人命审真情

话说马俊大着胆走到门口，用手把门一推，说道："居家杀人事，必须问俺玉蛱蝶马俊便知。"太爷听得"马俊"二字，吓得魂不附体，回首一看，果然是马俊，他进房拿张椅子拦门坐下，太爷指着道："马俊，你可是行刺本府吗？"马俊摇手道："非也。"带笑说道："请坐，俺马俊有机密事禀太爷。"问道："你有甚事情来禀本府呢？"马俊便把武志冒名李举，携剑强奸居二姑，只因妒奸杀了金家夫妻二人之事，说了一遍。太爷对马俊道："侠士如何得知？"马俊道："非是讹言，有个缘故，那武志杀人的那口剑原是俺的，因上日杀了米公子等，俺自来投到，不好带在身边，所以寄在他家。今日到此与武志讨剑，他无剑还我，我就要杀他，因他害怕，才将此事说明，求我饶他。俺想彼时杀了他，又恐太爷这里无对证，案件难阅，特来奉禀。太爷速拿武志正法，开释李举，把这口宝剑还我，马俊决不忘恩。"太爷道："侠士美意，本当此刻交还，怎念更深开库不便，明日奉还侠士，侠士还在明日此刻此处来取，本府备酒相谢。若是本府有害侠士之心，本府不得回乡，死于非命。"马俊笑道："太爷擒我马俊，我倒也不怕。领太爷的命，就到明日来取便了。"言毕出房，一纵去了。太爷想道："好个有胆气的贼子！他来意与本府讨剑，此人真是个侠士，真好胆量，我若不做个人情将剑还他，枉我一片丹心。"再言马俊顺路偷些肉馒头吃了，依然到孙府了。

太爷到次日天明，坐上早堂，衙役参见已毕，即差皂快人等，拈了一根签子，检写：“即拿武志，立等回话，火速火速。”仍差皂快人等去了。太爷又叫提居奉玉一案人命听审。又听得外面一个老儿搀了两个小孩儿，拉着少年妇人，大叫道：“青天太爷，人命关天。”太爷道：“带他上来审问。”老儿哭道：“小的住居城外，姓赵名正，只生一子，名叫赵大。自从娶了这不贤的媳妇，把老汉赶出来，不肯养老汉。这也罢了，这个淫妇结上奸夫，把我的儿子杀了，尸首都不知去向，求太老爷做主。”太爷道：“把状子接上来。”衙役们接了老儿的状子递上，太爷展开了一看，上面写道：

具状人赵正，年六十三岁，住北门外。呈为毒妇奸夫杀死亲夫事。切身只生一子，名唤赵大，挑灰营生。因五年前娶何氏为媳，赶身在外，俱是何氏不良，百般恶毒，是儿赵大于本月二十三日被何氏结上奸夫杀死，身子尸首无存。做此无法无天之事，伏乞太老爷追尸抵命正法，以正人伦。

雷太爷看毕大怒，道：“你这老奴才，告这样谎状，总是代书不知道理，毕竟奸夫是谁？尸首现在何处？干证某人？这写得不明不白的状子。不是念你年老，打你几个板子。”叫衙役：“赶他下去。”那赵正跪下禀道：“何氏的奸夫都是狠毒的，求太爷拶起他来便知奸夫名姓。”太爷道：“你这老奴才，越发胡说。本府且问你：你同儿子曾拿个奸夫吗？”赵正道：“实在不曾拿过。”太爷叫左右：“掌嘴。”正欲动手，只皂役禀道：“武志带到。”太爷道：“带上来。”又叫赵正：“你且跪过一边，等审过这案再来责罚你这老奴才。”太爷道：“把居二姑带上来。”居二姑跪下，太爷笑问道：“那李举果然奸你的？”二姑想道：“今日问得蹊跷，难道晓得李举是假的不成？”回道：“真正是的。”太爷笑道：“你且下去，本府还你个真的。”二姑只得下去。太爷道：“带上武志来。”众衙役喝堂，武志心惊胆战走到丹墀跪下，太爷看了几眼，与李举不同，却是鬼头鬼脑，一脸凶气，必是此人，马俊之言不谬。便问道：“武志，你可知罪吗？”武志道：“小的开张下处，从不犯法，小的不知罪。”太爷道：“本府只问你怎么样充李举的名字强奸居二姑，又杀了金辉庵夫妇，你从实招来，免受刑法。”武志听了此言，犹如雷打的一般，便呆了半天，回道：“不曾……不曾。”太爷道：“不夹哪里肯招？左右，取夹棍夹起武志来。”两边执刑衙役把武志掼在地下，脱去鞋袜，套上夹棍，收了一绳。武志喊了一声，死过去，半天苏醒，乱喊说道：“是居姑娘看上李举对面笑的，小人当晚带剑强奸也是有的。”太爷道：“你为何杀那金家夫妇？”武志道：“小人那日又过去，听见房内有人行奸，小人认是他又结上新奸夫，小人故此杀了。”太爷道：“头在哪里？”武志说：“因郎七与小的同党同谋，头在他家。”太爷又差皂役急拿郎七当堂回话。差人去了。吩咐松了刑具，画了口供，又叫居二姑上来，李举也上来。太爷对李举道：“果然与你无干。”又对居二姑道：“你这小小年纪，专会强口。你且看看那个李举。”居二姑看了武志一眼，便道：“此人是真的，果然冤枉了李举。只是他冒名强奸小女子，该死了。”太爷道：“且等郎七拿来，有了人头，本府自有话说。”只见差人把个郎七拿到丹墀跪下。太爷问道：“你叫郎七？”道：“小的叫郎七，并无罪过，太爷唤小的有何吩咐？”太爷道：“那武志杀了金辉庵夫妇，移害你的？你如今将两个人头埋在哪里？本府差人挖来，与你无罪，并无连累你。”郎七道：“实在与小的无干，那日早上起来开店，见锅堂内两个人头，是小的埋了，待小的一人挖来献上太老爷。”太爷道：“你一人去不得，恐有人讹诈。”随即着皂头协同捕快四名，同郎七去挖人头。那郎七想起赵大之事，不肯同人去挖，捕快人等哪里能让他一人独自挖去？暂且不提。雷公见审出真情，心中畅快，叫把何氏与赵正带上来，先问何氏：“你公公告你杀了亲夫，可是真的？”何氏哭道：“小妇人从不与男人交言，小妇人的丈夫自二十二日不回家，小妇人带着孩儿在家，柴米全无。今早来问公公，说丈夫两日不曾回家，可在公公这里？公公就把小妇人拉到太爷这里来，说小妇人结交奸夫，谋死丈夫。只求太老爷做主。”太爷道：“你丈夫平日可到别处去过宿吗？”何氏道：“不曾。”太爷道：“你家远近可有亲眷吗？”何氏回道：“没有。”

太爷正在不决之时，叫衙役且押下去。又见皂役锁了郎七，跪在丹墀，差人禀道：“小的同郎七挖取人头，只见坑内有一人尸，天灵盖都被打破，不知为何。小的不敢隐瞒，禀明太爷做主。”那捕皂将金辉庵夫妇首级呈验，太爷叫金老儿认明，领回入棺。太爷道：“叫郎七上来。”问道：“这坑中尸头从何而来？”郎七回道：“小的不知。”太爷又问差人道：“那尸首可有什么掩埋？”差人道：“并无寸板，只有个锄头，上有血迹，还有扁担粪箕两宗。”太爷听得，正是明白。便问郎七：“你把真情说出，免得本府动刑。”郎七道：“小的实在不知。”太爷道：“挖是你挖的，埋是你埋的，岂有不知之理？”叫左右：“把郎七夹起来。”下面即将郎七夹起，郎七熬刑不住，只得说道：“扒灰的赵大替我挑人头，要我的银子，小的一时愚见，一锄打死了是实。”太爷道：“赵大乃是赵正之子。”且叫武志、李举站在一旁，又叫赵正公媳同到郊外，随太爷去检验死尸，以便识认。太爷上轿，一直来到郊外野地。先是何氏认丈夫面目，赵正认了儿子，二人一见大哭。太爷叫郎七买棺木，又用封条封了，太爷回衙。赵正换了人命状子，领媳妇回去。郎七画供，同武志下监，居奉玉、李员外同亲友写了领字，当堂保领儿子、女儿回去。太爷又道：“有了凶手，是武志冒名强奸此女，是本府开恩，但这女子人人知道，谁肯娶她？本府知道你的儿子已聘朱门之女未娶，本府做媒，将居二姑与他做妾，也是托名之故，不知你意下如何？”李员外道：“太爷做主，小的怎敢违迕？”太爷又问李举、居奉玉同二姑，都点头依从。太爷道：“你们回去，择日过门，不可迟缓。”太爷退了堂，深感马俊之德，若不是他说明，这两案人命真是无头之案。本府今已审明此案，岂有不还他剑之理？便叫家丁取了一口剑，暗暗的开了库门，换出马俊的宝剑，晚间好交还马俊，又做审语详文报详上司。太爷是日晚上在书房等候马俊，交还原剑。不知怎样见法，且听下回分解。

第三十七回

因贪财横死奸党

话说雷太爷审明两案人命，叫人开库换出宝剑，仍回书房。初更时分，马俊前来，太爷迎问道：“壮士果是信人。”马俊道：“小人怎敢失信?”两下分宾而坐。马俊道：“太爷可曾拿着武志?”太爷道：“深感侠士指教，方能审出真情。已把武志问成死罪。”马俊道：“不知宝剑可曾换出?”太爷道：“侠士仗义，本府岂有失信之理?”便在书架上将剑双手递与马俊。马俊接来，掣出一看，毫无差错，就佩在腰间。说：“小人有了此剑，就要告别而回，另日再谢。”太爷道：“侠士少坐，还有小酌奉酬。”马俊恐有擒拿之意，便起道：“已承赐剑，感之不尽，岂有贪杯之理？只还有一件，小人讨个情面，那牢内罗辉庵实是无辜，求太爷释放了他，马俊日后自当重报。”言毕，上屋去了。太爷想了半念，他要放了罗辉庵，我明日自有道理。

再说莫上天父子，因在扬州同张三、李四、妈儿，复接凤小姐来至半路，便将凤小姐卖与个乡宦人家去了。张、李、莫三人同商议道：“我们虽是将凤小姐拐卖价银不多，有妈儿一份，越发少了。不若将妈儿丢下河去，丧了性命，不但少分一份，还得他些银钱衣服。”所以半途将妈儿淹死，得了妈儿带来的衣服物件卖小姐的银子等。前日莫上天将衣银用了些，寻了一个四十多岁的寡妇，新近招了此处。那张三、李四都要到他家来往住下，要分赃银衣服，莫上天同张三在房内，李四在天井里闲走想主意。张三开口说道：“今日事已完全，前日曾许下愿来该还，今日我们买牲礼还愿，再讲吃酒分赃。”各人回去，李四道：“这个甚是。”莫上天就扯张三到僻静处，低低说道：“我与你为这件事情费了多少的心机方能到得手，那李四坐着一些不管，今日要分银子。我想这宗银子若三份子分，你我就少了。你买牲礼回来，叫李四先拜神圣，待我取块石头把他这狗头打死，岂不是你我两个人均分了？也做得着本钱。”张三道：“好计策。”李四又想道：“这两个狗头神鬼不知是些什么话，我想身在异乡，又无人知道，待张三上街，我暗自买些砒霜放在锅内，连莫老鬼一齐毒死，我只推腹内疼不吃。等他毒死，我得了银子衣服，连夜走去，岂不是妙？”主意已定。张三叫莫上天拿出银子来，叫李四一同上街。到了镇市热闹处，正走之间，李四忽然叫：“哎哟，肚内好疼，你二人先去买吧，我要去出恭。”张三道：“你可就回来。”李四溜了下来，莫上天同张三买了牲礼回来。

且说李四一人腰内取出三四钱的一块银子来，走到药店门首，见柜台上没有大人，只有十三四岁孩子。李四就把银子递与小孩子，道：“我家里有些老鼠儿恶得很，把我衣服都咬碎了。今到宝店买些砒霜，去毒老鼠。”孩子见了一块银子，管他什么好歹，到后面包了一包砒霜递与李四。李四拿到家中，张三埋怨道：“你去出恭就不来了，此时三牲煮好了，你才来家。”李四道：“肚疼得紧，所以来迟。”莫上天在堂屋内收拾，李四假意走到厨房，只见锅内骨碌碌的开着，莫上天的新妇在灶下烧火，李四就掀开锅来看看，敬神之物，不可过烂。那新妇怕羞，只是低头不语。李四掀开锅盖，将砒霜到下去，将锅依旧盖好。说：“嫂嫂不用添火。”言罢，到前面料理打点。不一时，捧上三牲，张三假意道：“莫兄先拜。”莫老道：“年兄先拜。”张三道：“如此说，李四兄先拜。”李四果然先拜，跪下暗暗祷告前因拐了凤小姐，害官妈，今日还愿；今又许下新愿：“弟子买毒药在内，但愿毒死他们，另日备三牲还愿谢神圣。”言毕，低头便拜，张三向莫老头儿把嘴一歪，莫上天便捧起大石头，认定李四脑门，尽力一下，打得李四遍地花红脑子，真个不得活了。张三道：“做得好计，真爽快受用。”二人也跪下叩头烧香，便将尸首收拾，叫老婆把牲礼捧到厨下，放在锅里滚一滚。张三、莫上天父子三人把李四尸首抬到后面，挖个坑，一递一气换着挖，张三下坑埋，莫上天在上面想道：“李四已死，还有张三要分这宗银子。想他也是个异乡人，不若狠狠心肠把张三打死，埋在一处，我领父亲妻子搬回本庄住，岂不妙哉。这些银子总是我的了。”拿定主意，张三正在下低头挖坑土，那莫上天举起锄头，认定张三一下，倒在坑内，几滚呜呼哀哉。那莫老儿在旁，吓杀了，望屋里便跑。那莫上天也不叫他回来，就把李四尸首抱下坑去，拿锄头慢慢地将土掩上。

且说莫老儿进到厨房把张三的话告诉媳妇：“这些银子俱是我们的了。”妇人道：“好胆气，这些钱财总是我们的了。”那莫老儿闻得锅内肉香，急忙忙去到前面拿了条扫帚，用冷水将地下血迹洗刷干净，复奔厨下道：“媳妇，我年纪大了，忙了一会，心中有些饿了，且盛碗饭我吃。”那妇人拿了一个碗，盛了一碗饭，递给老儿。这莫老儿闻见肉香，自己掀开锅盖，拿了一个木瓢，盛了一瓢汤泡饭，拿块肉来动手撕撕，放些作料，好似饿鬼得食，吃了半碗，口中觉得麻口降舌，便问：“媳妇你把作料放多了些胡椒。”妇人道：“不曾放胡椒。”老儿道：“姜汁多了？怎正麻口？”说着吃着，方才吃完，觉得肚内有些疼，媳妇道：“想是饭泡汤热吃下去有些不受用。”那莫老儿放下碗来，摸着肚子，走到自己房内，啊了声，跌倒在地，滚了一滚就七窍流血，魂灵已同张、李二人去了。那媳妇见公公才吃了一点荤腥，没福受用，吃了下去，肚里就疼起来了。真乃穷鬼薄命，才吃得碗把汤，就到房中出恭去了。可笑可笑。就自己掀开盖，拈起些好的，足足有一碗肉，又放了些作料，又斟了一大碗酒，捧到自己房里饮酒吃肉，好不受用。一时自己的舌头也有些降，也有些麻木了，勉强又吃了些，就上马桶，一般便丢了酒碗抓起马桶盖，扯下小衣，坐在上面，心中也便疼痛起，滚在地下，一同追着公公走路去了。

那莫上天足足弄到日西方才完了，走到厨房，一人不见，寻父亲妻子，又不料李四、张三魂多拦住，不肯让他进去，单将肉味之香浇他鼻内。莫上天一是肚里饿了，力又用尽，闻得肉香，咽口唾沫，想道："敢他二人吃了酒饭去睡了饱不成？待我也吃些快活快活。"便坐在灶边，拿冷酒就肉鸭子，就在锅边狼吞虎食吃了一饱，自己吃得快活，捣鬼道："好麻嘴。"骂道："死人手里弄的，胡椒放多了，这样麻嘴。"又吃了些肉。原来这砒霜在锅内滚了几滚，药性慢了，故此吃下去不能暴跳了。先媳妇公公吃得早些，莫上天吃得多，便大叫道："肚内好疼。"把肉碗掷于地下，半空乱跳，跌于地下，滚了几滚，便爬起来说："罢了罢了。"站起身来，开大门跳河，只是朝下一跳，伏于地下，两手分开，也是七孔流血，这五个鬼同到阴司断判不提。

且说马俊得了宝剑，飞奔临轩镇来。方才午牌时候，在酒市内吃了一顿酒饭，又到林内睡去。只到更深方出林内，来到莫家问信。敲门敲了数十下，无人答应，他便纵上屋去，望见神前一对烛亮得紧，猛然见前面房内正中倒了一个人，七孔流血，马俊吃了一惊，便回身抽出了宝剑，叫了两声，又无人答应。走进来，又见莫老鬼亦死于地。到房内又见一妇人坐在马桶上，也是服毒而死，走到厢房，见牲礼在锅内许多鱼肉，便把宝剑放在锅内，那宝剑见毒，登时火起腾腾，剑黑了半截。马俊想道："他一家三口如何俱毒死？又有牲礼，必是敬神，其中蹊跷。待我且回林内，明日再来看是何故。"今日马俊回林，不知后事如何，且看下回分解。

第三十八回

为施恩放走家丁

话说马俊等到天明看个明白不提。且说镇上有一光棍，叫作王老虎，父子六人，行凶撒泼，在镇上的人无不怕他。只到月色正明，这王老虎只因昨日不见了一只狗，所以今日起早到四处寻狗。走到莫家门首，见洞内伏着一只黄狗，王老虎认得是自家的狗，便唤了几声不应，他伸手在内拖出，却是死的了。王老虎见狗死了，便骂道：“因何把爷爷的狗毒死了。”即便用手打门，又不开，遂转身回家，叫儿子出来说道：“莫上天这野囚，把我家黄狗毒死了，我去寻这狗囚。”这五个儿子整衣携棍，各执兵器，一路骂到莫家门首。那些人劝的劝，拦的拦，这五个儿子如凶神一般，将莫上天大门打下，往里一顿乱跑，见莫上天死于地下，便往外要走，被人拦住道：“哪里走？你们打死莫上天，还想往哪里走？”王老虎是个停当光棍，便上前扯住了众人，说道：“你们且到隔壁土地祠去，我有话说，你们讲我只是不赖便了。”众人说道：“料想里面还有死尸。”内中有人说道：“地下还打碎许多家伙。”到得厨房中，见莫老儿身带重伤，跌倒在地，那边房内有一妇人，亦带伤而死。地方人说道：“我们且将边门带上，我们到庙内有话说。”一众人等俱拥着王家父子齐到庙内，王老虎对众人说道：“虽是我父子快嘴屡屡恼人，非我王老虎与人不和，只因我性直情粗，好抱个不平，所以恼人。但今日之事，这莫家真不是我父子打的，其中恐有别故，望众位想想看。”那地方说道：“今是你父子六人骂过几次，劝你不肯罢休，回家各人带了兵器，打进莫家门去乱打一顿，可是有的？”王老虎道：“才进他的门，就看见他死在地下。”坊甲道：“无论先死后死，你却是打到他家，就是你打死的了。把你父子先锁来再作道理。”众人要锁王老虎父子，不提。

且说那个凤小姐已被一个都察院的麻太爷买了去做妾，因见了老夫人，细细的说道：“小女子本是太常寺凤竹之女，因被奸人所害，又遇拐子莫上天将我拐卖，我是有婆家的。”老夫人听了此言，忙叫家丁快将此女送到莫家，身价银子也不要还了，叫他送此女回家，与他父母团圆。家丁领命，雇轿子送到莫家去了。有一个家丁先到镇市上找问莫家住处。这些众人与王老虎理论，见来了十二个家丁，又来了一乘轿子，王老虎低说道：“列位，看这轿子跟着了许多家丁来问莫家，其中必有缘故来。列位放我父子吧，把他们拿住，还有个财发；倘若不能，还是我们父子抵偿。”众人道：“这个如何使得？”王老虎道：“包管代你们作法。”众人依了王老虎之言，道：“你们这些人怎把莫家人打死？”正说之间，后面又来了多少乡民人等，七嘴八舌，麻府家丁哪里招架得来！内中有一个家丁说道：“列位不要认错了人，我等是都察院麻府家丁，并不曾打伤人。”王老虎道：“你们打死人，就拿都察院压势我们不成？”

那些家丁正在喧闹，只见大路上来了一人，身长九尺，头扎花手巾，身穿元色箭衣，足下登皮靴，腰带宝剑。乃是马俊。因在林内睡着，只因辛苦，方才睡醒，只听得喧闹之声，不知何事，便走到跟前，叫道：“何事吵闹？”人见马俊异相凶暴，便说道：“我这里有个姓莫的，被这般人不知为何事把他一家三个人都打死了。”马俊道：“只恐不是打死了的，只怕是服药毒死了的。”便走到轿边问道：“你们是哪里来的？因何打死莫家呢？”众家丁道：“我们是都察院麻太爷家丁，只因老爷买妾，有张三、李四拐了一个女子卖与我老爷为妾，前日抬到府中，见了夫人，就问他姓甚名谁，他说是太常寺正卿凤竹之女。夫人听了此言，叫我们雇轿抬来，送还莫家。今见莫家一人俱无。有个姓王的，同了地保人等拦阻，说道是我们大家打死了的。”马俊听说这轿中乃是抬的凤小姐，忙说道：“谢天谢地，今日才见了弟妇。”忙到轿边问道：“轿内可是凤栖霞弟妇吗?”小姐听得有人叫他名字，便道：“小女子正是。不知外面是谁?”马俊道：“孙佩贤弟与郝大哥俺都拜过的。”又低低说道：“我是马俊，曾杀米公子。今日来取宝剑，幸喜遇着弟妇。”凤小姐道：“求伯伯救我。”马俊道：“等我打发众人，领你回山。”马俊对众人说道：“莫家现有许多银子，莫家是他自己吃了毒药死的，与他们无干，你等可拿他银子买几口棺材掩埋吧，余的银子你们分用。”那个王老虎道：“你是哪里来的无名无姓的野人？好大脸面。”马俊道：“问俺姓名，你且站稳脚步，听俺说来：俺是杭州钱塘县人，姓马名俊，号子昌，另号‘玉蛱蝶’，又叫作‘电光目’是也。曾在开封府烧监牢，杀了米公子、鲍成仁、孙知县，携了人头，反监劫狱，救了孙佩。今日又到开封府来。这段情由，你可知道?”王老虎与众人听了马俊之言，都吓得往后退了几步，连麻府家丁听得此言也打寒噤。马俊道：“抬轿的，代俺抬了走，与你五两银子。”又对家丁说道：“列位请回，凤小姐是俺的弟妇，俺要请她上山与她丈夫父母相会，日后自当重谢。”家丁道：“凤小姐倒也罢了，但是那帮人不肯放我们。”马俊在腰间掣出宝剑：“谁敢上来阻拦，着我一剑，分为两段。”那几个家丁上前去了，无人敢上来阻挡。马俊拦着，麻府家丁叩别而去了。且说那坊甲与众人等，内中有的说：“如今到处捕获马俊，我们何不擒马俊到官去领赏银子?”内中有人说道：“玉蛱蝶乃会五道三除之法，又会杀人，又会放火，拿得住他便好，拿不住他，他到夜里来放火烧我们，如何是好?”众人七言八舌，主意不定。且说凤小姐在轿内把被拐到扬州遇见常让的话说了一遍。一头走，一头想。马俊在后仗剑相随轿子同走不提。再言王老虎与众人说道：“有事总在我们身上，大家齐上前追拿马俊。”镇上人总向前行，一时远远又来了十数个捕人，亦是追拿马俊的。马俊见后面有些人赶来，他也不在心上，就犹如草芥一般，只催轿子前走。且说镇上有人进城传说，却被米府中知道，叫了十数名能干家丁，骑了快马，各执兵器追赶来了。这些乡民见大路上来了十几个大汉，说道：“快拿马俊。”你道十人是谁？

米府家丁十名：

一名叫活土地刘交，

二名叫生铁头王僧，

三名叫蜈蚣须方盛，

四名叫铜脊背周炎，

五名叫擒虎手伍泰，

六名叫捉虎将孟先，

七名叫不怕死吴能，

八名叫扒山虎施戚，

九名叫入地蛇花龙，

十名叫双头狼孔白。

这十个人打马如飞，直奔那一丛人赶将来。那王老虎喊道：“前头跟轿的是马俊，列位将军，可快上前擒拿。”十人问道：“轿内是谁？”王老虎道：“什么凤小姐，名叫凤栖霞。”这十个大汉内中有个人说道：“这总是凤栖霞身上起的祸，我们还不快快拿他？”这些飞马往前一拥，围住马俊。那刘交说道：“我们今奉钧旨，各处缉获，谁知此处相逢？”十人各执兵器要拿马俊，不知后来如何，且听下回分解。

第三十九回

铁球山喜燃花烛

话说马俊路遇凤栖霞，好不欢喜，只见四面来了许多人。马俊想道："必是来擒我之人。"便叫："弟妇不要慌乱，"又叫二名轿夫："不要害怕，有俺在此，你且将轿抬到靠山窝之处。"又看见先来的一名马快生得面短须长，肩揸背阔，手提双刀。站在东首那几人身胖力单，人人手内各执器械。马俊先见一班乡民不足为意，后见这几个人，略略有些惊慌。暗道：这些人一定是来擒俺的了，怎奈弟妇在此，又怕失错。想道："罢罢罢，拼得这条性命，有何他虑?"便把手帕扎了头，腰间系带紧了一紧，手提宝剑，指东画西，说些闲话，眼睁睁守着众人，一心只防着身子遮架。

不言马俊在此受困，且说郝鸾等自马俊下山之后，便领了众英雄奔赶开封府而来，却今日来到此地。郝鸾、鲍刚人等正走在那高岗之上，远远望见一丛人，在那里不知做何事喧嚷。便叫能干喽啰前去打探。不多时，急急忙忙跑来禀道："不好了，不好了，前去打探信息，那一众人不为别事，却是围着马爷，又靠着一乘轿子。小弟走去问那些乡民，说那轿内坐的是凤小姐，又说米府家将要拿马爷呢。"郝鸾、鲍刚人等听得此言，便吃了一惊，说道："列位贤弟，事不宜迟，恐马贤弟遭其毒手。"鲍刚、陈雷生平性急，拍马前去，郝鸾道："不要乱为，恐惹人耻笑我们不知兵法。"周龙道："急急往救，不可迟缓。"郝鸾道："众位兄弟，打马走着，听我号令。”先叫鲍刚领五名喽啰向正南方按定，这等动手可敌贼子；又叫陈雷领五名喽啰正东方按定，周龙正西方按定，曹双正北方按定。又叫周顺、王龙、张发、樊冲四人，往来四面围定。各人奉令，打马四散，各方围住。那十个大汉见郝鸾一马当先而来，马俊正在惊慌之际，猛然又见一伙人马，谁想却是郝鸾、鲍刚人等手执兵器杀奔而来。马俊大喜，叫道：“好了，有了靠手了。”不觉英风陡发，气高千丈，便大叫道：“列位贤弟，俺马俊路见不平，要救受难之人，不觉竟被奸党光棍拦阻俺的去路，请列位公言一二。”正南上鲍刚便来接上说：“这扶孤救难是好事，哪个敢阻去路？若是多一嘴，一剑砍下他的驴头来。”陈雷亦说道：“若是阻拦，将刀杀这狗娘养的。”郝鸾向前说道：“朋友要走就走，休来阻挡。”郝鸾又叫周龙等：“贤弟们且护送轿子要紧，哪个敢阻拦你那边？”刘交叫道：“众位，此时还不下手拿马俊，等待何时？恐怕溜了无处找他。”这刘交提了双刀，大叫道：“马俊，不要走，有俺活土地来拿你。”便举双刀来劈马俊。马俊提剑相迎。刘交自幼学的纵跳法，马俊因有此法，方才敌住，不分胜败。那方盛、王僧一齐来奔马俊，鲍刚看见，骂道：“你这狗头要打攒盘。”便叫道：“大家上来打攒盘。”陈雷、曹双一齐向前，大杀一场。那郝鸾手快，一剑把王僧挥为两段。马俊将剑执定，半空跳纵，刘交也纵跳起来，马俊猛然一剑，刘交招架不住，众人四散逃奔，郝鸾也跳起上前，方盛对敌不住，也就逃了。众捕役见米府家将都被杀伤，焉敢抵敌？亦四散逃去了。郝鸾道：“贤弟等不必追赶，且保弟妇回山。”众人道：“今日幸遇马仁兄救得孙佩贤弟并弟妇凶难，真天幸也。”马俊道：“若不是列位仁兄相助，必遭毒手。”郝鸾道：“那时愚兄冲撞贤弟，贤弟不辞而去，我深恐贤弟有失，故此同众位兄弟前来接应，不想果有今日之事。米府家丁也被俺们杀得魂飞魄散，今又遇见孙家弟妇，真真万幸。”叫喽啰抬起轿子，马俊取出两锭银子赏那轿夫去了。众人方起身离了此镇，径奔铁球山去了不提。

且说刘交众人等今日被敌，各人带伤受疼，又杀了王僧，俱气愤不平，奔进城来，说雷太爷卖放凶手，诈了雷太爷千金方才罢休。这也是雷太爷的盛德处不表。

再表雷太爷亲到临轩镇去检验莫上天家人命，又被搜出多少银子，叫坊保买了棺木盛好，余下的银子派散带伤之人，太爷回衙，做详文通详上司咨部。

且说刘交、方胜诈了太爷千金银子，径作路费，起身进京，走到米相公府上去。那米相爷在京新请了一个军师，名为百胜祖师，能呼风唤雨，又会定身裹眼法。这米相爷好生欢喜。忽有刘交、方胜跪禀道，路上遇着马俊、郝鸾等交战之事，说了一遍。米相爷听得此言，心下踌躇，就着刘交、方胜四处访寻好汉，不论僧道响马，只要有本事有武艺的。刘交领命去了。

且说郝鸾等护着轿子，保了凤小姐上山而来。焦豹、凤公一众人等听得各位回来，忙迎下山，见郝鸾等保着凤小姐的轿子一齐上山，都到得聚义厅上。凤小姐出轿，拜谢郝鸾、马俊诸人等，然后到后面拜了父母等人，大家痛哭一场。茶罢之后，大家各诉离情之苦。山上大排筵宴，一来代马俊接风，二来恭喜孙佩众人。又问马俊取剑之事，说了一遍，后因借宿莫家，如此如此之话，又说与众人听了，无不称妙。又把那麻都察院的夫人好意说了，“若非夫人叫众家丁押着凤小姐送与回家，我怎得就遇见了弟妇？此乃麻夫人莫大之恩也。”酒至数杯，郝鸾奉了马俊等酒之后，便出席对凤公打了一恭，说道：“小侄有一言奉禀。”凤公站起身来道：“贤侄请坐，有话请说。”郝鸾道：“小侄昔在争春园一会之后，至今无限苦楚，孙佩贤弟全亏了马俊救出，今日栖霞妹子又幸遇马贤弟救了带上山来，父母相会，夫妻完聚，真大幸也。欲请老伯早早选择良辰，以成洞房花烛之喜。”众人一齐答道：“此言极妙极是。”凤公道：“我一家深感马兄再造之恩，一言难尽，尚且未曾报答万一。”马俊道：“何劳报答，晚生礼当奉救。”众人又问凤公：“可允此事？”凤公道：“我已有此念久矣。”众人听得允了，遂取了日历，大家选定七月初八日良辰，众人无不欢喜，饮至更深方散。

凤公回到后面，将席间择期女儿成婚之事说与夫人知道。夫人亦皆欢喜。次日，唤了成衣匠上山料理裁做新衣。不一日，到了初八日，张灯结彩，鼓乐齐鸣，杀牛宰猪，犒赏喽啰。众人道：“请新人上堂，参拜天地父母。”又拜众位仁兄。看那凤小姐身穿彩服，如仙女临凡，仍将八宝紫金镯戴着。且说这金镯，当日凤小姐劫散躲在庙内桌下，遇见莫上天领他家去，小姐说明座落之处，莫上天就起不良之心，拐他去卖，只说送他回家没有盘缠，凤小姐将此镯叫他去当，不料他卖与富户人家。那个人家有一个雇工小厮不成人，就偷了此衣服首饰，这金镯恰就在内，他便拐而逃之，走这铁球山下过，遇见山上头目喽啰短住打死，将衣服与镯拿上山来，报了大王。凤公、孙佩认得，存在凤公处。所以今日凤小姐与孙佩成婚，又将这镯戴在手上。这日聚义厅大开东阁，饮至更深，送孙佩与凤小姐合卺交杯，一众人等欢欢喜喜出房去了。这孙佩与凤小姐已完了周公之礼，到了次日，孙佩拜了岳父岳母与众位仁兄。过了数日，郝鸾对众人说道：“愚兄昨夜得了一梦，不知凶吉如何？”孙佩道：“仁兄所梦何来？”郝鸾道：“正交三更睡去，见柳绪身披花红，如同状元一般，望着我笑之不止，正然笑时，又见常让身穿破衣，垢面蓬头，赤足站在愚兄面前，哭而求救。正要问他为着何事，只见来了一双大虎，竟把常让一口衔去。我正欲救他之时，正南上来了一双金师大豹，把那大虫一抓，救下常让，那大豹一声吼叫，就把愚兄惊醒，原来是一场大梦。不知此梦凶吉如何？”孙佩想了一想，回道：“据小弟详来，柳绪披着花对着仁兄大笑，是个捆象，所以反作花红；那常让蓬头垢面望着哭而求救，依反理说，是欢喜了。且东方甲乙木，水能克火，心哭之相，那只大虫是性，那害柳绪之人幸得那双大豹相救，大豹不姓花就姓马。依小弟说来，那柳绪定然受害，常让定然得其大志。”郝鸾道：“贤弟详的不差，我想着当初在杭州结义之时，愿同生死富贵，贫穷共之。今日我们共乐此山，单单只少常、柳二人，这是愚兄一件心事。即不做梦，我也久有此心了，怎能有个奇人连夜进京，访个消息，我方能放心。”鲍刚道：“小弟愿去。”郝鸾道：“贤弟去不得。”鲍刚道：“仁兄何以就量小弟去不得?”郝鸾道：“贤弟昔日性粗莽，做不得细事。”鲍刚有些不悦。只听得有人高叫道：“除了玉蛱蝶，谁人敢去?”郝鸾摇手道：“更去不得，你去进京，要进关，你有大罪在身，如何去得?”马俊道：“仁兄若是别的，小弟还可依你；若论米贼，小弟偏要去。况孙贤弟详梦，要一个姓马的，小弟又姓马，有何虑哉？我一定明日起身。”却说郝鸾等苦劝不从，只得备酒饯行。次日，众人送马俊下山独自一人进京探听常、柳二人信息。不知吉凶如何，且看下回分解。

第四十回

银安殿笑接彩球

却说那马俊在路赶行不提。且表常、柳二生在路，前后二起到了长安。不意常公升了吏部，米相爷奏了一本，保举常洪柳滂助吴公阻寇去了。二生只得住在书院内，等候班师回朝。常、柳二生时常在外游玩。一日在街坊，只听得三三两两人传说道：“这场大富贵，不知哪个有福之人来受用呢。”常、柳二生问个老者道：“这些人乱哄哄地往哪里去?”老者道：“皇上有个公主，年方十八，太后择定今日抛打彩球，得者便是驸马。二位何不去走走。倘有天缘，亦未可知。”常让对柳绪道：“贤弟曾言前妻已故，何不去走走?得了彩球，岂非好事?”柳绪道：“不可妄想，我二人只去看看吧。”二人带书童找到彩楼前，果然是光灿烂照明，十分齐正。只见守楼八个太监花帽锦衣，各执黄棍，还有几十个巡拦的太监，场外是御林军。那公侯伯子荫袭公子士民人等，不计其数，谁敢喧哗?只等午时，公主方才出宫抛掷彩球。

忽见一内监手执黄旗传谕道：“皇上有旨：出场文武官员后裔士民人等，凡有家眷者，不许进场，如违，族诛。”言完去了。那些有妻室无貌者皆纷纷出场。常让道：“愚兄别你了，明日到驸马府来贺喜。”柳绪道：“岂有此理?兄何必将弟戏耍?”常让道：“做个不着，兄不妨去碰碰机会。”柳绪道：“虽是正说，我一人怎好在此?”常让道：“本是不敢违旨。”柳绪道：“小弟量也无福，不若一同回去吧。”常让道：“岂有料得不中的，恐有机缘亦未可知。贤弟在此，我出去了。”柳绪遂带了书童远远站着。

直至午时，彩楼上走出八名妃子，摆了香案卷起珠帘，只听一派音乐，公主驾临；又见太后与娘娘宫娥俱上彩楼。皇太后命公主拈香礼拜天地，礼毕，旁是侍女捧上一个金系盘儿，内放着五色彩球，玲珑好看，有八条绣带，那带上有金铃四个。皇太后将球递与公主，公主接在手内，公主移步香飘，佩声微动，走至帘边，露出娇面，犹如天仙一般。那下面看的人暗道：“好个公主，不知是谁的福?”众人思议纷纷，只见那公主把球向空中一抛，众宫女即扶公主同太后与正宫娘娘下楼升辇，仙乐悠扬，回宫去了。那球在半空中如神人捧着，飘飘扬扬，或东或西，引得那些公子蠢士民个个仰头伸手，东奔西跑，想接彩球。唯有柳生站住不动，看着他们抢接那彩球。忽然向东飘，众人跌跌爬爬往东去；猛然往西一飘，铃珰刚刚打着柳绪的头，那三十二个金铃叮叮当当响了一阵才住，遂缠住柳绪身上，要解也难解下来了。只见有几十个人飞奔来要抢彩球，幸有巡场的太监，哪里容得这般人胡闹?遂手执黄棍乱打，说道：“抢球的是谁?与我拿着。”哪知是米府家丁，被打不过只得退下。原来米相的儿子死了，把史通承继为子。米相心想篡位，故叫众家将扮作公子，那个得了彩球都是让史通的，史通作了驸马，就好借公主之势横行了。有了史通在内，自己便好举事了。谁知天理不容，又被太监护着这得彩球的人。史通看，原来就是柳绪，心中越发气闷。刘栋在史通耳边说道：“大爷总不要紧，都在门下身上，包管驸马还是大爷做。”史通只得领了家丁回去。那些太监早把柳绪抬了，飞奔午门。这书童不知好歹，吓得溜了去了，不提。

且说太监到了午门，放下柳绪，老太监进宫启奏天子，皇上随即登殿传宣，文武公卿侍立两旁。米中立与史明德在朝，心想十拿九稳彩球是史通得了，及至一看，不胜大惊，只见驸马传到金銮殿，山呼万岁，天子见柳绪面如傅粉，唇似涂朱，俊雅风流，天子大悦。柳绪只称：“臣系浙江杭州府人氏，臣父柳滂，官居礼部，随征去了。臣叫柳绪。”天子道：“原来是柳滂之子。”心中大悦，想道：“外貌虽好，不知内才如何。”天子便问：“卿年十几岁？平日作何事业？”柳绪奏道：“臣少年时父训攻书，已入黉门，年十八岁。”天子听得柳绪十八岁，比公主长两岁，心中更喜。又说道：“寡人今有一题，卿若能作，即作文章一篇，呈朕考阅。”柳绪奏道：“万岁旨意，焉敢有违？求万岁赐题。”天子赐柳绪平身，太监摆了书案在于殿前，柳绪立于案前，天子赐题是“得天下英才而教有之”一句。柳绪领题一看，举笔书笺，并不思想，一刻工夫已写完篇，俯伏呈缴皇上。皇上命太监将卷子捧到龙案上，天子看了一遍，真是字字珠玉，出言锦绣。忽见太监走来奏道：“皇太后有旨，即宣驸马爷进内宫。”太监随领柳绪进宫朝见太后，拜毕，太后见柳绪眉清目秀，唇红齿白，心中甚喜，便问道：“卿能咏诗否？”柳绪奏道：“少知一二。”命太监取过文房四宝，赐柳绪坐下。那柳绪谢恩，又赐香茶一盏，饮毕，太后道：“今当中秋佳节之时，以秋景为题，赋七言律一首。”柳绪领旨，拂纸濡笔，一挥而就，并不思索。宫女呈上，太后与正宫娘娘一看，诗曰：

蕊瑞花开别样秋，疏桐依旧凤来投。
一轮冰鉴临金阙，万树天香护玉楼。
酉女停车仙乐奏，飞琼慢舞彩云浮。
肖郎今识清都景，不戏蓬瀛不复游。

臣柳绪恭呈御览

太后与娘娘看毕，称羡不已。太后命太监领驸马到宫楼听旨。去不多时，内宫传旨道：“皇上有旨，先宣驸马进府，候十五日完姻。”太监缴旨送柳绪去了。那同柳绪相好之人，无不欢喜。但米中立等心中气闷，同众门生在相府坐着，埋怨史通无用。有刘栋在旁道：“相爷休怪公子，实因那内监阻拦的凶。如今有一计，难得公子面目与柳绪无二，据门下看来，要谋驸马，反掌之易。”米相道：“那柳滂又与老夫作对，幸得皇上不准。如今他儿子做了驸马，柳滂回来，他父在殿上一本，子在宫内一本，老夫焉得不受他的累？不知你有何计策可得大事？”刘栋在米相爷耳边道：“为今之计，要相爷亲去，带银百两，快马一匹，如此如此，赚了他，着人在外面僻静处放下一张梯子，将他骗出来，叫他奔南门逃去，再着家丁赶上前去杀了他，即将公子撮进府去，守门太监哪里知道？请相爷上裁。”米相爷听了大喜：“妙计，妙计。”一面假做起边报凶信，一面命家丁牵马取梯子在僻处伺候，米相爷带了银子，故作慌张之状，来到驸马府前。守门太监见是米相，就不阻挡，就接入了后堂，与柳绪见礼坐下，内监殷勤毕，柳绪道：“晚生有何德能，敢劳老太师深夜降临？”米相爷把眉一愁，说道：“老夫尚未曾来贺驸马，因有边报到了，故此来迟。且有一件机密大事来报驸马，驸马可命内监到前面去，老夫好说的。”柳绪便吩咐内监暂退。米相爷离座，把门掩住，在袖中取出假边报递与柳绪道：“驸马看此便知。”柳绪展开一看，是报开常洪、柳滂顺了海寇，吓得柳绪魂飞魄散，双膝跪下，说道：“求太师爷开一线之恩，救晚生一命。”米相扶起，说道：“你只与老夫不薄，我恐明日圣上震怒，不便相救。故此黑夜前来。为今之计，救你逃之入生，但只是可惜彩球之名。”柳绪道：“如今父为反逆，还说什么彩球？不知何计可逃？”米相爷道：“那前后门是走不得的，恐太监们阻拦，必须要越墙而逃，外面已安排了梯子，并快马一匹等候你，你可出南门，并无阻拦。这是白银一百两，与你带为路费。”柳绪接过，感谢不尽。米相爷同到后墙下面，并无接脚之物，来到假山上面，见垂杨柳覆墙头，柳绪一看，果然有张梯子，径爬下去。那家丁低说道：“相公来了吗？马在此。”柳绪忙跨上马，家丁又指他向南门去路，急急而逃。家丁见他去了，才把史通从梯上游进府去，自搬梯子回去了。米相爷见史通来，方开了中门，假作宾主之状，假驸马送出，相爷去了。太监们一时哪里辨得出真假来？刘栋又忙催家丁赶出城去杀那柳绪。未知后来吉凶如何，且看下回分解。

第四十一回

常让怒怪假柳绪

且说彩楼跟前柳绪的书童当时吓得飞奔回来，进书院见了常让，叫道："常相公，我家相公惹下祸来了。"常让听说，吃了一惊，问道："有何大祸？你快说来。"书童道："我家相公同小人站在场内，看那公主抛彩球，只见那彩球东荡西飘，猛然落下打着我家相公，缠在身上，又有些人奔来抢球，被太监们拿黄棍打散了，便把我家相公抬起来，不知往哪里去了。故此小人急急跑回来报知相公，望相公相救我家相公。"常让听得此言，便朝天作了三个揖，说道："谢天谢地，今日柳贤弟登仙了。"又对书童道："你家相公如今是椒房贵戚，乃皇上的女婿，你不必着惊。"又叫家人再到午门访信。家人去访，将晚回来，说道："果然柳相公得了彩球，进朝见驾，御考其才，又到后宫见太后与娘娘，才送进驸马府去了。"常让听了十分欢喜，当晚畅饮一回，料理次日恭喜。

再说柳绪骑了快马跑出南门，行有二十余里。此时约有二更天气，忽见树林内跑出一个人来，手执钢刀，直奔将来，大喝道："留下买路钱来。"柳绪乃懦弱书生，不会骑得惯马，听得强盗赶来，他心慌手软，跌于马下。那人赶到身边，将他腰内银子搜去，又把他衣服马匹劫去，幸喜不曾伤他性命，骑了马，飞奔大路去了。柳绪吓死半晌，爬起四处一看，唯有满山烟月，拍面秋风，只得凄凄惨惨信步往小路逃灾。

且说米相家丁追来，分路找寻有二十多里，忽见那大路上一人飞马而去。刘栋忙叫家丁打马赶上，团团围住那人，那人吓得心慌脚软，被米府家丁提过马来，一刀砍了。却是腰间带刀，众人心疑，仔细一看，不是柳绪。刘栋上前看了一看，便道："柳绪必是被这人短劫杀了他的性命，故此马匹衣服银子被这人所得。我们如今将马匹衣服带了回去请功，只说柳绪是我们杀了。"众人道："妙极，妙极，我们且将就在城外过一宿，明日进城回复相爷。"大家沿路寻店安歇去了，不提。

且说常让次日起来，梳洗完毕，换了一身华服，又带了家人，到了驸马府来。见那府旁彩蓬齐整，守门太监十数个在门首伺候。常让道："人生在世，富贵难料。前日柳贤弟同我住在书院，今日做了驸马，便如此光华。"叫家丁对管门说："烦爷进去禀驸马爷一声，常让相公特来贺喜。"守门人问道："可有帖子?"家丁道："亲身而会，不曾带帖。"守门的不敢怠慢，便去禀知驸马："有一位常让相公来恭喜驸马爷的。"那史通知是常让，吃了一惊，想道："这狗头从哪里来的？若是会他，岂不被他识破?"便道："你对那姓常的说，驸马爷有事，不得工夫。你不过是门下走狗，不便相见，另日自有赏赐。"太监出来，照着所言说与常让。常让听了此言，就气呆了，想骂他一顿，又不在理，只得忍着气，骂在肚内。回到寓中，气冲冲地叫道："柳家家人，快去往驸马府中对你相公说，我骂他负义小人无情。"柳绪家人答应，即奔往驸马府中去了。

且说史通生怕人来看出破绽，即着家丁对管门的太监说："无论驸马亲戚人等，都不许入内。"那柳家家人来到府前道："小人要见主人。"守门的回道："今奉旨，一切人等不许入府。待十五日完婚之后，方得进见。"家人没法，只得回家了。

这日马俊刚刚寻到书院，对门主人说道："你去报知常爷，说我马俊来看。"门上人进去禀知常让，常让正在恨柳绪之时，又见来了个盟兄，便心灰意懒，就像呆子。马俊走进，叫道：“贤弟，俺来了。”常让揩着眼泪，慢慢答应道：“原来是马兄，小弟失迎了。”马俊见常让眼流泪，愁眉不展的模样，便问道：“贤弟有甚过不去的事情，这般模样？”常让道：“一言难尽。”才起身来见礼，坐下，复拭泪说道：“小弟并无过不去之事，只因负义忘恩的柳绪。”便把他做了驸马，不认兄弟，还说是他门下走狗，叫我另日去领赏，“你道气也不气，可恨不可恨？”马俊道：“贤弟且勿怪他，这也是小事，恐是他门上人传错了名姓。”常让道：“岂有传错之理？这是柳绪一时富贵变了心肠。真乃小人之辈。”马俊道：“你今不要烦恼，待我马俊前去见他。若他相会，俺替贤弟道及此情，叫他赔罪。”常让道：“兄到他处倘若不会，反受其辱。非是小弟放肆，况小弟与他自幼相交，时刻不离，尚且如此，仁兄虽然与他结盟，不过相会几次，一别许久，只怕竟忘了仁兄。依小弟之意，不若不去。你我做丈夫的，何必趋奉他？”马俊会意，想道：“贤弟是个吏部公子，俺乃平民百姓之人，俺却不依，偏要去走走。”言毕起身，除下宝剑便走。常让相留不住，方才去了。那柳家家人就回来说道：“小人往我相公府中，却不得进去，府门前有太监阻住。”常让道：“我叫马兄莫去的好，如今看来真是无益。”且说马俊找到驸马府前，叫道：“门上的人烦你进去通报驸马，说俺马俊要见。”那门上人看了马俊一眼，不像个有来历的人，说：“要见我驸马作何事呢？”马俊道：“俺与你驸马同乡，又是结义过的，特来奉贺。”那些守门的道：“早间有个常相公，也是同乡之人，我们进去禀报，被驸马爷大呼叱了一顿，吩咐我们以后但有往日门下走狗来见，俱回他另日来领赏。”马俊听了大怒道：“你且进去禀声，俺定要会。”门上人见马俊凶恶，只得进去禀了一声，便出来回道：“驸马爷道：方才有旨意下来，凡一切亲交，毋许擅入，候完婚之后，谢过了恩，方才会客。”说完都坐在门凳上说话，不瞅不睬。马俊方知常让之话不差，急得凶心顿起，怪眼圆睁，说道：“俺看你驸马做得长久做不长久。”那守门人大怒道：“你是哪里来的野棍？敢在此无礼？快些走了便罢，若走迟了，拿棍子打你狗腿。”马俊见门上人骂他，越发动怒，却不便行凶，只得忍在心中，气愤愤回到常让的寓处。常让见他满面怒气，便说道：“仁兄如何？不听小弟之言，故有此气。”马俊道：“罢了罢了，今生不得与柳绪开交。”常让道：“等他完婚之后，再作道理。”便叫家丁摆上酒席过来，饮了几杯。常让问道：“山上诸位长兄安否？”马俊将三进开封取宝剑，并劫凤小姐上山之事，说了一遍。常让道：“小弟被张三、李四二人骗进院内，遇凤小姐行刺，幸我醒来，问其来历，方知是孙佩弟妇。回去禀了舅舅，捉拿拐子，不知又被拐子同院内妈儿一同逃走，不知去向。今得仁兄又做一番好事，完了他二人大事，真感仁兄恩德莫大。”马俊无心闲话，心中只恨柳绪，便问道：“今乃中秋佳节，不知公主是什么时候出宫？”常让道：“闻说戌时。”马俊道：“若是撞见这无义之人，让他招得成驸马，俺也算不得手段。”常让道：“仁兄凡事要忍耐。”再三相劝，忽然一阵神风，寒雾满天，纷纷大雨，下到天晚方住，渐渐明星亮月。常让举杯对月闷坐，马俊起身，换了一套短衣，带了宝剑，对常让道：“俺要去杀柳绪呢。”那常让一听此言，吓得战战兢兢的，说道：“三思而行，不可后悔，还要忍些气。”扯住马俊衣角不放他走。马俊哪里肯听？说道：“这气恼难消。”把常让推了一跤，纵身上屋，要杀柳绪。不知杀得成与不成，且看下回分解。

第四十二回

马俊义奏真史通

却说常让被马俊推倒在地，半晌起来，叹口气道：“柳绪怎的了？今日得了富贵，就忘朋友之情？却是你自讨其祸，可惜绝了柳门之后。”左思右想，无计可施，先虽恼他，今见马俊去杀他，其心又不忍。足足想到三更，方才睡着不提。

再说马俊离了书院，借土遁落在驸马府屋上，睁着一双怪眼，在屋上望见中堂内那柳绪独自一人，穿着驸马的华服，气昂昂地坐在案桌之上，红烛双辉，又是满堂红灯高照。原来史通假冒柳绪，所以不要家丁伺候，独自一人坐着。马俊一见，犹如仇寇。骂道：“我看你这狗贼，快活得几时。”他坐在屋上又细看了一会，便吃一惊，道：“这不是柳绪的模样，他如何坐在此处？”便定睛细看，越想越疑。原来马俊眼力最高，故而称为‘电光目’。虽离了许久，他却认得真切。何也？因同几次酒席，会过几回谈心，故此认得真实。马俊又想道：“若是认不得，我马俊恐离久了，故而忘记，亦未可知。今常让与他同寓一处，寸尺不离，难道他也忘记了不成？如今看来真正不是柳绪。”不说马俊在屋上犯疑，再言那刘栋奉米相之命，恐怕史通不谙国礼，写了一张仪注关节，着刘栋送来与史通看了，到临期之时照帖而行，方免失仪。刘栋进了中门，还是照平日相见的混闹作乱之故，也显他的妙计，叫道：“大爷，我来了。”史通便道：“老刘，你来做什么呢?”刘栋笑道：“特来送一物与你看看。”便衣袖中取出，递与史通。说道：“你照此帖行事便了。”又笑道：“大爷，你今日这等荣耀快活，不知那人儿怎样苦呢。”史通道：“这是我大爷洪福，所以得你的妙计。”两人笑了一会，刘栋起身往外去了。史通手内捧着送来的仪注细看，不提。单讲马俊在那屋上听得这番言语，真真十二分是假的。又见行事不是柳绪平日的文雅，越看越不是。马俊心中想道：“惜乎错怪了柳绪。”猛然想起：“既是假的，真的往哪里去了?”又想道：“莫不是被他们害了性命不成?”正思想之间，只听得梆锣之声，已是一更天气，略迟了一刻，公主就要出宫了，暗道：“一者，乱其人伦；二者，不知柳绪在于何方。我如今若杀了这贼子，不知柳绪生死何在；欲待拿他，恐他羽党人多，反为不美。但公主出了宫，完了姻亲，那皇上也难辨真假。”左思右想，无法可施，着急想了半会，道：“罢罢罢罢，我想做汉子的要为朋友，就把这条性命放在肚皮外，我今进了皇宫，先奏天子拿这假驸马；若是真驸马，我情愿受斩剐之罪。若是审出这个贼子是假的，不但我无罪，而且反有功。做好汉的要撞这个金钟，舍着这条性命。”主意已定，就离了此处，借土遁如风响一声，早到了皇宫。想道：“腰间宝剑藏在哪里？有了，我把宝剑放在皇宫高屋天井之内，方才立于地下，看那殿宇房屋甚多，却不知圣驾在于何处，又不知宿于何宫，到此也是枉然。不若回去先杀了那贼，替柳绪报仇。”正欲回去，只见得有人叫道：“张文正哪里?”只见皇宫内走出一人，手提宫灯叫道：“周公公，做什么?”周太监道：“皇爷有旨，说时辰将近，公主快出后宫，你们把銮驾俱要齐备，咱家去缴旨去。”那周太监吩咐完时，往前而去。马俊听得“缴旨”二字，不是皇上，定是娘娘，我不如随他引了进去，那周太监进了宫门，来至永和殿缴旨，那马俊也跟进宫内，闪过黑处，往殿内一看，只见天子端坐中间，背后两旁约有三十多名内臣保驾，灯烛辉煌。马俊却有些胆寒。想道：“怕也怕不得这许多。”又想道：“惊了驾是个斩罪，私入皇宫也是斩罪，不过是一死而已，但我被杀，皇上也要问问驸马的真假。罢罢，就被他杀了，也是瞑目的。”便往上走了几步，猛然往上一纵，俯伏在地，说道：“民人见驾报机密大事，有关国体。”那保驾的内臣拿着金瓜等物把马俊压住，不容转身，皇上吃了一惊，说道：“你是何方奸细？敢黑夜来行刺寡人吗？”马俊道：“民人报机密大事，有关国体，并非行刺。”天子道：“你报什么大事？”马俊道：“万岁爷放起民人细奏。”天子叫内臣先在他身上搜检搜检，那些内臣在马俊身上搜检，并无寸铁。天子道：“放他起来。”那内臣才把金瓜收起，放他起来，马俊转身跪下，说道：“民人非奏别事，今有驸马柳绪，被奸人害了，不见影形。今在府内的驸马不是柳绪，是假驸马，求万岁爷龙恩，速将假驸马拿下，追问真驸马柳绪的踪迹，生死何存？民人宁可碎剐，不可乱伦乱国。”天子闻奏大惊道：“你怎见得真假呢？”马俊道：“柳驸马民人自幼与他同乡，所以认得。”天子道：“你叫什么名字？”马俊又道：“求圣上赦了民人万剐之罪，民人乃敢说名姓。”天子道：“朕赦你无罪。”马俊谢恩，奏道：“民人叫作马俊。”天子道：“你可是大闹开封府，夜杀米斌仪同孙知县，在铁球山聚众的玉蛱蝶吗？”马俊道：“民人正是。”天子大惊道：“你既是做恶的罪犯，来此都中所做何事？如何又得知驸马真假？”马俊道：“民人因同柳驸马同乡相好，今到都中，听得他招了驸马，民人前去贺他，反被他大辱一场，民人气恨不过，要去杀他，方才在屋上看时，面貌仿佛，只是耳朵小些；又见外面走进一个人来，假驸马叫他老刘的，那姓刘的取出一张纸来，说道：‘若是行礼，必须照此帖行事。’还说了许多不成文的话，又突出一句埃叫声‘大爷，你今晚如此荣耀快活，不知那人怎样苦呢。’假驸马说：‘你的妙计不差，我一总见情罢了。’所以民人见了这些破绽，方知是假的。万岁若不信，先叫内臣把我绑起，后传旨意即拿假驸马，求万岁爷究其真假，将功折罪，赦免民人的罪。”天子闻奏，方才全信，即着周太监传出一道旨意："据民人出首，在府内的是个假驸马，将柳绪驸马所害情由，朕疑不决。传旨仰都察院领旨，速将驸马拿问，明早早朝见朕回奏，再辨真假定夺。"周太监领了旨出去，又叫内臣将马俊绑起不提。

再说都察院麻太爷正在驸马府内料理，猛见此旨意下来，即着家丁进了驸马府内，说道："圣旨已下。"此时史通跪接圣旨，麻太爷上前读完，御林军向前除了驸马服色，带上了刑具。此时米相闻知这个凶信，吓得目瞪口呆，便赶来接着麻太爷说："此是真驸马，何故拿下？"麻太爷道："老相台差矣，圣上旨意下来，叫拿驸马，我怎敢逆圣上旨意？且等明日见驾，自有分别。"周太监回宫缴旨，麻太爷押了驸马不提。

且说天子又问马俊："外州外县风俗如何？"马俊把那米丞相怎样作恶，怎样害他，多少不良之处，万民痛恨，一一奏上。万岁方知米相奸处。急叫内臣将马俊押到分宫楼上，锁在柱上，又叫几十个太监看守。天子回宫安寝，不提。只见皇城大小官员预备贺喜，见拿了驸马是假的，无不吃惊。且说书院内有几名乡绅官员，听得此言，却一人传十人，十人传百人，人人皆知。独有常让睡也睡不着，正在心焦之时，听得传说圣旨拿了假驸马，又有个姓马的在皇宫内出首，此时方知柳绪被害，驸马被人冒名，心内晓得错怪了柳绪。知是马俊入宫奏了皇上，又惊又喜，惊的是不知柳绪生死，喜的是假驸马奉圣旨拿下。便与家人说道："明早到午门探信。"不知假驸马明日见驾如何，且看下回分解。

第四十三回

三法司坚持异见

话说次日早朝，百官齐候驾临轩。不一时，金钟一响，齐来朝贺，文进东华，武进西华，静听金钟三下响，层层文武叩金阶。天子登殿，马俊押在一边。百官朝拜已毕，都察院麻青出班缴旨，奏道："昨日晚上臣领旨将驸马拿下，已在午门，请旨定夺。"天子道："卿且归班。"麻青谢恩归班。圣上传旨召进皇门官，将驸马解进午门，至殿前朝拜，俯伏道："臣柳绪见驾。"天子道："你且抬起头来。"史通道："臣不敢仰视君面。"天子道："赦你无罪。"史通才敢抬头，天子龙目一看，暗道："面貌不差，马俊怎说是假的？"事有蹊跷，便问文武官员："恐朕眼花，诸卿可看是真是假？"班部内走出米中立、史明德，奏道："臣等看柳驸马是真的，皇上何必见疑？反被罪犯所惑。"米中立又哭奏道："臣的儿子米斌仪被马俊杀死，又大闹开封府，杀官劫狱，种种不法，罪大恶极。昨晚马俊是受奸人贿赂，前来行刺，幸喜圣上洪福齐天，反擒拿了罪犯。他无言回答，捏称驸马是假的，方好脱身。请圣上速斩马俊，一则诛此凶恶之徒，以除后患；二则速正国法，即便完姻，休错了时辰。请旨速速施行。"天子听了米中立之奏，有八九分准意。马俊在旁，见天子不言，恐其准了米相之本，便奏道："这不是真驸马，一定是假的，虽然相貌仿佛，真驸马的耳朵多大，这假的耳朵又小。求万岁爷龙目观看。"天子细看史通的耳朵，果然甚小，前日柳绪果然耳大。天子看毕，问道：“你是何方混徒？胆敢到此冒名驸马？”史通道：“臣果是柳驸马，马俊昔日与臣有仇，故此假言害臣。”马俊道：“柳驸马自幼与民人相好，岂有不识面貌之理？”天子正在猜疑不决之间，只见吏部大堂傅老爷，又是国舅，奏道：“据马俊说驸马是假的，据他自己说是真的。奏圣上，可着他将前日所做诗文今日细默一遍，一字不差，笔迹无二，就是真驸马，将马俊斩首示众；若字迹不对，诗句差讹，笔画两样，这定是假的无疑。圣上可即发刑部审问，究出真情，问其真驸马生死何存？然后再究羽党，伏乞圣上施行。”天子准奏，龙心大悦，说道：“卿奏之言有理。”便叫内臣拿了龙凤金笺，文房四宝，摆在史通面前，阶檐之上，题目仍是前题。只吓得史通目瞪口呆，半晌无言，又不敢再奏。且说米中立、史明德心中好胆怯，道：“如何是好？”内臣又来催促快写，史通故意看了题目，拿起笔来，左思右想，无处下笔，不知写些什么才好。写了半日，写了三个字，以后再也写不出来了。约有三五个时辰，内臣又催促甚急。天子问道：“文章可曾写完？”内臣奏道：“才写了三个字。”天子大怒道：“前日柳绪见朕时节，看了题目，不上半个时辰，已完篇了，今日为何连默也默不出来？”史通奏道：“臣今日着了惊，一时间忘记了，求圣上限臣三日臣心方定，好写。”天子道：“把他写的字拿来与朕看。”内臣捧上，放在龙案之上，天子见他写得七歪八扭，大怒道：“好大胆贼子，焉敢欺君，当得何罪？”又将柳绪文字同今日的三个字命诸臣比看，那些文武官员大家同看，一齐奏道：“前日柳驸马写的字是银钩铁书，今日写的并无一笔看得，其中着实可疑。请圣上龙目观看察之。”天子道：“若不是马俊进宫奏闻，必遭此贼之计。”即发三法司，将马俊同此贼勘审问明，究真驸马下落。都察院麻青，刑部大堂史明德，大理寺胡清澄三位公同领旨出了午门，百官朝散，天子进宫与太后娘娘言明，方知是个假驸马。太后等无不动气。娘娘又奏道：“请圣上究他羽党才是，并查明真驸马下落要紧。”

却说米中立向三法司说道：“这马俊是老夫的儿子仇人，这驸马是真的，他反捏言生事说是假的，可恶之至。年兄须要加刑审问马俊才是。”只有史明德答应，麻、胡二公不答，三人领旨去了。且说麻老爷家人前月受过马俊的恩情，见马俊今日犯这钦案，俱来报他前恩，齐齐上前拦阻，不许那刑部衙役动手，好好送他进狱，又吩咐狱官无不依允。且说史通亦送下监去了。那史德明即到米相爷处商量，米相摇手道：“此事连老夫都在内了，为今之计，着人进监照应史通，叫他且挨过今日这一夹棍，明日老夫自有主意。”米相爷即着家丁进监，与史通说明法子。那史明德就回衙门，只见麻太爷着家人来请，说胡老爷与小的主人已到衙等候多时，来请老爷同审驸马之事。史明德就随来人同到衙内。麻老爷发牌下监，提出驸马、马俊在班房同候。三人坐堂审问口供，上面供着圣旨牌，叫衙役带进驸马、马俊，当堂跪下。史明德叫马俊上来，审问道：“你既是罪犯，十恶杀官劫狱，聚众谋反，你有灭族之罪。”麻公接口道：“这些罪俱是前罪，大人不必问他，只问他假驸马情由。”史明德道：“这罪恶本部院此刻且不究你，但柳驸马乃皇上钦赐御题，金殿上看见过的，你怎么说是假的?”马俊回道：“小的自幼与柳绪相交，岂不认得真假？真驸马乃方面大耳，乃杭州第一才子；这假驸马面貌虽同，只是耳朵又小，才学不好，一定是假的。而且圣上亲自见过的。”史明德大怒道：“你这该死的狗头，你将这些胡乱之言前来蒙混。”史公喝道：“左右，将马俊夹起。”衙役正欲动手，被麻公止住，道：“不可夹他，马俊是圣上有功之人，是夹不得的。先不问被告之人，倒先问出首之人，快把马俊带下去，把假驸马带上来。”跪在圣旨案前，“本部院问你：那柳驸马与你有何仇隙？怎么你就害他？既然设此计，必有同谋羽党之人，你可招出，你的名姓是谁？羽党何人？如今柳绪在于何处？一一招来，本部院自然开活你的重罪；若是含糊抵赖，那时受了刑法，招出口供，莫想有命。”史通道：“小人是真柳绪驸马，马俊向日与我有仇，故而假言陷害，求大人上裁。”麻公道：“你既是真驸马，怎么前日做的文章都忘记了呢？况且笔迹字样大不相同，若写出一半忘记了一半也还可恕，你全然一句也写不出来，还说是真驸马？若不严刑夹起，你焉肯招来？”叫：“左右，快快将这贼子夹起，方肯招出。”众衙役往上一拥，把个史通掼倒在地下，那刑部史明德对麻公说道：“此系内宫国戚，皇上的贵客，大人须要三思而行才是。”麻公道：“他就是内宫国戚，此刻要他口供，也顾不得他了。这是本部院所为，与大人无干。”史明德讨了个没趣，也不便再多话，只得忍着心头之苦。那些衙役把个史通两腿分开，不由分说，竟是一绳收足，史通昏死，半个时辰方醒，咬定牙齿，一字不认。麻公又叫拿杠子打，一连打了十数下，那史通本是个细皮嫩肉，哪里受得这样刑法？便大喊道：“不用大人费心，如今小人招了。”史明德听见一个“招”字，便道：“你乃真驸马，不可胡言乱招。”史通即刻转口道：“冤枉冤枉。”麻公见假驸马正待要招出真情，又被史明德止住，便大怒道：“史大人，你莫非认得这人吗？若是这样看，就是你与他同谋。”史明德道：“大人之言差矣，卑职焉有同谋之理？”麻公道：“他才要招，你为何止他不可？岂不是与他同谋？”史明德道：“马俊是大人相知，你因何为他？”麻公自想：我生平性格最高，哪里容得史德明这般奸诈言语？就指着史明德道：“你这奸贼可恶，皇上钦差此案要审问明白，以便回奏，你怎么便止住他不可乱招呢？其中看来大有情弊，明日早朝，奏明圣上，看你这刑部大堂可能长久做吗？”言毕，气得满面通红，忽然就吐出两口血来，便倒在地下，不能再审。众家人扶将起来，只得打轿抬回去了。此话不言。再说那大理寺胡公，刑部史明德仍将史通、马俊二人收监，打轿各回衙门。且说史明德就奔米相府中来商议，对米相爷说：“如此如此，受了麻青大辱，史通挨不住大刑，求恩相早做良谋要紧。”米相爷说道：“事关重大，方才边报传来，吴兰得胜，不日班师就要回朝，若柳滂回京，倘若认出真假，你我性命休矣。”那刘栋在旁笑道：“小人倒有一计，可保无事，相爷还要早登大宝不知相爷可能依允?”米相爷道：“你足智多谋，有何妙计?”刘栋不慌不忙，不知说出什么计来，再看下回分解。

第四十四回

九重主恩封功臣

话说米相爷问刘栋：“有何妙计可保无事?”刘栋道：“为今之计，有一计为上策：相爷久有夺位之心，外面要招募天下英雄，虽不日起手，尚有慢局。如今公子又在紧急之时，却挨三拷六问。倘若招出，必遭擒拿。况吴兰不日回朝，又添这支人马，又碍着手脚。据小人愚见，莫若乘此机会，着一能干家人，进宫杀了皇上。那时相爷登了大宝，此为上策。不知相爷尊意以为如何?”米相道：“此计甚妙。只是内禁深宫，平人焉能进去?”刘栋道：“这件一发不难，那周公公与相爷相好，不若请他出来，相爷当面与他计议此事，绑在周公公身上，自然得成。”米相爷听了此话，心中甚喜，即着心腹之人到后宰门知照内监，请周公公今晚到米相府议事，米相又留住一班门下相陪，周公公直至黄昏时候方才来到相府。相府一众人等迎接了入厅见礼，分宾坐下。茶罢之后，周公公道：“咱家无情奉进，如何屡承老先生见爱？何以克当?”米相道：“不过薄酌，有屈公公驾临光降。”周太监道：“说哪里话来?”谈笑了一会，摆上酒席，俱是珍馐百味。酒过数杯，汤上两道，米相道：“公公可知今晚请公公之意否?”周太监道：“咱家不知。”米相道：“在席的都是学生的门人，总是心腹。先将杀柳绪，将史通冒名招为驸马，今日事已败露。向日曾与公公言明，厚许平分天下。如今要行刺皇上，必须公公设一妙计，带一人进宫，方好成事。”

太监听了此言，想了半会，方才说道："这事怎么使得?"米相道："这是公公当日许过学生的，今日又何必作难？公公允与不允，总放在公公身上，有福共享，有祸同当。"太监见推托不掉，又想了一想道："计有一条在此，却要一个胆量大的人方才去得。"米相道："这却不要吩咐，学生家内有胆大的甚多，不知公公有何计策?"太监道："今晚乃十六日，二十一日是先皇的忌辰，前后不理朝政。明日晚上，皇上沐浴要到三更时分，皇上到慈迪楼拜先皇圣像，只有咱家相随，其余并无一人。老相台可着一能士相随咱家，下扮作内臣打办，暗藏利刃，随咱家一同进宫，先藏匿在楼前垂训亭旁边，听咱家咳嗽为号，那时溜出亭来，杀了圣上，老相台在后宰门打听，等咱家的消息，先着家将进宫得了玉玺，然后登位，不怕那班文武官儿不顺。"米相闻言喜畅之极，说道："若是学生得了帝位，情愿平分天下，决不食言。"太监道："这是得位之说；倘若不能杀君，是咱家出宫送信，必须要想个安身去处，免诛九族之患。"米相道："若是事不成，学生倒有个安身去处，决不负公公之意。"太监道："若是如此，咱家要进宫去了。"众人劝酒，又饮了几杯，太监回宫，不提。

再说米相与众人说道："尔等俱要小心，就把各家家眷，只说上山烧香，悄悄地都搬出城去，安放静处，只听消息。"米相叫出解凤来，吩咐了一会，那解凤领命，临时干事。次日，天子登殿，麻公病在床上，他有长子见驾奏道："臣父有病在床，不能侍驾，望我皇准奏。"那史明德奏道："昨日臣奉旨审假驸马一案，因麻青有病，未曾审明，臣等不敢自为，候麻宏义病痊复审再奏。"天子准奏，退回不提。

再说常让听了假驸马之事，心中甚悦。直至二十日晚上，周太监出宫到米相府把解凤扮作内臣模样，身佩利刃，随太监越进皇宫，叫解凤躲在垂训亭。当日天子沐浴，更了素服，坐在偏殿，等至三更，方才前去。

再说马俊自在监内以来，全亏麻府家丁日夜巡查，恐被奸人所害，又陪他坐卧，保他不上刑具，又轮流送酒饭他吃。今晚马俊见家丁睡了，到得二更时分，马俊站在狱所门首，想柳绪不知生死何往。见那半空中忽然飞下一张大红纸帖儿，马俊上前一步，拾起来细细地看，上写道：

司马字示马俊：昔日说过，圣上有难。今夜三更时分，在垂训亭前被人所害，有刺客。你可速速带宝剑进宫救驾，不可有违，速去速去。

马俊看毕，想道："上年曾言此事，今日果应其言。"把帖儿收在身上，除下刑具，裹扎了一会，到得天井，纵起土遁，如飞而下，到得宫内。先寻到高殿屋上天井内，取了宝剑带在身上，又寻垂训亭。原来宫殿楼阁甚多，亭子只有两座，所以好找。到得亭前，把眼一睁，放开神光，见亭子上面一个匾，却是写的"垂训亭"三个大字，他就闪在亭中。不一时，见周太监手提龙纱凤灯，后随着两个小内臣，提看香炉，缓缓而行，往慈德楼来。走到亭边，周太监咳嗽一声，又把灯往上一提，照看圣上的面。那解凤听见咳嗽，便仗剑在后，跑来直奔天子。那马俊在亭中先见圣驾，后见亭后跑出一个刺客飞奔天子，马俊就掣宝剑相从，早到圣驾前边站定。解凤并不提防，只认定天子，劈面一剑砍来。天子大叫一声："不好了。"就跌倒在地埃尘，不期马俊手快，那解凤举剑来砍之时，不防右手有人，早被马俊飕的一剑，砍断右手，连剑落在地下，再复一剑，解凤早已呜呼。此时周太监吓了个昏，哪里想到有人救驾，见事不偕，也不管圣驾，就飞奔逃出后宰门来。到米相府内说知："其事不成，快些出城要紧。"众人听了，上马加鞭，来到城门口。守门官员乃马通、郑通、曹奎，见了米贼，开了城门，大家逃去。

且说天子倒在地下，那小内臣吓得飞跑来见太后。那马俊扶起圣驾，叹口气说："吓杀朕了，是何卿救驾?"马俊道："民人马俊救驾，有惊龙体之罪。"天子惊讶，立起身来："你在大狱之中，如何知道?"马俊即将司马先生柬帖呈上，天子龙目看毕，说道："这司马傲真神人也。"马俊奏道："刺客已被民人砍死，尸首现在此地下。"

且说太后与娘娘听了大惊，即领内臣传御林军，提灯前来救驾。天子道："不必惊慌，幸未伤体。"提灯来看刺客尸首。太后道："周明何在?"内监奏道："周明出宫去了。"太后道："这刺客必是周明隐匿来的。"天子就命马俊保驾回宫，即传下旨意，命九门巡城御史不许擅开城门。此刻各官皆知，来至午门，天子登殿，百官朝拜，只见巡城御史奏道："未领旨之先，那米中立同史明德、周太监、曹奎人等，私开城门逃走去了。"天子闻奏，便道："众卿听朕之言。"就将得刺，幸遇马俊救驾之事，说与众官员知之。各官伏奏道："臣等不知圣驾受惊，恕臣等之罪。"又奏道："圣上洪福齐天，故有神人护佑。"天子道："朕封马俊为御前侍卫。"马俊谢恩，将右相葛宗显封升左相。又传旨，命御林军王世元领兵拿获各家家眷，王世元领旨出朝。天子又命内臣把刺客尸首拖出后宰门，晓谕众人知之。又命兵部陈云坚守城池。众臣奏道："此假驸马定是米相同谋羽党，俟柳滂回朝认识真假治罪。"那王世元来回旨道："米相等家眷全无，只有空房。"天子闻奏大怒，传旨颁行天下，着各省文武捕获米中立、周明、史明德等解京，不可隐匿。凡是米相门生，俱拿下天牢，俟拿着米中立一起治罪。天子退朝回宫，太后与娘娘无不赞马俊救驾之功。

且说马俊出了朝门，来到书院同常让相会。常让见马俊为侍卫之职，好不欢喜，出来迎接马俊到内厅坐下，说道："前日不让愚兄去杀驸马，焉有今日吗?"二人叹了一会，马俊又将怎么在狱内天井，见落下司马先生柬帖，中写着叫俺救驾，砍杀刺客，天子大喜，封我御前侍卫之职，前后说了一遍。常让道："仁兄真乃大丈夫，全仁全义又全其忠。"马俊道："明日须贤弟修书一封，送到铁球山与郝大哥同众位兄弟知之，叫他们在山上不可乱为。着人各处寻访柳贤弟。"至晚，常让摆酒庆贺马俊不提。

且表柳绪赤手空拳，无处投奔，每日求乞而逃。那日，柳绪宿于破庙之中，忽然天降大雨，又饥又饿，好不苦恼。左思右想，欲投铁球山，又路途遥远。虽在杭州听说，郝大哥叫众位兄弟若是救了凤林、孙佩，可到铁球山来要紧，在此齐聚，不可有误。不知郝大哥与众人如今可在铁球山，恐其不在，如何是好？正在思想，不觉苦楚起来，急欲寻个自尽。不知他生死如何，且看下回分解。

第四十五回

遇金翁情结父子

且说柳绪受了许多磨难，饥饿难忍，欲寻自尽。正在庙内凄惨之间，只见庙门外来了一位老者，拿着香烛，到神前烧香叩头。听得叹气之声，那老者吃了一惊，便问道："是谁?"柳绪道："是我，落难之人，只因饥饿难忍，欲寻个自尽。"那老者是个吃斋行善的人，听得此言，便道："不可行此短见。俺看你相貌堂堂，后来必有好处。"便在腰间取出一锭银子，递与柳绪，说道："你自己将这银子用几天，速速投奔亲友去吧。"柳绪接了银子，致谢不尽，又问公公姓名，老者道："你问我姓名？我姓赵。"又说道："你速速投奔亲友去吧。"柳绪告别老者，那老者带上了庙门，径自去了，不提。

再说那吴兰征剿海寇，已经得胜两次，不能灭绝。吴兰命吴兴背本进京，求请虎将助战。吴兴领命，行至中途，直奔铁球山分路。只见山头来了一支人马，意欲向前对敌，又不知哪里人马，是由何处而来？只得兜转马头回避，走过一边。不期那支人马看见，赶上前来，便使挠勾勾下马来，捆绑到营见郝鸾。郝鸾正在山上闲坐，叫喽啰下山打探。此时吴兴解在营前，看见中间那一位将军，吴兴却认得郝鸾，便道："大爷，小的吴兴，奉老爷之命进京的。"郝鸾见押来的人叫他，看时，原来是吴兴，便叫喽啰解了绑放了。吴兴叩头，郝鸾道："你且起来，我正要着人探听你家老爷的信息。征寇的事如今怎样了？一一详细说来。再者，你太太在家安否？可曾有人来往?”吴兴即将征寇的事，怎样交兵，大战几回，得胜了几阵，却不能全胜，所以奉老爷之命，如今送本进京见驾，呈闻圣上，求发雄将数员，征剿海寇，方能全胜。不意此地过，见大爷的兵将，把小人绑来。不知大爷因何不在家中？因何到此？领的何处兵马？要往哪里去战？郝鸾将前事细细告诉他一遍，如今不得回乡了。吴兴听得此言，叫道：“大爷的话正合我家老爷之意，如今老爷领了十万大兵，千员战将，征剿海寇，尚未成功；幸喜我家老爷与柳老爷得胜了几阵。据小人看来，这里这些爷们犹如天神天将，若依小人看来，弃了此山，小人也不进京，径同大爷与列位爷们领兵一同助战，帮我家老爷收服海寇，一举成功。那时班师回朝见驾，照功封官，岂不为美?”郝鸾等闻言，无不欢悦。众人都到郝鸾面前说道：“此言甚是有理。”郝鸾道：“众人兄弟，其意若何？愚兄亦有此意久矣。”传令回山，领了兵将，并吴兴到了山上，与凤公大家商议。忽见厅前上走的喽啰跪下禀道：“京中来了一人，说是马爷差来的，不敢擅入。”郝鸾听见是马俊有信，便道：“唤他进来。”喽啰将来人引至聚义厅前跪下，呈上两封信。郝鸾拆书一看，又惊又喜，即与大家同看，方知米中立、史明德、曹奎等逃走外邦去了。大家看完，无不欢喜。凤公听得明白，感谢神灵不已。郝鸾叫能干人到各处寻访柳绪，不提。

且说凤公与众人一面改了旗号，喽啰改为官兵，凤公领了各家的眷属。因得了马俊之信，方才放心回开封府去。郝鸾等收拾盔甲，马匹草料完备，领了陈雷、鲍刚、周龙、周顺、曹双、王常并孙佩人等，又令焦豹烧了山寨，吴兴领路，直奔登州而来。一路并不骚扰百姓。

那一日到了登州地界。郝鸾领大小三军，安营扎寨，先叫吴兴去禀知吴公，吴公告知常、柳二公，皆着将官迎接。诸位将军到了，大家上前倒身下拜，投上姓名册簿，吴公照册名点着，见众人俱是身长力壮，好似神将一般，喜不自胜。当时款待众人等。郝鸾在席上将柳绪得了彩球，被史通陷害，并马俊救驾，米中立、史明德等逃走外邦之事，说了一遍。柳公大惊着恼，吴公解劝了一遍。又问郝鸾等候收服贼兵之后，将功奏闻圣上，免郝前罪，见功封官。当晚席散，各归管寨，准备次日交战。

再说柳绪得了这锭银子，过了两日，一路行来，直奔铁球山而来。那一日到了山脚之下，朝上一望，不见一人，只得走上山来。并不见屋宇，只有乱砖乱瓦，心内伤感不定。只山门里走出了四个人来，挑箥箩，手拿铁把，走上山来。原来郝鸾烧了此山，有些零星在内，每日淘沙的人上山来淘沙。柳绪拱手问道："列位长兄，借问一声。"淘沙人说道："你问什么?"柳绪道："我是落难之人，闻得此山有位郝大哥在于此山，我来投奔他，特来避难的。所以动问：他们往哪里去了?"淘沙的内有一个少年人，一把抓住了柳绪说道："拿着了，拿着了，强盗聚在此山，打家劫舍，放火杀人，无所不为，如今不知去向。今奉上司行文，各处缉拿。你来问他，一定是与他同伙的，把你拿去见官。"柳绪吓得跪下哀求道："我是落难之人，并非反人，望爷爷饶了小人吧。"幸喜内中有个年老的，便劝道："龚大哥，谅这人也不是个反人。况此刻你我还有正经事做，与他做什么对头?看我面上，饶他去吧。"那姓龚的才丢手，说道："若不是老大哥说情，我拿你见官，处你一个死。"便挑箩下山去了。那柳绪只得移步下山。便想道："我身出宦家，何曾受此饥寒?今又不知郝大哥去向，叫我如何是好?怎样度日?"又走了几步路，腹中饥饿，口内又渴，巴巴又望不见一个人家，又行走不动，甚实难挨。因想道："千休万休，不如死休。前面有所树林，且到哪里去歇歇。"走到林内，见一座坟茔，上前看时有一石牌，上刻着"金氏坟茔"四字。上前拜了一拜，就地坐下，前思后想，流落天涯，终不免为沟渠之鬼，倒不如早早寻个自尽吧，免得现丑，有辱祖宗。就在腰间解下半新的丝绦，做个扣儿，一头挂在树上，又哭了几声，爬上坟堆，将颈往扣内一伸，双足离地。

且说坟外来了一个有五十年纪的人来，不知往哪里去的，骑了一匹驴子。走至林内将驴子扣在树上，说道：“许久未曾来看看。”进得林来，听“哈”一声喊，吃了一惊，仔细一看，见树上吊着一个人。只吓得那老儿急急忙忙爬上堆来，抱住那人，往上一撮，用手替他解下了带子，放在地下，歇了半会，方才有些微气。不多时，方才醒过来，叹了口气，睁开眼睛，看见一人搂住他，便道：“好苦呀。”老者道：“你这后生，有什么过不去的事情，走到俺家坟上来上吊？幸喜遇着俺进林来，若不来看见，你岂不吊死在此？又要连累老夫，跪官跪府。我看你不是低三下四之人，面貌庄严，骨骼清秀，日后自有好处。你是哪里人氏？姓甚名谁？”柳绪只是叹气，不做声。那老儿又说道：“你为何不说与俺知道？”柳绪不说真名，便随口道：“晚生是江南真隶人氏，姓金名绪，因家业寒薄，便来寻访亲友，不意又被强人盗去衣服，只得每日沿门求乞。只因受不得饥饿寒冷，所以寻此短见，实在不知是尊府贵茔。今蒙老丈大恩，救下晚生，始终不过多活几天，我到别处去便了。”站起身来，作了一个揖，谢谢老丈，伸手拿了系带，哭着便走。那老者一把扯住了，说道：“慢走慢走，俺有话说。”柳绪只得站住，老儿道：“你且坐下，老汉也是姓金，名惟德，离此山五十里，是个小庄，我夫妇二人一百多岁，只生一女，已出嫁了。我看你年纪不过二十余岁，流落外方，不是个长法。不若随我回家，做个买卖，日后倒有好处，且免今日之死，你意下何如？”柳绪暗道：“我如今又无家业，又无投奔，不若就拜他为父，随身在此处，也好访问父亲与郝大哥的信息，借此安身。”便道：“晚生既蒙抬爱，救命大恩，岂有不从之理？晚生愿拜膝下。”金老儿见他依允，又做了他的儿子，满心欢喜，说道：“先在坟上拜了祖先。”柳绪就拜了四拜。金老儿见他拜了坟茔，就牵了驴子说道：“我儿肚中饥饿，骑了驴吧。”柳绪上了牲口，一路行来。柳绪道：

“父亲今日哪里去的？”老儿道：“我今到女儿家去的，今早起身，所以拢坟上看看，不想遇见了你，这也是有缘的。”

说着闲话，不觉已到了自家门首。此庄上甚是热闹，如镇市一般。二人进了圈门，第五家是金家。金老儿便挽住了牲口，说道：“这是我家门口。”金老儿敲门叫道：“妈儿开门。”妈儿开了门，金老领了柳绪进得门来，那妈儿问道：“这是何人？”金老儿道：“是俺的孩儿了。”柳绪朝上拜了四拜。金老儿便将在坟上救活情由告诉一遍，又叫妈儿：“炒饭与孩儿吃，他肚中饿了。”金妈妈听说，好不欢喜，便往厨下收拾了饭，大家吃了。金妈妈晚间搬出一副行李，与他歇宿。此时柳绪就住在金家，且按下不提。

再说登州吴公与常、柳、郝鸾等在营商议道：“这些贼寇狂妄之至，必须要用计擒他。”郝鸾上前禀说道：“愚甥却有一计，明日且看这一阵谁人胜败。”欲知怎生交战，且看下回分解。

第四十六回

征米寇天降神仙

话说次日吴公领兵出营，与贼寇大战，叫杀连天。那贼首海天王领着贼兵海寇，拥出营盘交战。郝鸾挺枪骤马当先，贼人见了，拍马来迎。二人交不十合，郝鸾诈败，往本阵而走。贼首海天王见兵丁得胜，催动了一班贼将，撞入阵来。吴公与常、柳二公正在中军将台上看得明白，贼将总到阵内，即将红旗一招，四面伏兵齐起，只见这边众将纷纷骤马，那边贼将嚷嚷挥兵，好一场大战。不多时，只见郝鸾枪挑着一将，鲍刚刀劈了二人。投降的，丢盔卸甲，拒敌的，血流沙场。海天王众贼将俱都被擒，余者追杀奔逃。杀了一夜，方鸣金收兵回营。众将报功记册，将擒住的海天王并贼将打入囚车，班师回朝。

进了潼关，犒赏三军。行不数日，到了马头城外，安扎了营寨。吴、常、柳三位领了郝鸾等将官来至午门候宣。吴、常、柳三公见驾，山呼已毕，天子赐三位卿家平身。呈上奏章，乞皇上龙目一览，方知众将之功。天子展于龙案之上，看毕，说道："既是郝鸾等有此大功，朕自赏郝鸾免前罪，候封官职。"又将柳绪之事说与柳滂知之："如今未明真假，专等卿回来看其真假。"殿上传旨，令役卒牢内提出那假驸马审他，问柳绪下落。柳公上前一看，俯伏奏明："不是柳绪，是史明德之子史通。"天子大怒："好大胆的贼子，作此为逆之事，陷害公主，罪诛九族。"史通伏在地下，磕头奏道："臣被米相所害，并非本心。"天子怒道："老贼米贼，朕也不曾负你，为何乱国至此?"柳滂又哭奏道："臣只生一子，伏乞圣恩究臣儿子的生死下落何存?"史通奏道："米相备了快马与柳绪骑走，由南逃走，后来又着家丁追去杀他，家丁去了，回来只将空马带回请赏，并无首级，不知生死之事。"天子闻奏，亦寒悲泪下不说。班师文武官员奏道："曾据史通所奏，米相家丁空马而回，想驸马吉人自有天相，必无不测之事，定是奔逃他方，埋名改姓，伏乞圣恩下诏，颁行天下，命各省大小官员沿处寻访，如送出驸马还朝，加封升赏。"天子准奏，颁行各省各州府县，四门张挂榜文，寻访驸马。又命刑部左堂伍福，领旨出了朝门，传齐兵将，巡守法场，将史通碎剐斩乞示众。

忽有兵部左侍郎刘锐将山海关告急表章呈上，天子看罢，大惊道："米贼叛乱边界，若不早除，必为后患。哪位卿家与寡人活擒米贼?"吴兰出班奏道："臣不才愿往，领将剿除米贼。"天子道："爱卿受了两载辛苦征战的艰难，方始还朝，今又远征，朕心不安。"吴兰奏道："臣食君之禄，自当报君之恩。伏乞圣上加封诸将。"天子准奏，封吴兰为大都督元帅，常洪、柳滂为左右都督大将军，郝鸾为前步将军，凤林、孙佩封为参谋大将军，鲍刚、樊冲等为护军。众人谢恩，马俊出班奏道："臣保举一人随军征贼。"天子问道："保举何人?"马俊将革职滕瑞被害之事，一一奏上，天子即命赦出滕瑞见奏。天子封滕瑞为行军司马，封马俊为都督元帅，二人谢恩。又命光禄寺备办赐宴，众臣辞朝，天子起驾回宫，降诏找寻驸马之事，说与娘娘太后知道。娘娘太后大喜。众官一齐领宴，谢恩归第，个个收拾。

次日，众将都随吴兰下教场操演三军，检点人马。吴兰吩咐众军士："今本帅奉旨征讨米贼人等，诸将俱要仰体圣心，竭力报国，毋得怠慢。如敢抗违，即照军法斩首示众。"众将诺诺连声。吴公命郝鸾为先锋，凤林为谋士，领三千铁甲军，逢山开路，遇水搭桥。又马俊、周龙、滕瑞、焦豹为前后翼，鲍刚、陈雷、王常、曹双为左右翼，自己与柳滂、常洪为中军。又命周顺、孙佩、蒋忠、武雄、高鉴、仲安为护军，领马步军兵共十万。又命樊冲、张奎、解丹，催督粮草。次日五鼓辞朝，百官送至十里长亭，饯别之后，吴公催促大军前进，百官各自回衙。常让回到书院，只虑父亲年老，出兵奔驰，此去不知好歹，亦无可奈何，且自专心攻书，候来春应试不提。

且表米贼同周太监、史明德、曹斌、张恺人等，在山海关一带自称为王。又有军师叫百胜祖师，发兵侵占城池，掳掠人民，抢夺妇女，百般残害，百姓悲伤。闻知吴公奉旨征剿米贼，百姓准备迎接。吴爷大军随路而行，秋毫无犯，百姓欢呼拜接。

那日正行前来，前报已到境界。且说吴公一到，那些州县官员迎接，一一参见已完。吴公命："各位回城保守城池，我自有道理。"那前部郝鸾与凤林正在营，忽有小军报道："有一位道人求见。"郝鸾说："请进来。"小军将道人请进，郝鸾正欲出营相见，马俊来相约郝鸾去见吴公议事，马俊认得道人就是司马先生，一见欢喜非常。请入帐中，叙礼坐下。司马傲笑道："今日英雄得志，方遂我心。"马俊道："皆赖先生所赐。今幸先生降临，诸事还求指示。"司马傲笑道："贫道专为此事而来，烦引见大都督，共议军务。"郝鸾、马俊引师父到大营，先着中军官禀上吴爷，吴爷命摆酒出来迎接，三人入帐。司马傲对吴爷等稽首，吴爷、柳、常三人还礼叙坐。吴爷看司马傲仙风道骨，清秀古怪，便道："老夫吴兰奉旨征剿米贼，今蒙鹤驾光临，愿求指示。"司马傲道："贫道乃山野之人，一无所能，数年来闲游四方，因此地杀气冲天，知道应在今日，故此预访众位英雄到来，特助大人成功立业。"吴爷道："多承指示，但不知用何计策，望老师赐教。"司马傲道："贫道乃世外之人，才疏学浅，不谙军机。只因米叛营中有一军师，叫作‘毛头祖师’，是个妖人，多会邪术。贫道此来降灭此怪，则米叛无能为矣。他虽有诸将兵丁，不足为虑。”吴爷听了，大家欢喜，齐说：“全仗老师法力。”遂摆素席相叙，共论明日交兵之事。不知胜败何如，且看下回分解。

第四十七回

真驸马承恩招赘

且说米中立等带了兵马出城，排列阵势。吴爷点兵出营，摆成阵图，与常、柳二公并司马先生立于旗门之下。只听得米贼阵中炮响旗开，冲出一将，乃活土地刘交，舞刀跃马当先，喊杀连天。马俊知道刘交的跳法非常，便上马提剑杀来。二人刀剑交加，盘旋左右，两阵之人暗暗喝彩。战有三四十合，马俊卖个破绽，让过刘交双刀砍人，便使了个小转身，看得清楚，拦腰一剑，刘交跳躲不及，早已挥为两段。米贼大惊。旁边恼了不怕死的吴能，舞刀拍马，直冲马俊。鲍刚看见，大喝一声，骤马提枪迎着，未及三合，一枪刺吴能于马下。那半截蜈蚣施威、双头豹孔白、小霸王卞光、黄幡星周顺、双秀腿黄文、黑天王任戚一干贼将见了，气冲冲走马，恶狠狠摇枪，个个敌住。郝鸾、焦豹、王曹等众英雄大叫道："慢来。"骤马迎敌。只杀得天昏地暗，雾惨云愁，擂破了五花战鼓，叫喊连天。交战多时，不分胜负。郝鸾大叫一声，枪挑了孔白，众英雄趁势杀来，刀劈了黄文，锏打了卞光，斧破了项尚，箭伤了曹成，剑削了陈王。那大将军金白礼、李寿等见势头不好，兜马便回，米阵大乱。毛头祖师在敌楼上望见，鸣金收军。郝鸾等也至城边，关上炮石如雨点，只得回了本阵。吴爷亦收兵回营，与各位将官记功，摆宴作贺。

且说米营见头阵损兵折将，米贼着急，与军师计议。毛头祖师道："主公勿忧，汉营中不过是勇夫耳。如今不与他斗力，只与他斗智。今晚预备他明日之事，待俺略施小术，排一阵势，引他杀入阵来，那时管教他个个遭擒。”米贼等齐说道：“全仗军师法力。”当日毛头祖师升帐，点值年太岁樊左、小金刚袁升领兵五百，俱扮妆赤发，披着头，朱红涂面，身穿红甲，手执红幡；又点青夜叉王贵、潜小豹伍盛领兵五百，俱要青甲，手执青旗，青面；又点百步星邹成、入地蛇花龙俱要粉面，白甲白旗；又点黑天王吴成、铁头和尚姚奇领兵五百，要黑面黑甲皂旗；又点五鬼星李元、白日鼠薛永、丧门星张虚、吊客星毛进、花头马布、金猫眼徐明、狼如虎徐亮、斗杀鸡潘锡八员将官，领兵三千，俱要金盔金甲，黄面黄幡。备办齐正，明五更时听调。众人得令，个个准备。

只听五更炮响，毛头祖师与史、曹、周三人领兵出关，命青、黄、赤、白、皂五支鬼兵各执方位，列成一阵图，当中设一将台。这怪物披发仗剑，作法已毕，命花拳贾大下战书，被乱棍打出去，传令放炮，命诸将出营，摆开阵势。吴、常、柳、司马先生上将台观看，只见一派黑气罩定，悲声惨惨，冷雾漫漫，忽现无数神头鬼脸，仗剑执幡。司马傲问道：“大人识此阵否？”吴爷道：“老夫幼习阵图，从未见此怪阵，望先生指示。”司马傲道：“此阵名为五鬼迷魂阵，乃妖人邪术。”吴爷道：“老夫累经征战，从未见此妖邪降阵。这便如何是好？”司马傲道：“不难。自古道：邪不胜正。待贫道去破他。”即便传令鲍刚、王常，带领三千人马，悄悄抄过贼营之后，抢他关寨，阻住贼人去处，如有走漏消息者，处斩。又令周龙、周顺、曹双、陈雷、焦豹共领五千人马，排列左青龙而右白虎，前朱雀后玄武中央戊己勾陈，亦按五行生克。听号炮一声，一齐各列方位杀入，违令者即斩。自同郝鸾、马俊带领五百名甲士前去破阵。吴大人守营，但见我将阵一破，可连放号炮，不可有误。吴公道：“谨依法令。”

吩咐起鼓，司马傲左手执旗，右手仗剑。只听得三咚鼓响，步出阵前。

只见来了一个道人，面如黑铁，尖嘴獠牙，头戴玄冠，身披鹤氅，手中仗剑，杀气冲天，坐花斑豹飞奔而来。司马傲一见，便说道：“道友请了，你我俱是方外之人，何必来在这战场中自寻烦恼？劝道友速回山中，修真养性，成其正果。”那道人一听，怪眼一睁，开口道：“你是哪方小道，敢来说道？敢来说吾，吃吾一剑。”司马先生把剑架住，笑道：“非是贫道多事，只可惜你千年修炼，若不听吾言，只怕枉送性命。”那妖道听了，不觉动起气来，也不回言，连砍数剑。司马傲道：“孽畜，好生无礼，我将好言相劝，你反不知回避，贫道只得开杀戒了。”执剑相还。战不数合，妖道勒着坐骑道：“你有何本事，敢进吾阵来？”司马傲道：“今既到此，自然破阵方回。”即飞步追赶，那妖道急急下骑，上了将台，令牌一拍，四下烟云密布，飞沙走石，如神嚎鬼哭，内中还有火焰飞腾，豺狼虎豹，蟒蛇怪兽，齐来捉人。此时天昏地暗，日色无光。司马傲把口一张，吐出一朵金莲，却有三丈光华，照定后面军士，遂喝道：“怪物休走。”“刮喇”一声霹雳，后来烟消火灭，雾散云收。吴爷见黑气一散，说：“放炮。”“扑通”一声炮响，阵中司马傲把手中剑一招，那五路兵一齐进阵，真是犹如削菜切瓜果，是逢刀的头如瓜滚，着剑的血似江潮，枪挑的两脚朝天，鞭打的饿狗扑食，火烧的焦头烂额，马踹的似粉如泥。这叫作魑魅魍魉，怎见得天神天将。原来那些贼将在乌合之中无所纪律，各处逃生。回至关前，只见关上换了旗号，慌得走投无路，四散奔逃。又听得一声炮响，左有鲍刚，右有王常，安排三千兵马，两头围住，一个也走不掉，总被擒拿。只有那毛头祖师，见破了阵，心中着慌，即便逃走。谁知司马傲赶来，念起咒来，毛头祖师才要土遁逃去，却被司马傲把手一撒，一个掌心雷响，如天崩地裂，吓得千军万马魄散魂销。只见火光万道，火中有一个东西，像个黑驴子在地下乱跳，跳到司马傲面前，就如哀求一般的。司马傲道：“你这畜生，一念之痴，害了百万生灵，饶你不得。”就一剑挥了两段。大家一看，却是个九尾黑狐狸，吩咐军士拖了。

吴爷、郝鸾等会兵入城，围住贼将家眷，老幼尽皆拿住。吴爷就在王府坐下，众将献上妖兵首级，报功记簿，又将生擒的贼眷查明注册。王常又押到三犯：曹若建、阮氏、曹代。他三人自从劫了法场，便投表兄张澄，接着米贼，反至山海关，结连贼寇。原想百年快乐，谁知今日之难。时有凤林在旁边禀道："这三犯望大人赐予卑职发落吧。"吴爷依允，凤老爷将三人带出，审明是他奸计，曹若建等羞惭无辩，命刀斧手绑出碎剐其尸，此淫妇奸夫之报。吴爷查明贼犯，吩咐收禁，打造囚车起解。司马傲吩咐将妖人架火烧了，命军士将关内被杀之人埋掉，清查府库，出示安民，犒赏三军，留一将官守此关。料理数日，传令班师回朝。曰诗：

鞭敲金镫响，齐唱凯歌声。

且说柳绪在金家为子，倒是丰衣足食的，这叫作无巧不成书。一日在庄前闲步，忽听得三三两两的人说道："新闻年年都有，不似今年太多。昨日进城，看见府前一张榜文，却是皇帝的公主抛打彩球招个驸马，忽然不见了。后来有一个冒名的假驸马姓史，已经三法司审明，皇上传了旨意，寻访真驸马还朝。"又有一个人说："米丞相弄了个刺客进宫行刺皇上，亏得有个大闹东京的强盗叫做什么玉蛱蝶马俊，飞进宫中，救了圣驾，把刺客杀了。如今那强盗封了大大的官儿，那米丞相已经叛出边关。若杀到这里来，连我们还要跑哩。"柳绪听了想道："原来是米贼害我的，据此说来，是真事了。"便回家过了一宿，次日，禀过金老夫妇，换了衣巾，骑了驴子进了城。来到府前，果有多多少少的人在那里念的念，看的看。柳绪挤入人丛中，即将榜文前后细细看明，心中大喜，急急回到家。就对金老夫妇说道："我受你老父母大恩，终身感激不尽。我有一句话实实对你说，我是当今皇上的驸马，礼部尚书的公子，姓柳名绪。因逃难流落在此，蒙二位父母收留，恩重如山。今日孩儿进城，看见皇上榜文，方知奸贼已反，寻我还朝。只是不忍舍下二位大恩人，不若收拾，同我进京，共享富贵吧。”金老夫妻听得，连忙跪下，柳绪急忙扶起，三人欢喜之至。即收拾些细软物件，诸事已毕，去报知里长，同到府前，禀知太爷。知府迎接柳绪上堂，太爷待柳绪换了吉服，一面准备车马，又差官员兵卒护送柳绪与金老夫妇进京。

一日到了都中，天子知道，着礼部排执事迎接入朝。面圣已毕，天子大喜，道：“因朕不明，致卿受苦。”着众卿家送驸马回府。个个谢恩出朝。天子退朝回宫，说与娘娘、太后知道。太后、娘娘大喜，即传工部、礼部二位官员，速速准备应用物件，不得缺少丝毫，并择日完姻。那些官员谁不到驸马府来贺喜！常让在书院闻知此信，即忙前来相见，二人携手，悲喜交集，相坐茶罢，各诉离情，二人深感不已。当晚备酒对饮，直至更深，抵足而寝。次日常让辞回。

到了吉期，太后命内臣将金玉奁妆赐送驸马府，拥列得花团锦簇，玉映朱辉。又有老太监小内官宫娥彩女，也不计其数，说不尽千般富贵，万种繁华。至晚，公主打扮得金妆玉佩，乃即驾了九凤彩舆，太后与娘娘亲自送到分宫楼前方回。只见又是满朝鸾驾，内监宫娥，文官礼部，武衙锦衣，喧天鼓乐，笙箫振地，送入驸马府成亲。不知怎样热闹，且看下回分解。

第四十八回

众公侯奉旨团圆

话说柳驸马迎接圣旨才毕，只见那宝辇彩舆到门，迎接入厅，行君臣礼。二十四对宫娥高擎花烛，送入洞房，方行夫妇之礼，合卺交杯，共入销金帐内。这一夜欢娱，真是占尽天下风流，人间极乐，不能尽说。

次日，礼部众大臣引柳绪入朝谢恩。天子大悦，命柳绪入宫朝见太后与娘娘，见礼赐宴，辞别出宫。又谒见诸王、太子，并皇亲国戚，四相九卿，六部众朝臣，已毕，个个俱来贺拜，不必细说。

再说吴爷班师回朝，将到都城，传令放炮，大小三军安营下寨。天子出城迎接，吴、常、柳三位将军滚鞍下马，俯伏道旁，恭请圣安。君臣入城，细奏叛贼情由，托赖圣上洪福，天下太平。天子传旨赐宴庆功，朝散。

却说常让、柳绪都见父亲，会过诸将，已毕，各诉离情，大家欢喜不提。

再表吴爷次日把诸将功劳簿并叛贼花名册请旨定夺。圣上观毕，即封官加职，圣旨一下，当驾官开读，诏曰：

吴兰封为晋国公，荣封三代，妻封晋国夫人，食禄万户；常洪封为大司马，妻封一品夫人；柳滂封为大司空，妻封一品夫人；司马傲封为护国军师；马俊封为安宁侯；郝鸾封为宜卿侯；鲍刚封为徐亭侯；孙佩封为新亭侯；凤林封为光禄寺正卿；曹双封为威武将军；陈雷封为镇远将军；王常封为破虏将军；焦豹封为伏虏将军；周龙封为平虏将军；周顺封为定虏将军；滕瑞封为户部左侍郎。

其余诸将俱封赏，不必细说。

吴爷等俱已谢恩，司马傲不受官职，乞归白鹤观中居住。圣上传旨赐香火田三千亩，又命光禄排宴，尽欢方散。至次日，诸臣谢恩。又奏叛贼已被生擒，实赖皇天庇祚，皇祖厚福，礼宜昭告天地祖宗。奉旨依议，着校尉将各犯捆绑，推至太庙，生献已毕，着刑部押赴市曹，首犯米中立寸剐烹醢，周明、曹兵、史明德、张登、刘栋等，俱皆凌迟处死，余者斩首示众。入朝缴旨。马俊跪奏道："臣保举一人，开封府知府雷照丹，才高车异，讼简讼清，乞圣上擢用此人。"天子准奏，着吏部行选引见。有行人司领命，即刻起程。马俊又吩咐行人司几句，对雷知府致意："我向日曾托过他释放罗辉庵，不知可曾开活否？我今有黄金一千两，相烦带去，叫雷知府转交罗先生收纳。"行人司领喏，上马如飞去了。吴爷差家将回杭州请夫人小姐进京，同享荣华。柳老爷也去接夫人到来，夫妻母子相会，欢喜非常。迎进驸马府，朝见公主。公主拜见公姑婆，开筵庆贺，合家欢乐。次早婆媳入宫，朝见太后与娘娘，内宫赐宴，宴罢，谢恩归府。真乃是享尽人间富贵。

一日，驸马梦一凤凰飞来，公主怀孕，生下公子，眉清目秀，长成十二岁，连登科第，后来世代簪缨不提。

再说常洪，也差家人迎接夫人到来，夫妻公子相会。孙佩也着家丁回开封府收拾住宅，并请凤老爷夫人小姐进京。那郝鸾差人回洛阳，带些银子与老苍头修理祠堂，赎回住宅。这司马傲一日见驾辞回，归山修道。天子留他不住，司马傲谢恩，驾白鹤腾云去了。众臣见了，无不嗟叹。圣上传旨，着工部在鹤观装塑仙像，圣上封他为灵机妙道普济真仙。又着鲍刚、马俊、郝鸾三人致祭。三人奉旨致祭，只听得空中司马仙师身骑白鹤说道：

“三位贤契，听吾吩咐：自古道：富贵无穷，光阴有限，所以贫道逍遥物外，净观云水。诗曰：

朝游碧海暮湘江，袖里乾坤日月长。

丹成九鼎蟠桃熟，云近蓬莱是故乡。

众皆听了，道：“原来是上界神仙。”个个拜谢。仙师又道：“你三位英雄，功成名就，留此宝剑无用；且此物不可久留凡间，速还贫道吧。”三人取了宝剑，双手捧献。仙师把手一招，三剑齐声“叱喇”一响，化成三条金龙，飞绕而上去了。仙师收剑已毕，拱手说道：“三位贤契安享荣华，各宜保重，后会有期。”言讫，飘然而去，众人散讫。

再说雷照丹奉旨来京见驾，圣上见他为官清正，封为谏议大夫，谢恩出朝回署。次早，马俊来拜。雷爷忙迎接，见礼。雷爷说道：“自别尊颜，不觉数载，且喜大人位登极品，尚未恭贺。那罗辉庵已放了，赐他千金，彼甚感谢。”马俊道：“向蒙大人相待，故在圣前保举，特报知遇之恩。”雷公方知马俊保举，当即叩谢。一时共饮，尽欢而散。次日回拜，不提。

当今正是大比之年，天子点了主考，去选奇才。三场考试已完，会元却是常让，殿试又中了状元。天子见他青年美貌，又是忠臣之子，龙心大悦，特赐锦袍玉带，金花御宴，游街三日。此时各家府眷俱已接到京中，吴公的小姐已许配常让，常让又是吴公的外甥，又是女婿，新中状元，两家好不欢喜。常公择吉完姻。吴公备办妆奁，已到吉期，宝马香车，花灯鼓乐，天子钦赐銮驾。又差四相九卿，又有三百进士，俱是大红吉服，前来贺喜，大排筵宴，庆贺花烛，送入洞房。又有交好郝鸾、鲍刚、马、雷、凤、柳、曹、王、孙、周、陈各位，代劳款客，欢乐通宵，客散不提。次早，新人梳妆，拜见公婆，合家见礼。吴、常二公代状元谢恩，即告假还乡祭祖。天子准奏，钦赐常让为翰林院学士，奉旨还乡祭祖，钦限三个月回朝。谢恩退出，择日起马出京。

一路威风不必细说。将到家时，地方官员迎接到家，择吉祭祖，又重整门庭。已毕，进京复命。后来常状元做到礼部尚书，寿元八十六岁，连生四子，皆登科甲。那郝鸾、鲍刚、马俊，寿至九十余岁。一日，三人同叙闲话，只见司马仙师手执拂尘，望他三人一招，只飞下白鹤三只，三人骑了白鹤，白日飞升，腾空而去矣。自此之后，四海清宁，天下太平。诗曰：

纷纷离乱治平初，一旦云开色气和。
草木百年新雨露，诗书万卷旧山河。
飞鸾彩凤升平世，燕语莺声锦绣多。
四海清宁无事日，普天齐唱太平歌。